Von David Morrell
sind als Heyne-Taschenbücher erschienen:

*Rambo 2 – Der Auftrag* · Band 01/6364
*Rambo* · Band 01/6448
*Testament* · Band 01/6682
*Blutschwur* · Band 01/6760
*Der Geheimbund der Rose* · Band 01/6850
*Massaker* · Band 01/7605
*Verschwörung* · Band 01/7652
*Rambo 3* · Band 01/7664
*Verrat* · Band 01/7760

DAVID MORRELL

# TOTEM

*Roman*

Deutsche Erstveröffentlichung

WILHELM HEYNE VERLAG
MÜNCHEN

HEYNE ALLGEMEINE REIHE
Nr. 01/6582

Titel der amerikanischen Originalausgabe
THE TOTEM
Deutsche Übersetzung von Wolfgang Lotz

7. Auflage


Printed in Germany 1992
Umschlaggestaltung: Atelier Ingrid Schütz, München
Satz: IBV Satz- und Datentechnik GmbH, Berlin
Druck und Bindung: Ebner Ulm

ISBN 3-453-02162-2

# BUCH EINS

## *Kapitel 1*

Slaughter betrat die Bar; er bemühte sich, seine Nervosität zu verbergen. Es war Donnerstag abend zehn Uhr, und das Lokal war halb leer. Die Gäste saßen an den Tischen oder am Tresen; obwohl der Musikautomat sentimentale Countrymusik spielte, saßen die Leute schweigend vor ihren Drinks und warfen Slaughter verstohlene Blicke zu, bevor sie wieder in die rechte hintere Ecke schauten. Dort saß ein Mann allein an seinem Tisch, eine Whiskyflasche in der Hand, den Cowboyhut in den Nacken geschoben.

Was die Leute jedoch vor allem anstarrten, war die Pistole, die vor ihm auf dem Tisch lag.

Slaughter holte tief Atem, lehnte sich an den Tresen und bemühte sich, gelassen zu erscheinen. Er hätte jetzt gerne ein Bier getrunken, aber er wußte genau, daß er das jetzt nicht verantworten konnte. Nicht, weil er im Dienst war, sondern weil er das Bier zur Beruhigung gebraucht hätte, und eine solche Schwäche konnte er sich nicht leisten. Die Leute würden den Grund erraten. »Cola«, sagte er zum Barmann.

Trotz der lauten Musik war seine Bestellung deutlich zu hören, und diejenigen, die ihn nicht bereits ansahen, wandten sich ihm jetzt erwartungsvoll zu. Er tat, als hätte er es nicht bemerkt, und nippte an seiner Cola. Der Barmann hatte in seiner Verwirrung die Eiswürfel vergessen, aber das machte ihm nichts aus. Eiswürfel würden nur unnötig klirren. Slaughter blickte sich im Lokal um und nickte dem Mann in der Ecke lächelnd zu.

»Hallo, Willie.«

»Hallo, Chef.«

»Was dagegen, wenn ich mich zu dir setze?«

»Nein. Ich habe nichts dagegen, solange du mir den Blick auf die Tür nicht versperrst.«

»Wenn das deine einzige Sorge ist...«

Slaughter ging hinüber und setzte sich rechts neben Willie, so daß er ihm, wenn nötig, in den Arm fallen konnte. Aber Willie rückte von ihm ab und zog auch die Pistole näher zu sich heran.

Slaughter trank seine Cola und ließ die Hände auf dem Tisch, obgleich er das unangenehme Gefühl hatte, daß sie ein wenig zitterten.

»Ganz alleine, Willie?«

»Stimmt. Ganz allein. – Wo, zum Teufel, wollt ihr zwei hin?«

Slaughter brachte es fertig, nicht zusammenzuzucken, als Willie seine Pistole packte und sie auf die beiden jungen Cowboys richtete, die auf den Ausgang zugingen.

Die Jungens blieben stehen und blickten unsicher zu ihm hinüber.

»Wir müssen morgen früh aufstehen.«

»Nein, ihr bleibt. Trinkt noch einen. Auf meine Rechnung.«

»Aber wir wollen nicht...«

»Wollt lieber, was ich euch sage.«

Willie spannte den Hahn, und die beiden Jungens blickten einander an. Dann gingen sie zur Theke zurück.

»So ist es brav. Jetzt könnt ihr noch einen trinken.«

Langsam legte Willie die Pistole wieder vor sich auf die Tischplatte.

Slaughter behielt ihn im Auge. Willie war bedeutend größer als er; außerdem war er betrunken und schien Streit zu suchen. Slaughter wollte nicht mit ihm raufen, aber er wußte, daß Willie seine Pistole nicht freiwillig hergeben würde, und wenn Slaughter seine eigene Waffe zog, würde es eine Schießerei geben. Er deutete auf die beiden Cowboys. »Was ist denn los, Willie? Die wollen doch nur schlafen gehen.«

»Die Nacht ist noch lang. Sie sind noch jung. Da braucht man nicht soviel Schlaf.«

»So wie du aussiehst, könntest du selbst ein paar Stunden Schlaf gebrauchen.«

Willie wandte sich zu ihm um. »Hast du die Absicht, an meinem Tisch sitzen zu bleiben?«

»Ich unterhalte mich nur ein bißchen mit dir.«

»Ich habe nichts davon gesagt, daß ich mich unterhalten möchte.«

Slaughter zuckte mit den Schultern und trank einen Schluck Cola. »Wie du meinst.« Dann, nach einer Weile: »Irgendein besonderer Grund für die Pistole?«

»Ja. Ich habe einen Grund. Ich erwarte jemanden.«

»Jemanden, den ich kenne?«

Keine Antwort.

»Kenne ich...«

»Ja, du kennst ihn. Okay. Ich warte auf meinen Bruder.«

Willie trank einen Schluck aus der Whiskyflasche und kniff dabei die Augen zusammen. Slaughter hätte fast nach der Pistole gegriffen, aber er sah, daß Willie ihn, während er trank, scharf beobachtete und ließ die Hände auf der Tischplatte.

»Das war sehr vernünftig von dir, Chef.«

»Glaube ich auch.«

»Ich habe keine Lust, dich zu erschießen.«

»Das ist mir ein großer Trost. Die Gäste hier...«

»Die bleiben alle sitzen.«

»Wenn dein Bruder wirklich kommt...«

»Der kommt. Der kommt jeden Abend. Er ist eben ein bißchen spät dran.«

»Aber die ganzen Leute hier... wenn es Ärger gibt... du willst doch nicht, daß jemand verletzt wird.«

»Vor allem will ich nicht, daß jemand hinausgeht, um ihn zu warnen.«

»Kann ich irgendwie verstehen. Wahrscheinlich hat er...«

»Ich möchte nicht darüber sprechen. – Die Platte ist aus. Spielt das Lied noch mal.«

Willie wandte sich dem Mann zu, der neben dem Musikautomaten stand.

»Du sollst das verdammte Lied spielen!«

Der Mann warf hastig eine Münze ein und drückte auf den Knopf. Vor lauter Aufregung war ihm die Münze fast aus der

Hand gefallen. Aus dem Musikautomaten ertönte kreischend dasselbe Lied.

»Na also.«

Zufrieden lächelnd nahm Willie noch einen Zug aus der Flasche.

*›I can't help it if...‹*

»Hast du ihn mit deiner Frau erwischt?«

»Man hat es mir erzählt.«

»Das ist noch kein Beweis.«

»Der Nachtportier im Highway Motel hat es mir erzählt.«

»Das ist was anderes.«

»Eben.«

Slaughter blickte auf die Waffe und dann zur Tür hin. »Willie, mach keine Dummheiten.«

Willie kicherte in sich hinein.

»Ich meine... du könntest ihn töten, wenn du auf ihn schießt.«

»Stimmt.«

»Und dann bekommst du es mit mir zu tun und mit allen möglichen anderen Leuten.«

»Das ist mir scheißegal. Wenn ich ihn erst mal umgenietet habe, ist mir alles scheißegal.«

»An deiner Stelle würde ich noch mal drüber nachdenken. Wenn du ihn wirklich umlegen wolltest, hättest du ihm draußen in den Büschen aufgelauert. Du bist aber hier reingekommen, um zu beweisen, daß du es ernst meinst. Aber im Grunde hoffst du, daß dich jemand wie ich davon abhält.«

»Weißt du, eigentlich sollte ich auch sie umnieten. Aber sie war nie besonders charakterfest. Sie mochte ihn schon immer.«

»Niemand wird dich für einen Feigling halten, wenn du...«

»Slaughter, warum hältst du nicht die Schnauze?«

Slaughter merkte, daß er Sodbrennen bekam.

Willie schob seinen Stuhl zurück.

Slaughter zuckte zusammen, als er Willies Bruder Orval in der Tür stehen sah.

»Bleib ganz still stehen, du Scheißkerl.«

Orval machte alles noch schlimmer, indem er unbekümmert hereinkam. Die Gäste stoben auseinander.

»Willie!« schrie Slaughter.

Orval hob die Hände, als Willie die Waffe auf ihn richtete. Slaughter sprang auf und versuchte, ihm die Pistole zu entwinden. Er rang mit Willie und bog ihm die Hand nach oben, so daß der Lauf gegen die Decke gerichtet war.

»Laß doch, Chef. Laß ihn doch schießen«, sagte Orval.

Die beiden Männer blieben still stehen und starrten ihn an.

»Was?«

»Geht in Ordnung, Willie. Ich habe es verdient.«

»Das stimmt, verdammt noch mal.«

»Ich habe sie gebumst, das streite ich gar nicht ab. Aber eigentlich war sie es, die mich gebumst hat. Wenn du es genau wissen willst, sie hat mich regelrecht vergewaltigt.«

Slaughter schloß seine Finger um Willies Handgelenk. »Sie ist meine Frau!«

»Auch darüber wollte ich mit dir sprechen. Sie ist gerade mit dem Autobus weggefahren. Ich an deiner Stelle wäre froh, daß sie abgehauen ist.«

Jetzt hatte Slaughter ihm die Pistole entwunden. Er trat einen Schritt zurück und hoffte, daß keiner merkte, wie seine Hände zitterten.

Willie ging auf die Tür zu.

»Laß sie doch laufen! Wo warst du denn, Junge? Ich habe dich überall gesucht.«

Willie blieb stehen und starrte seinem Bruder ins Gesicht. »Ich habe hier auf dich gewartet.«

»Das hätte ich mir eigentlich denken können. Nach zehn bist du ja immer hier.«

Willie grinste. »Du saublöder Hund.«

»Das darfst du nicht sagen, sonst gehe ich nach Hause und hole mein Schießeisen. Ich kann aber auch deins nehmen. Chef, kann ich mal eben die Pistole haben?«

»Das hätte wenig Sinn«, sagte Willie. »Sie ist nicht geladen.«

»Wie bitte?«

Dann lachten beide wie verrückt.

Slaughter untersuchte die Waffe. Sie war nicht geladen.

Sie lachten immer noch.

»Ich wollte nur mal sehen, wie du dir in die Hosen pinkelst.«

Slaughter war es so übel, daß er nicht einmal wütend wurde. Mit zitternden Händen schob er sich die Pistole in den Gürtel. Er hätte Willie mit zur Wache nehmen und Anklage wegen groben Unfugs erheben können, aber das hätte wenig Zweck gehabt. Die Waffe war nicht geladen. Keiner war verletzt worden. Jetzt begannen auch die Gäste zu lachen. Über diese Geschichte würden sie monatelang Witze reißen. Slaughter ging auf die beiden Brüder zu.

»Willie, eigentlich sollte ich...«

»Nimm es nicht krumm, Chef.«

»Na, vielleicht nächstes Mal.«

Er machte den krampfhaften Versuch, in das allgemeine Gelächter einzustimmen.

Die beiden Brüder traten an die Theke. »Ich bestelle dir jetzt ein Mineralwasser für deinen Whisky«, sagte Orval.

Slaughter machte Anstalten aufzubrechen.

»Was ist mit meiner Knarre?« rief Willie.

»Die bist du los.«

»Laß sie ihm doch«, sagte Orval zu seinem Bruder. »Für so einen üblen Scherz hast du es verdient, daß er sie dir abnimmt.«

Slaughter ging weiter. An der Tür traf er auf den Wirt.

»Ich bin froh, daß Sie gekommen sind«, sagte der Wirt. »Es hätte schlimmer kommen können.«

»Hm, wir haben noch mal Glück gehabt«, antwortete Slaughter und nickte ihm zu. Im Hinausgehen hörte er, wie Orval zu seinem Bruder sagte: »Sie ist ziemlich mies im Bett. Wie hast du das nur all die Jahre ausgehalten?«

Slaughter machte die Tür hinter sich zu und trat in die Mondnacht hinaus. Diese zwei Brüder! Mit ihnen hatte es schon des öfteren Ärger gegeben. Sie besoffen sich regelmäßig und heckten allen möglichen Unfug aus. Er hätte sich denken können, daß nichts weiter passieren würde. Jetzt würden sie bis zur Sperrstunde weitersaufen und dann in einen Puff gehen. Das war alles, was sie im Kopf hatten. Die Geschichte mit Willies Frau war nebensächlich. Soviel Slaughter gehört hatte, hatte sie die beiden Brüder nur gegeneinander ausgespielt, um sich aus dem Staub machen zu können. Soviel Gerissenheit hätte er ihr gar nicht zugetraut. Willie hätte sie nämlich nie weggelassen, wenn sie mit jemand anderem als seinem Bruder geschlafen hätte.

Slaughter betrachtete seine zitternden Hände und schüttelte den Kopf. Die beiden jungen Kerle hatten ihn richtig genervt. Er schämte sich irgendwie. Er stieg in den Streifenwagen und starrte den Mond an, der durch die Windschutzscheibe schimmerte.

Ja, die Stadt war voll von solchen Bengels. Ihr paßt zusammen, du und diese Leute, dachte er. Seine Hände zitterten immer noch, und dabei war er nicht einmal blau. Es gab eine Zeit, da hätte mich keiner so reinlegen können, sagte er sich und fummelte am Zündschlüssel herum. Ja, aber damals war er auch in einer anderen Stadt gewesen.

Endlich hatte er den Schlüssel im Zündschloß und fuhr los. Seine Knie waren butterweich.

Vor fünf Jahren war er aus Detroit hierher gekommen. Niemand wußte, was ihn dazu veranlaßt hatte, von dort wegzugehen. Er hatte lediglich angedeutet, daß er es satt habe, Polizeibeamter zu sein. Zuviel Brutalität und Gewalt. Ihm schwebte ein besseres, friedlicheres Leben vor; also war er hierher nach Wyoming gekommen, um mit seinen Ersparnissen eine Pferdezucht aufzumachen. Aber das hatte nicht so recht geklappt, und als der alte Polizeichef starb, hatte er nachgegeben und sich beim Stadtrat um die Stelle beworben. Schließlich hatte er eine Ausbildung als Polizist; außerdem war anzunehmen, daß es in einer Kleinstadt wie dieser keine nennenswerten Schwierigkeiten geben würde. Zumindest hatte er das geglaubt. Aber jedesmal, wenn er in eine Rauferei eingreifen oder sich um einen Verkehrsunfall kümmern mußte oder auch nur nachts einen Laden betrat, den der Besitzer vergessen hatte abzuschließen, wurde ihm flau im Magen, und seine Handflächen begannen zu schwitzen. Manchmal vermutete er, daß er nur deshalb wieder zur Polizei gegangen war, um endlich mit dem, was geschehen war, fertig zu werden.

Keiner wußte davon und keinem war es aufgefallen. Anfangs hatten manche befürchtet, ein Bulle aus dem Osten würde die brutalen Polizeimethoden von Detroit hier einführen und zu scharf durchgreifen. Aber dann hatten einige Stadträte Detroit angerufen und beste Auskünfte über ihn erhalten. Er hatte sich dort nichts zuschulden kommen lassen und sich nie vorgedrängt. Also hatte man ihn hier zunächst probeweise eingestellt und war sehr zufrieden mit ihm. Noch nie hatte es in der Stadt so wenig Verbrechen gegeben. Und was den Ausschlag gab – die Verwaltung sparte dadurch eine Menge Geld.

Slaughter mochte die Stadt irgendwie. Gewiß, zuweilen kam es ihm vor, als sei er recht tief gesunken, bei Leuten wie den zwei Brüdern den Aufpasser spielen zu müssen, aber im Grunde mochte er die beiden auch. Sie waren dumm und leichtsinnig, aber nicht bösartig. Die Mehrzahl der Einwohner waren brave, gutmütige Zeitgenossen. Die einzigen wirklichen Probleme waren seine eigenen, die er noch von früher mit sich herumtrug. Und außerdem war da jetzt noch die Ranch, obgleich diese ›Ranch‹ lediglich aus fünf Morgen Land und zwei Pferden bestand. Aber das dazugehörige Haus war recht hübsch. Seine Freunde waren die Leute, mit denen er zusammen arbeitete. Er hatte einmal eine Familie gehabt, aber seine Frau hatte sich scheiden lassen, was bei Polizisten, die mit ihrem Job verheiratet waren, nicht selten vorkam. Die Kinder, einen Jungen und ein Mädchen, hatte sie behalten, und er sah sie kaum noch, außer wenn er darauf bestand, daß sie mal auf Besuch zu ihm kamen. Das letzte Mal waren sie vor einem Monat hiergewesen, und seitdem war er wieder allein. Abgesehen davon tat ihm diese Stadt sehr gut. Er fürchtete sich zwar immer noch ein wenig vor dem Tod, aber er konnte zumindest sicher sein, nicht eines Nachts im Rinnstein einer finsteren Gasse verbluten zu müssen.

Er blickte zu den Bergen hinüber, die das Tal säumten; schneebedeckte Kuppen, die im Mondlicht glitzerten. Dann konzentrierte er sich wieder auf die Straße, die an den Vororten vorbei zur Autobahn führte, um möglicherweise irgendeinen Verkehrssünder zu schnappen. Da sah er das Ding am Straßenrand liegen. Zunächst hielt er es für einen Sack, den jemand verloren oder weggeworfen hatte. Als er jedoch näher kam und das Scheinwerferlicht auf den Gegenstand fiel, stellte er fest, daß es ein Rucksack war und darunter eine menschliche Gestalt.

Er brachte den Wagen mit quietschenden Reifen auf dem Kiesstreifen neben der Straße zum Stehen, ließ den Motor laufen und schaltete den verstellbaren Scheinwerfer auf dem Dach ein, um besser sehen zu können. Die Aufregung in der Bar hatte wie ein Ventil gewirkt, und er war jetzt etwas ruhiger. Eine Stablampe in der Hand, stieg er aus dem Wagen. In dem hohen Gras neben dem Kiesstreifen hörte er die Grillen zirpen. Er stand im Mondschein, wischte sich mit dem Handrücken über den Mund und blickte noch einmal kurz zur Seite, ehe er sich daranmachte, seinen Fund näher zu untersuchen.

Eine männliche Leiche. Das Gesicht lag zur Seite gedreht auf dem Kies. Fünfundzwanzig bis dreißig Jahre als. Wanderkleidung. Hohe Schnürstiefel.

Slaughter beugte sich über ihn und sah, daß die Augen geschlossen waren. Er fühlte nach dem Puls, aber es war keiner zu spüren. Das Handgelenk ließ sich ohne weiteres bewegen; der Mann war also noch nicht lange tot. Die Leichenstarre hatte noch nicht eingesetzt. Was mochte dem Mann zugestoßen sein? Am Arm und an der Hüfte klebte verkrustetes Blut. Es sah ganz nach einem Verkehrsunfall mit Fahrerflucht aus. Aber wenn das erst kurz vorher passiert war, wäre das Blut noch nicht verkrustet gewesen. Die Sache kam ihm etwas merkwürdig vor.

Slaughter durchsuchte den Rucksack, der ein Nylonzelt, aber kaum Lebensmittel enthielt. Er schüttelte die Wasserflasche. Fast leer. Wahrscheinlich hatte der Mann in den Bergen kampiert. Nach den Bartstoppeln zu urteilen, mehrere Tage lang. Als ihm die Lebensmittel ausgingen, war er in Richtung Stadt aufgebrochen, hatte die Straße erst nach Einbruch der Dunkelheit erreicht und war überfahren worden. Vielleicht wollte er per Anhalter fahren und konnte mit seinem schweren Rucksack dem Fahrzeug nicht rechtzeitig ausweichen. Armes Schwein. Sein Gesicht sah im Tod so friedlich aus. Slaughter richtete sich auf und holte tief Atem. Nach Ausweispapieren würde er später suchen. Jetzt brauchte er erst einmal ein paar Leute von seiner Dienststelle und jemand vom Leichenschauhaus. Er ging zurück zum Streifenwagen.

## *Kapitel 2*

Der Blinde spürte die Gefahr im selben Augenblick wie seine Hündin. »Was ist denn?«

Die Hündin drängte sich näher an ihn.

»Ist dort jemand?«

Keine Antwort. Sie befanden sich in einer Seitenstraße, einen halben Häuserblock von zu Hause entfernt. Das Stadtviertel, in dem er wohnte, war schon alt. So wie er selbst. Aus den Erzählungen der Nachbarn wußte er, daß die Häuser gut erhalten und die stattlichen Vorgärten sorgsam gepflegt waren.

Die Hündin begann zu knurren. Er war mit ihr rausgegangen, um sich müde zu laufen. Seine Braille-Uhr zeigte schon fast Mitternacht, aber er liebte die nächtlichen Stunden. Wenig Leute, wenig Geräusche. Er ging oft um diese Zeit spazieren und hatte sich noch nie bedroht gefühlt. Jetzt hörte er ein Rascheln im Gebüsch und ein Auto, das um die Ecke fuhr.

»Ist dort jemand?« fragte er nochmals.

Die Hündin zerrte an der Leine. Dabei knurrte sie unaufhörlich, was er sich nicht erklären konnte. Es war eine große Schäferhündin. Niemand würde so dumm sein, ihn zu überfallen. Außerdem hatte er abgetragene Kleider an und sah nicht so aus, als ob er Geld bei sich hätte.

Vielleicht hatte irgendein Tier sie irritiert. Aber was für Tiere gab es schon hier in der Stadt, die sie so in Aufregung versetzen würden? Sie war darauf abgerichtet, kleine Wildtiere und auch Haustiere wie Katzen und Hunde gar nicht zu beachten. Außerdem zog sie ihn in Richtung Wohnung und nicht vorwärts.

In den zehn Jahren, seit sie ihn führte, hatte er sie nie derartig knurren hören. Im Gebüsch raschelte es immer noch. Die Hündin zerrte immer heftiger an der Leine.

Er gab nach und ließ sich von ihr führen. Sie lief so schnell, daß er kaum mithalten konnte. Erfolglos versuchte er, seine Angst zu bezwingen. Das Rascheln hinter ihm wurde immer lauter.

Er stolperte auf dem Gehsteig, als die Hündin ihn in den Hauseingang zog. Dort tastete er mit dem Stock nach der ersten Stufe und stieg eilig nach oben. Er wußte, seine Hündin war nicht feige, nur gut ausgebildet. Seine Sicherheit war ihr Lebenszweck.

Endlich kam er an die Tür und suchte nach dem Schlüsselloch. Dann war er in seiner Wohnung.

## *Kapitel 3*

Slaughter stand neben dem Unfallwagen und sah zu, wie die zwei Sanitäter die Trage mit der Leiche heraushoben und das Fahrgestell herausklappten. Dann schoben sie die Trage durch den Hintereingang des Krankenhauses. Am Unfallort hatten sie sich mächtig beeilt und dem Verkehrsopfer Kreislaufmittel injiziert und eine Sauerstoffmaske aufgesetzt. Als sie jedoch festgestellt hatten, daß tatsächlich der Tod eingetreten war, ließen sie sich Zeit.

Jetzt schlurften sie fast dahin, als sie den Toten durch die Tür schoben. Nicht aus Gleichgültigkeit, wie Slaughter aus Erfahrung wußte. Sie hatten alles getan, um den Mann wiederzubeleben, und die Enttäuschung hatte ihre Energie aufgebraucht.

Drinnen warteten der alte Markle und einige Krankenpfleger. Sie starrten auf den zugedeckten Leichnam, und Markle blickte Slaughter fragend an.

»Schlimme Nacht heute, Nathan?« fragte er.

»Eigentlich nicht. Bis das hier passiert ist.«

»In dem Bericht steht: tödlicher Verkehrsunfall mit Fahrerflucht.«

»Sieht ganz so aus. Ich habe ein paar Polaroidaufnahmen gemacht, falls du sie brauchen solltest.«

Slaughter gab ihm einen Briefumschlag.

»Meine Leute sind noch an der Unfallstelle. Sie suchen nach Bremsspuren und sehen nach, ob noch etwas im Gras rumliegt. Solange wir keine anderen Hinweise finden, nehme ich an, daß es sich um einen Verkehrsunfall mit Fahrerflucht handelt.«

»Hatte er einen Ausweis?«

»In seiner Brieftasche. Ich kenne den Mann nicht. Joseph Litton. Achtundzwanzig. Aus Omaha, Nebraska. Sieht aus wie ein Camper. Nichts, was darauf hindeutet, daß er verheiratet war oder Angehörige hatte.«

»Das vereinfacht die Sache. Da brauchen wir uns nicht wegen einer Benachrichtigung von Angehörigen zu beeilen.«

»Trotzdem hätte ich gern deinen Befund bis morgen früh. Wenn es sich tatsächlich um Fahrerflucht handelt, möchte ich so bald wie möglich meine Leute die Reparaturwerkstätten abklappern lassen.«

»Kein Problem. Bis morgen früh bin ich leicht fertig. Heute ist erst Donnerstag, verdammt noch mal. Wenn es jetzt schon losgeht, wie wird dann erst das Wochenende?«

Die zwei Sanitäter schoben die Trage mit dem Toten den Gang entlang. Kopfschüttelnd ging Slaughter mit dem alten Markle zum Fahrstuhl.

Der Alte sah erschöpft aus. Er ging gebeugt, und sein weißes Haar war ganz stumpf. Er sah verhärmt aus, und die Haut im Gesicht und am Hals war ganz faltig. Der Tod seiner Frau vor zwei Monaten hatte ihn offenbar sehr mitgenommen. Slaughter fiel auf, wie schwer er atmete und wie fahl sein Gesicht war.

»Ich dachte, du wolltest ein bißchen kürzer treten und keine Nachtschicht mehr machen.«

»Alte Gewohnheiten legt man nicht so leicht ab.«

»Aber Nachtschichten...«

»Dann bin ich wenigstens beschäftigt. Was erwartet mich denn zu Hause? Ich schlafe eben am Tag und arbeite die Nacht durch. Wie als junger Assistenzarzt. Mir fehlt nichts. Glaube mir.«

Slaughter glaubte ihm keineswegs. Aber er kannte den Alten. Er war zäh und eigensinnig, und nichts konnte ihn von seinem Entschluß abbringen.

Er blieb vor dem Fahrstuhl stehen und drückte auf den Knopf.

»Du brauchst dich ja nicht allzusehr beeilen«, meinte Slaughter. »Du hast schließlich noch die ganze Nacht vor dir.«

»Dürfte kein schwieriger Fall sein. Fährst du eigentlich immer noch um zwei Uhr nach Hause?«

Slaughter nickte.

»Dann schau doch noch mal vorbei. Vielleicht habe ich bis dahin schon etwas für dich.«

»Ich wünschte, ich hätte deine Energie.«

»Hast du auch. Du weißt es nur nicht. Und du brauchst dir um mich keine Sorgen zu machen. Accum ist von seinem Kongreß in Seattle zurück. Dieses Wochenende hat er Doppelschicht. Da habe ich genügend Zeit, mich auszuruhen.«

»Na hoffentlich.«

Die Fahrstuhltüren glitten zur Seite. Slaughter sah zu, wie Markle und die beiden Sanitäter mit der Leiche den Fahrstuhl betraten. Als Markle sich umdrehte, um auf den Knopf zu drücken, zwinkerte er Slaughter zu. Die Türen schlossen sich wieder, und sie fuhren nach unten.

Slaughter blieb noch einen Augenblick stehen. Dieser Alte. Und sein Zwinkern. Slaughter mußte lächeln. Dann ging er an den anderen Krankenpflegern vorbei zu seinem Streifenwagen.

Er hatte Markle gleich zu Beginn seiner Tätigkeit als Polizeichef dieser Stadt kennengelernt. Damals war ein Mann erschossen aufgefunden worden, und Markle hatte den Beweis erbracht, daß es Selbstmord gewesen war. Slaughter hatte das beruhigende Gefühl, auch in dieser Kleinstadt erstklassige Fachkräfte zur Verfügung zu haben, auf die er sich genauso verlassen konnte wie auf seine früheren Mitarbeiter in Detroit. Accum, der Chefpathologe, war sogar noch fähiger als der Alte. Aber Markle war freundlicher und besonders hilfsbereit – nicht nur dienstlich, sondern auch privat. Er führte Slaughter in die Geheimnisse der Kleinstadtpolitik ein und stellte ihn den wichtigsten und einflußreichsten Leuten vor, was Slaughter die Arbeit wesentlich erleichterte. Mit der Zeit wurden sie gute Freunde. Sie besuchten einander an Wochenenden, gingen nach Dienstschluß gemeinsam Chili essen oder unterhielten sich einfach am Telefon, wenn sie sich einsam fühlten. Slaughter mochte den Alten, trauerte mit ihm nach dem Tode seiner Frau, die er auch sehr gern gehabt hatte, und wünschte, er könnte ihm sein tristes Leben ein wenig angenehmer machen. Nun, er würde heute nacht noch einmal vorbeikommen, und vielleicht würden sie am Wochenende wieder einmal gemeinsam etwas unternehmen wie früher so oft.

Als Slaughter den Wagen startete, begann das Funkgerät unter dem Armaturenbrett zu knistern.

»Ja, Slaughter hier.«

»Draußen, wo Sie gerade sind, hat man uns einen verdächtigen Herumtreiber gemeldet.«

»Gut, ich kümmere mich darum. Straße und Hausnummer?«

Nachdem er die Meldung entgegengenommen hatte, hängte er das Mikrofon wieder ein. Einen Augenblick lang überlegte er, ob er die Sirene einschalten sollte, ließ es dann jedoch bleiben. Der Alte hatte recht. Was würde das für ein Wochenende werden, wenn der Ärger schon am Donnerstag anfing.

## *Kapitel 4*

Markle sah zu, wie die zwei Sanitäter die Leiche nach unten brachten. Die pathologische Abteilung bestand aus drei Kellerräumen. Der erste war eine Art Vorzimmer mit Waschbekken, Kleiderspinden zum Aufhängen von Laborkitteln und dergleichen. Im zweiten Raum standen drei Seziertische mit Abflußrillen für das Blut. Darüber war ein Mikrofon angebracht. An den grün gekachelten Wänden standen Glasschränke für Instrumente, ein Tresen, und an der Decke waren grelle Leuchtstoffröhren angebracht. Das dritte Zimmer war ein Kühlraum, wo man, falls notwendig, Leichen längere Zeit aufbewahren konnte.

Es roch nach Desinfektionsmitteln, und Markle rümpfte die Nase, als die Sanitäter die Leiche auf den mittleren Seziertisch legten und sie mit einem weißen Tuch zudeckten.

»Brauchen Sie noch etwas?« fragte einer der Männer.

»Nein, danke. Die Kleider habt ihr ihm ja schon ausgezogen; jetzt kann ich alleine weitermachen. Laßt die Trage draußen stehen. Wir brauchen sie, sobald ich fertig bin.«

Die Männer nickten.

»Komisches Wetter heute.«

»Wieso?«

»Der Mond. Er scheint so hell, daß man ohne Scheinwerfer fahren könnte.«

»Es wird eben Sommer. Wir hatten so viele Gewitter, daß man sich kaum noch daran erinnert, was eine sternklare Nacht ist.«

»Das wird es wohl sein. Wir müssen wieder nach oben. Es ist zwar kaum anzunehmen, daß wir heute noch einen Notruf bekommen, aber man kann ja nie wissen.«

»Also dann, bis später.«

»Kommen Sie doch mit rauf und trinken Sie erst mal eine Tasse Kaffee.«

»Später.«

Markle blickte auf das weiße Laken, mit dem die Leiche zugedeckt war. Er hörte, wie sich die Tür hinter den Sanitätern schloß, dann die äußere Tür. Er war froh, wieder allein zu sein.

Es war eine ungeheure Anstrengung gewesen, sich die Schmerzen nicht anmerken zu lassen, solange die Leute im Zimmer waren. Jetzt lehnte er sich stöhnend gegen den Tisch und kramte in seiner Tasche nach einer Tablette, während ihm der stechende Schmerz durch die Brust schoß. Endlich fand er eine Tablette und steckte sie in den Mund. Seine Zunge war so trocken, daß er nicht schlucken konnte. Er beugte sich vor, drehte den Wasserhahn auf und füllte einen Becher mit Wasser. Beim Trinken lief ihm das Wasser am Kinn herunter. Er blieb eine Weile auf den Tisch gestützt stehen, bis der Schmerz nachließ und er wieder freier atmen konnte.

Der Schmerz war nicht ganz weg, aber wenigstens konnte er sich jetzt wieder aufrichten. Mit einem Taschentuch wischte er sich Stirn und Kinn ab.

Es war Wahnsinn. Er sollte besser nach Hause gehen und sich hinlegen, aber Slaughter brauchte seinen Bericht, und Accum würde erst morgen seinen Dienst antreten. Wenn jemand merkte, wie schlecht es um ihn stand, würde man ihn nicht mehr arbeiten lassen. Und was machst du dann? fragte er sich. Zu Hause bleiben, bis du eines Morgens nicht mehr aufwachst? Es ist doch nur eine kleine Angina pectoris, nichts weiter. Damit kann man leben. Keiner braucht etwas davon zu wissen.

Er fühlte sich jetzt bedeutend besser und nicht mehr so zittrig. Kräftig genug, um langsam ins Vorzimmer zu gehen, wo er sich hinsetzte und das Medikament wirken ließ. Trotzdem hatte er wieder Atembeschwerden, als er nach einigen Minuten aufstand, sich die Hände wusch, einen Kittel überzog und sich Haube und Gesichtsmaske aufsetzte. Eigentlich war das gar nicht nötig – besonders die Maske, die ihm nur das Atmen schwerer machte –, aber die Macht der Gewohnheit war zu stark. Er streute sich Talkpuder auf die Hände, streifte ein Paar Gummihandschuhe über und ging zurück in den Obduktionsraum.

Der mittlere Tisch war leer.

Markle blickte sich um. Er fühlte, wie der Krampf in der Brust wieder anfing.

Auf dem Fußboden lag das zerknüllte Laken.

»Was zum T...«

Er war ganz sicher gewesen, daß der Mann tot war. Die Sanitäter hatten es bestätigt. Und auch er selbst hatte versucht, ob noch ein schwaches Lebenszeichen festzustellen war. Nichts.

»Was zum Teufel...«

Sein Blick fiel auf die Tür, die in den Kühlraum führte. Sie war fast geschlossen, aber nicht ganz. Sollte der Mann doch noch am Leben gewesen sein, wäre das Aufwachen ein ziemlicher Schock für ihn gewesen. Er hätte nach einem Weg nach draußen gesucht und war vielleicht durch die falsche Tür gegangen – in den Kühlraum. Das Zimmer war leer, aber er mußte sich darüber klargeworden sein, daß er sich in einem Leichenschauhaus befand. Welch ein entsetzlicher Schreck für ihn! Langsam öffnete sich die Tür, und der nackte Leichnam stand zähnefletschend vor ihm. »Mein Gott, nein!«

Markle stolperte rückwärts. Er sah die Wunden auf dem Arm und an der Hüfte, die ihm schon vorhin seltsam vorgekommen waren, als die Sanitäter den Mann ausgekleidet hatten. Sie sahen nicht so aus, als würden sie von einem Verkehrsunfall herrühren, aber er hatte kein endgültiges Urteil abgeben wollen, bevor er die Leiche genau untersucht hatte. Aber jetzt, als der Mann auf ihn zutaumelte, einen Arm erhoben, um die Augen vor dem grellen Licht zu schützen, war er ganz sicher, das seine Verletzungen nicht von einem Auto verursacht worden waren. Markle wich bis an die Wand zurück. Der Schmerz in seiner Brust strahlte bis in den Arm aus. Er betete.

»Bitte nicht, lieber Gott!«

Einen Augenblick lang glaubte er seine Frau vor sich zu sehen. Er dachte an Slaughter und wünschte, er hätte sich von ihm verabschiedet. Er dachte an so viele Dinge. Der Leichnam stand mit ausgestreckten Armen vor ihm. Markle spürte, wie ihm etwas die Brust zerriß und glitt an der Wand entlang zu Boden. Dann spürte er nichts mehr.

## *Kapitel 5*

Die Hand am Dienstrevolver, suchte Slaughter die Büsche ab. Er befand sich fünf Häuserblocks vom Krankenhaus entfernt. Die Häuser in dieser Gegend waren schäbig und heruntergekommen, von riesigen alten Bäumen überragt, nicht eingezäunt und von wild wucherndem Buschwerk umgeben. Mit seiner Stablampe leuchtete er die Büsche ab, obgleich er sie bei dem hellen Mondlicht eigentlich gar nicht benötigte. Trotzdem stolperte er hin und wieder über einen Steinhaufen, eine kaputte Sandkiste und einmal sogar über ein altes, verrostetes Vogelbad. In dem dichten Buschwerk gab es zu viele Schlupfwinkel, wo sich jemand verstecken konnte, ohne von Slaughter bemerkt zu werden. Er blickte sich um. Sämtliche Vorgärten in dieser Gegend waren derartig verwildert, daß sich ein Herumtreiber leicht verbergen und ihm ausweichen konnte, auch wenn er die ganze Nacht nach ihm suchte. Es hatte keinen Zweck.

Was willst du eigentlich? fragte sich Slaughter. Du möchtest eigentlich am liebsten aufhören. Also gut. Der Kerl – wenn überhaupt einer hier war – ist längst wieder zu Hause und sitzt gemütlich bei einer Flasche Bier. Aber vielleicht ist er doch noch hier und wartet auf eine Gelegenheit, dich anzuspringen. Vielleicht willst du hier nur weg, weil du Angst hast.

Nein. Ich suche jetzt schon eine halbe Stunde nach ihm. Es hat ganz einfach keinen Zweck.

Bist du sicher?

Ja.

Also gut.

Er zögerte immer noch, entschloß sich jedoch endgültig, als ihm ein paar Rosenbüsche das Gesicht zerkratzten. Er drehte sich um und stellte fest, daß er sich an der Rückfront des Hauses befand, das er vor einer halben Stunde verlassen hatte. Im Haus und auch auf der rückwärtigen Veranda brannte Licht. Die Bewohnerin stand hinter dem Fliegengitter und starrte ins Dunkel.

Er schob sich durch die Büsche und überquerte den ungemähten Rasen. Er wandte einer möglichen Gefahr, die im Dunkeln lauern mochte, nur ungern den Rücken zu, ging aber trotzdem weiter bis zur Veranda, wo er die ächzenden Holzstufen hinaufstieg und durch das Drahtgitter ins Haus blickte.

»Tut mir leid, Ma'am, aber ich habe nichts gefunden.«

Sie war an die Sechzig, rotgefärbtes Haar und dick aufgetragener Lippenstift und in einen Bademantel gehüllt.

»Ich habe ihn aber ganz deutlich gesehen, Mr. Slaughter. Da drüben in den Büschen ist er herumgekrochen.«

»Das habe ich auch nicht bezweifelt, Ma'am. Aber es ist dunkel. Es kann auch ein Hund gewesen sein.«

Sie schüttelte mit Bestimmtheit den Kopf. »Ich habe ihn gesehen.«

»Nun gut, aber ich glaube kaum, daß er wiederkommt. Schließen Sie gut ab, und lassen Sie auf der Veranda das Licht brennen. Wenn Sie sich trotzdem ängstigen, dann rufen Sie die Polizeiwache an. Ich werde Anweisung geben, Sie bevorzugt zu behandeln.«

»Ist das alles?«

»Wir wissen doch gar nicht, wer es ist. Er hat Sie in keiner Weise blästigt. Vielleicht war es nur ein Betrunkener auf dem Nachhauseweg. Einer unserer Streifenwagen wird heute nacht ein paarmal hier vorbeikommen.«

Sie starrte ihn wortlos an.

»Hier wohnen so viele Leute«, sagte Slaughter. »Warum

sollte er gerade Sie belästigen. Gehen Sie schlafen. So was kommt manchmal vor.«

»Nicht bei mir.«

»Gewiß nicht. Es ist wirklich unfair.«

Slaughter fügte noch ein paar beruhigende Worte hinzu, wartete, bis sie abgeschlossen hatte, und wandte sich zum Gehen. Er verließ die Veranda und ging im Dunkeln um das Haus herum; dabei sah er, daß in sämtlichen Zimmern Licht brannte. Nun gut, das würde nichts schaden, wenn sie dann ruhiger schlafen konnte. Er stieg in den Streifenwagen und fuhr langsam die Straße hinunter, wobei er die Vorgärten der einzelnen Häuser mit den Augen absuchte.

In Detroit hatten solche Vorfälle zum Alltag gehört. Die Polizei hätte eine Nacht wie diese sogar als ruhig bezeichnet. Hier war das etwas anderes. Zwar waren Meldungen über nächtliche Herumtreiber – wirkliche oder eingebildete – nichts Außergewöhnliches, aber heute schien alles zusammenzukommen. Erst die Sache mit Willie, dann der Tote am Straßenrand und jetzt das hier. Zuviel Streß für Slaughters Geschmack.

Mittlerweile hatte er eines der neueren Wohnviertel erreicht. Hübsche, gepflegte Häuser. Überall war das Licht schon aus. Nur das zehnte Haus auf der rechten Seite war hell beleuchtet; damit hatte er nicht gerechnet. Er dachte an den Herumtreiber, an die Frau, bei der er gerade gewesen war, und die alle Lichter brennen ließ, und hielt an. Er stieg aus dem Wagen und inspizierte das Haus von beiden Seiten, ehe er die Stufen hinaufstieg und an der Tür läutete.

Er wartete eine Weile. Als niemand kam, läutete er nochmals. Er wollte gerade die Tür gewaltsam öffnen, da sah er sie kommen.

»Der Herr Polizeichef!«

»Hier soll sich irgendwo ein Landstreicher herumtreiben. Als ich das Licht sah...«

»Bei mir ist alles in Ordnung. Ich backe gerade Brot. Möchtest du ein Stück ganz frisches Brot?«

»Ich bin im Dienst.«

»Du kannst es doch mitnehmen.«

Lächelnd trat Slaughter ein und küßte sie.

Sie war fast so groß wie er. Sie drückte sich an ihn und preßte ihre Brüste fest gegen seine Uniformjacke. Dann beugte sie sich zurück und lächelte ihn an.

»So eine Begrüßung lasse ich mir gefallen«, sagte sie.

»Kundendienst«, erwiderte er.

»Sei nicht gemein, Nathan.«

Beim nächsten Kuß ließ sie ihre Zunge in seinen Mund gleiten.

»Hey, ich bin im Dienst!«

»Und da hast du keine zehn Minuten für mich übrig?«

»Ich wußte gar nicht, daß man es auf zehn Minuten ausdehnen kann.«

Er grinste sie an, und sie lachte.

»Iß lieber dein Brot, bevor du mit deinem Gewissen in Konflikt kommst.«

Sie nahm ihn bei der Hand und führte ihn durch die Diele in die Küche. Slaughter gefiel der neue weiße Anstrich der Wände und der frische Geruch, der ihm jedesmal auffiel.

Als er jedoch in die Küche kam, mußte er lachen.

»Wie sieht es denn hier aus?!«

»Ich backe nicht sehr oft.«

»Das will ich hoffen. Du wirst die ganze Nacht mit Saubermachen zu tun haben.«

»Du kannst ja später noch mal vorbeikommen und mir helfen.«

»Ist das Schlafzimmer auch so durcheinander?«

Der Hefegeruch stieg ihm angenehm in die Nase. Er beobachtete ihre graziösen Bewegungen, als sie das Brot schnitt und es ihm brachte.

»Du bist schon ein tolles Weib.«

Er strich ihr ein paar Mehlreste aus ihrem langen schwarzen Haar.

»Und kochen kann ich auch. Sogar nähen und...«

»Und das Brot schmeckt köstlich. Ich nehme alles zurück. Das Chaos in der Küche ist einfach herrlich.«

Er kaute mit vollen Backen. Es schmeckte großartig.
»Kaffee?«
»Eine Tasse Kaffee könnte ich gebrauchen, Marge.«
Sie drehte sich zu ihm um. »Hast du Ärger?«
»Dieser verdammte Landstreicher...«
»Also stimmt das doch?«
Er nahm sich noch eine Scheibe Brot. »Ja, wenn es richtig ist, was die Frau uns gemeldet hat«, sagte er kauend.
»Und ich habe gedacht, du machst Witze.«
»Nein. Und in einer Bar im Stadtzentrum gab es auch Ärger. Und dann fand ich einen Toten in der Nähe der Autobahn. Fahrerflucht. Wer weiß, was heute noch alles passiert. Früher, in Detroit, ging das manchmal tagelang so.«
»Das ist der Mond.«
Er sah sie stirnrunzelnd an.
»Ja, der wirkt sich auf jeden aus. Der aufgehende Vollmond.«
»Da bin ich nicht so sicher, Marge.«
Sie schenkte ihm Kaffee ein und gab Sahne und Zucker dazu.
»Ich habe nicht viel Zeit, Marge. Der alte Doktor Markle erwartet mich.«
»Dann lassen wir doch den Kaffee.« Sie drückte sich an ihn, ihr schmales, sonnengebräuntes Gesicht an seiner Wange.
Sie roch verlockend nach frischgebackenem Brot.

## *Kapitel 6*

ES schlich die Treppe hinauf, von dem grellen Licht geblendet. Eine Hand hielt ES schützend vor die Augen und zog sich mit der anderen am Geländer hoch. Trotz des Laborkittels, den ES übergezogen hatte, zitterte ES vor Kälte und suchte den Weg ins Freie.
An der Tür blieb ES stehen und lauschte. Kein Laut war zu

hören. ES drückte die Klinke nieder und stöhnte auf, als ES die in noch helleres Licht getauchte Halle betrat.

Am anderen Ende der Halle waren Stimmen zu hören. Frauenstimmen. So leise, daß man nichts verstehen konnte. ES wurde wütend. Aber ES mußte hier weg. Auf der anderen Seite der Halle war eine Tür, ein rotes Licht und ein Fenster. Dahinter die wundervolle, dunkle Nacht. ES tobte fast vor Wut. Dann Schritte, die sich entfernten.

Und keine Stimmen mehr.

An einem Tisch saß mit dem Rücken zu ihm eine Frau in weißem Kittel, eine weiße Haube auf dem Kopf, und schrieb. Sie sah klein und schmächtig aus. ES trat hinter sie; die nackten Füße froren auf den kalten Fliesen.

ES versuchte abzuschätzen, wie schnell ES an sie herankommen konnte, falls sie sich umdrehte und anfing zu schreien.

## *Kapitel 7*

Sie vernahm ein Geräusch und drehte sich um, aber es war niemand zu sehen.

Wer konnte das gewesen sein? Wahrscheinlich einer der Assistenzärzte, der hinausgegangen war, um eine Zigarette zu rauchen. Sie hätte sich ihm gerne angeschlossen.

Besonders, wenn es ein ganz bestimmter Assistenzarzt war.

Sie lächelte vor sich hin.

Dann hörte sie wieder ein Geräusch, diesmal von der Eingangstür neben ihr. Es war Slaughter, der ihr freundlich zunickte.

»Dr. Markle ist noch nicht fertig«, erklärte sie.

»Vielleicht ist er in sein Büro gegangen und hat vergessen, Ihnen Bescheid zu sagen. Ich werde mal nachsehen; vielleicht wartet er dort auf mich.«

Sie blickte ihm nach, als er an ihr vorbeiging. Slaughter war der Typ, den sie mochte. Groß, vierschrötig, um die Vierzig. Mit Männern dieser Altersklasse hatte sie immer Glück. Aber er verdiente nicht viel in seinem Job, und sie wollte es sich mit ihrem Assistenzarzt nicht verderben, nur um eine Nacht mit einem Bullen zu verbringen.

Trotzdem sah sie ihm nach, wie er zum Fahrstuhl ging und auf den Knopf drückte. Sein kurzgeschnittenes sandfarbenes Haar und seine lebhaften Augen gefielen ihr. Sie musterte seine hellbraune Uniform, den breitkrempigen Cowboyhut, die blankgewichsten Stiefel und die Polizeimarke auf seinem Hemd. Den Dienstrevolver trug er wie immer umgeschnallt. Als er sich nochmals zu ihr umdrehte, lächelte sie ihn an, und er nickte ihr zu. Dann öffnete sich die Fahrstuhltür und er entschwand ihren Blicken.

Ein paar Minuten lang blickte sie nachdenklich vor sich hin. Dann wandte sie sich wieder ihrer Schreibarbeit zu.

## *Kapitel 8*

Slaughter ging den Gang im Obergeschoß des Krankenhauses hinunter, wo sich die Verwaltungsbüros befanden. Als er in Markles Zimmer Licht brennen sah, ging er hinein, aber es war niemand da. Markle machte das manchmal – er ließ einfach das Licht brennen, auch wenn er nicht die Absicht hatte, in absehbarer Zeit zurückzukommen. Aber vielleicht war der Alte nur mal schnell auf die Toilette gegangen.

Slaughter schenkte sich eine Tasse Kaffee aus der Kaffeemaschine ein, die auf einem kleinen Tisch stand, machte es sich im Besuchersessel bequem und blätterte in einer Zeitschrift des Ärzteverbandes. Als er seinen Kaffee ausgetrunken hatte, war es fast zwei. Er hätte also ohne weiteres noch etwas länger bei Marge bleiben können, aber dort konnte er auch später noch hin, und er wußte, daß er hier gebraucht wurde.

Jedenfalls konnte der Alte nicht so lange auf der Toilette

sein – es sei denn, sein Gesundheitszustand war noch schlechter, als Slaughter annahm. Auch das war eine Möglichkeit. Slaughter ging auf alle Fälle mal nachsehen, aber die Herrentoilette war leer. Er kam sich ziemlich blöd vor. Markle mußte noch mit dem Sezieren der Leiche beschäftigt sein. Die Zeit bis zwei Uhr hatte eben doch nicht ausgereicht. Slaughter begann sich zu langweilen und machte sich auf den Weg nach unten.

Der Anblick von Leichen machte ihm nichts aus. Angst hatte er nur vor dem Unerwarteten und Unvorhersehbaren. Zwar fand er die Manscherei bei einer Autopsie nicht gerade appetitlich, doch ging er ihr auch nicht aus dem Wege. Falls Markle schon einen Zwischenbericht für ihn hatte, wollte Slaughter gleich den Dienstplan für morgen aufstellen. Später, wenn alles erledigt war, würde er zu Marge fahren.

Als der Aufzug nicht gleich kam, wurde er ungeduldig und lief die Betontreppe hinunter ins Kellergeschoß. Er stieß eine unbeschriftete Tür auf und betrat das Vorzimmer der pathologischen Abteilung. Es war leer, und auch im Nebenzimmer war nichts zu hören. Slaughter ging hinein, sah die leeren Tische und das zerknüllte Laken auf dem Fußboden.

Markle war offenbar mit seiner Arbeit schon fertig. Wo, zum Teufel, steckte er nur. Er wußte doch, daß Slaughter auf ihn wartete. Und Unhöflichkeit war keine von Markles Eigenschaften. Slaughter unterdrückte seinen aufkommenden Ärger und wollte schon hinausstürmen und Markle zur Rede stellen, doch einem unerklärlichen Impuls folgend ging er ein paar Schritte weiter und ließ die Tür hinter sich ins Schloß fallen.

Da sah er ihn, rechts hinter der Tür. Einen Augenblick lang blieb Slaughter regungslos stehen. Ein kalter Schauer lief ihm den Rücken hinunter. Obgleich er ihn an der Kleidung erkannte, bückte er sich und riß ihm den Mundschutz herunter in der verzweifelten Hoffnung, daß es vielleicht doch nicht Markle war.

Aber er war es. Sein Gesicht war zu einer Grimasse verzerrt, die starren Augen aus den Höhlen gequollen. Slaughter tastete nach dem Puls, legte ihm das Ohr auf die Brust, um vielleicht noch einen Herzschlag zu hören. Nichts.

»Mein Gott«, stöhnte er. Dann rannte er nach oben.

## *Kapitel 9*

Auf der Intensivstation starrten alle auf die Leiche des alten Mannes. Kanülen waren an Hals und Armen angeschlossen, das Elektroschockgerät lag neben ihm auf dem Tisch, aber das EKG verlief in einer geraden Linie und ließ einen Summton hören. Slaughter drehte sich zu Accum um. »Können Sie wirklich nichts mehr tun?« fragte er mit gebrochener Stimme.

»Die Assistenzärzte haben alles Menschenmögliche versucht. Ich selbst hätte auch nicht mehr tun können. Er war schon tot, bevor Sie ihn fanden.«

Slaughter blickte wieder den Toten an. Diese endgültige Stille, das schmerzverzerrte Gesicht. »Sollten wir ihm nicht wenigstens die Augen zudrücken?«

»Das hätten die Ärzte gleich zu Anfang tun sollen.«

Accum beugte sich vor und schaltete das EKG-Gerät ab. Dann drückte er dem Toten die Augen zu. Slaughter überlief es kalt. Er hatte diesen alten Mann wirklich gemocht. Er würde ihn sehr vermissen.

»Irgendwie fühle ich mich schuldig.«

»Ich sehe nicht ein, warum.«

»Ich habe ihm heute diese Arbeit aufgebürdet.«

»Das hat keinen Einfluß auf seinen Zustand gehabt. Er wäre ohnehin gestorben. Die kleinste Anstrengung hätte ihn umgebracht.«

»Trotzdem... er sah so erschöpft aus. Und der Tod seiner Frau...«

»Nein, die Anzeichen waren unverkennbar. Ich hatte das auf den ersten Blick erkannt.«

»Und trotzdem ließen Sie ihn weiterarbeiten?«

»Es hätte keinen Zweck gehabt, ihn davon abzuhalten. Ein

Mann wie er ... ohne seine Arbeit wäre er noch viel früher gestorben.«

Slaughter blickte Accum nachdenklich an. Der Arzt war so groß wie er selbst, aber hager. Er trug stets dunkle Anzüge, die seine blasse Hautfarbe noch bleicher erscheinen ließen. Seine Augen waren fast schwarz, sein langes dunkles Haar streng gescheitelt. Er sah aus wie ein Leichenbestatter und fast so leblos wie die Leichen, die er sezierte. Für modische Kleidung hatte er nichts übrig. Seine Arbeit verrichtete er korrekt – fast zu korrekt. Sonst schien ihn nichts zu interessieren. Er ging selten aus und kam außerhalb seiner Arbeit kaum mit anderen Leuten zusammen. Familie hatte er keine. Ein so eintöniges Leben konnte auf die Dauer nicht gesund sein, dachte Slaughter. Aber eigentlich befanden sie sich beide in der gleichen Situation, ganz abgesehen davon, daß sie beide von der Ostküste gekommen waren, wo sie Ärger und Schwierigkeiten gehabt hatten. Er verspürte eine gewisse Sympathie für diesen Mann. Mehr noch – ein Gefühl der Solidarität, das auf ihrem Pflichteifer beruhte. Trotzdem hatte dieser Mann tatenlos zugesehen, als Markles Symptome immer deutlicher auf eine Herzkrankheit hinwiesen. Vielleicht war es eine freundliche Geste gewesen, den Alten weiterarbeiten zu lassen. Möglicherweise hatte auch der ständige Umgang mit Toten ihn zum Fatalisten gemacht. Slaughter wußte nicht, was er davon halten sollte. Er wollte ihre dienstliche Beziehung nicht durch ein Vorurteil negativ beeinflussen.

Accum bemerkte, daß Slaughter ihn immer noch anstarrte. »Es war ein Herzanfall, aber wenn Sie Genaueres wissen wollen, kann ich Ihnen in ein paar Stunden einen Bericht geben.«

»Das eilt nicht. Es hat Zeit bis morgen. Der Gedanke, daß man ihn aufschneidet, ist mir zuwider.«

»Was ist mit der Arbeit, die er für Sie erledigen sollte?«

»Ich weiß nicht. Er hatte Haube und Maske auf, aber keinen Kittel an. Vielleicht hatte er noch gar nicht angefangen.«

»Ist es wichtig?«

»Verkehrsunfall mit Fahrerflucht, nehmen wir an. Wir brauchen dringend Bescheid.«

»Ich übernehme das.«

»Danke. Die Welt darf nicht stehenbleiben, nur weil ein Freund gestorben ist. Wenigstens nicht in unserem Beruf.«

»Ich würde ohnehin nur wachliegen und an ihn denken.«

»Ich danke Ihnen, daß Sie so schnell gekommen sind.«

»Er war schließlich mein Freund. Ich weiß, daß auch Sie ihm nahestanden, aber wir beide waren eng befreundet. Ich bin sofort gekommen in der Hoffnung...«

Aber die Hoffnung war vergebens gewesen. Sie starrten wieder den Toten an.

»Armer Kerl. Sein Gesicht...«

»Manchmal verzerrt sich das Gesicht in solchen Fällen. Ich glaube nicht, daß er gelitten hat. Alle Anzeichen deuten auf einen schnellen Tod hin.«

»Hoffentlich war es so.«

Slaughter berührte die Hand des Toten. Sie war kalt und schlaff, aber er drückte sie und wünschte ihm im Stillen eine gute Reise ins Jenseits. Dann drehte er sich zur Tür um.

»Ich glaube, ich fahre noch ein bißchen durch die Gegend.«

»Wir beide standen ihm an nächsten. Wir sollten uns um die Beerdigung kümmern.«

»Morgen früh.«

Auf dem Weg hinaus wandte sich Slaughter noch einmal um. »Bis bald«, sagte er. Es war ihm selbst nicht ganz klar, ob er Accum oder den Alten meinte. Er versuchte, nicht mehr daran zu denken, als er an den Schwestern vorbei durch die Schwingtür ging und in den Streifenwagen stieg.

## *Kapitel 10*

Accum sah ihm nach. Dann gab er seinen Assistenzärzten Anweisungen, den Toten betreffend, blieb aber noch im Zimmer. Er hatte sich so an Makles schwere Krankheit gewöhnt gehabt, daß er ihn wahrscheinlich im Unterbewußtsein schon als toten Mann angesehen hatte. Er war sich nicht ganz klar darüber, ob er wirklich Trauer verspürte, und das machte ihm zu schaffen. Seine Arbeit brachte es mit sich, daß er das Leben als etwas Vergängliches, Vorübergehendes ansah. Nachdem er noch einige Zeit bei dem Toten geblieben war, stieg er schließlich in den Fahrstuhl und fuhr in den Keller. Ja, der Tod seines Freundes bekümmerte ihn. Trotz seiner Bemühungen, sich zu beherrschen, weinte er jetzt fast. Das war der Grund, warum er so wenige Freunde hatte und nie verheiratet gewesen war – er konnte Kummer und Leid nicht ertragen. Solange es keine Menschen gab, denen er nahestand, mußte er um niemanden trauern, wenn dieser starb. Schmerzliche Erfahrungen hatten ihn das gelehrt.

Jetzt mußte er sich durch Arbeit ablenken. Im Vorzimmer der pathologischen Abteilung angekommen, war er im Begriff sich einen Kittel überzuziehen, wollte sich jedoch noch vergewissern, daß alles bereit war. Im mittleren Zimmer lag lediglich ein zerknülltes Laken auf dem Fußboden. Die Tür zum Kühlraum stand offen. Wahrscheinlich befand sich die Leiche dort, und der Alte hatte nicht mehr die Kraft gehabt, die Tür zu schließen. Aber auch der Kühlraum erwies sich als leer. Wo mochte die Leiche sein? Vielleicht hatte man sie in der Aufnahme gelassen, während der Alte seine Vorbereitungen traf. Das war zwar gegen die Bestimmungen, aber dem Alten war vielleicht schon schlecht gewesen.

Er ging zum Telefon und hob den Hörer ab. Die Stationsschwester im ersten Stock meldete sich.

»Hier Dr. Accum. Polizeichef Slaughter hat heute abend einen Toten eingeliefert.«

»Ja, das stimmt.«

»Hier unten in der Pathologie ist er nicht. Fragen Sie doch mal in der Aufnahme nach.«

»Aber ich habe doch selbst gesehen, wie man ihn runtergebracht hat.«

»Sind Sie ganz sicher?«

»Ja. Und Dr. Markle ist mitgegangen.«

»Moment mal.«

Accum legte den Hörer weg, ging durch die Halle und sah

in einem anderen Zimmer nach. Auf einem Tisch lagen, sorgfältig zusammengelegt, ein paar Kleidungsstücke, an denen verkrustetes Blut klebte. Er suchte auch die übrigen Zimmer erfolglos ab und ging zurück zum Telefon.

»Hier noch mal Dr. Accum. Sie sollten sich mal genau erkundigen, Schwester. Entweder hat man den Toten versehentlich in ein Patientenzimmer gelegt, oder jemand hält uns zum Narren.«

## *Kapitel 11*

Clifford stolperte die Straße entlang, die eine Abkürzung seines Nachhauseweges war. Er wollte eigentlich einem Freund einen Besuch abstatten, erinnerte sich aber im letzten Augenblick daran, daß dieser weggefahren war. Komisch, daß er das ganz vergessen hatte. Cliffords Frau pflegte zu sagen, daß er nie nach Hause kam, wenn er besoffen war. Er würde es ihr zeigen und trotzdem nach Hause gehen.

Er taumelte auf die Viehgehege vor dem Schlachthaus zu. Dicht davor war ein freies Feld, das er überqueren wollte. Der Mond war so hell, daß er ihn blendete. Er blieb stehen und blinzelte mit dem einen Auge ins Mondlicht. Dann kniff er das Auge zu und blinzelte mit dem anderen. So einen großen Mond hatte er noch nie gesehen. Daran war bestimmt der Whisky schuld. Er begann zu singen:

*By the light...*

Singend ging er weiter.

*Of the Siiiiilvery Moon...*

Als er den Acker erreichte, stolperte er und fiel hin. Da lag er nun zwischen Stauden und Büschen und starrte den Mond an. Der Mond schien anzuschwellen und auf ihn zuzukommen. Clifford schüttelte seinen Kopf, rappelte sich auf Knie und Hände hoch und kam schließlich auf die Beine. Die Arme ausgestreckt, balancierte er wie auf einem Drahtseil. Der Wind wisperte in den Büschen, und er spürte die magnetische Anziehungskraft des Mondes. Dann stolperte er und fiel und fiel und fiel... Als er endlich landete, war er so benommen, daß er nicht mehr aufstehen konnte. Er lag in einer Kuhle, und der Mond bewachte ihn. Der Whisky linderte seine Schmerzen. Er streckte die Hände aus, um den Mond anzufassen, war aber so müde, daß er einschlief.

Als er aufwachte, war der Mond noch heller, obgleich er jetzt tiefer am Himmel stand. Der Wind hatte sich gelegt, aber im Gebüsch raschelte es immer noch. Dann sah er den Hund. ETWAS stand am Rand der Kuhle, den Mond hinter sich, der ES umgab wie ein Heiligenschein. ES starrte ihn an, und er konnte seine Anwesenheit nicht nur sehen, sondern auch spüren. »Was ist?«

Er begriff nicht, was er sah. Betrunken und verschlafen, wie er war, sah er alles doppelt. ES schimmerte und dehnte sich aus. Dann erhob ES sich vom Boden und fiel über den schreienden Clifford her. SEIN Gewicht drückte ihn nieder. Er konnte nichts mehr sehen.

»Nicht mein Gesicht!«

Aber ES riß an ihm und zerfleischte ihn. Eine Wange war schon völlig zerfetzt.

»Nicht mein Gesicht! O Gott, nicht mein Gesicht!«

## *Kapitel 12*

Er wachte schreiend auf.

»Was ist denn, Nathan?« fragte Marge.

Slaughter drehte sich zu ihr um. Er spürte ihre Hand auf seiner Schulter. Schweißüberströmt setzte er sich im Bett auf. Es dauerte einen Augenblick, bis er sich erinnerte, wo er war.

Er fuhr sich mit der Hand über das Gesicht und schüttelte den Kopf. »Nichts weiter. Ein Alptraum.«

Er blickte sich im Zimmer um und versuchte die Erinnerung daran abzuschütteln.

»Alles in Ordnung?« fragte sie.

Slaughter holte tief Atem.

»Du hast schon lange keinen Alptraum mehr gehabt.«

»Die überfallen einen genau dann, wenn man sie nicht erwartet.«

Er stieg nackt aus dem Bett und zog sich seine Unterwäsche und seine Hose über.

»Wieder der gleiche?«

Er nickte.

»Von Detroit?«

»Ja.«

Er sprach nicht gern darüber. Er ging auf den Lichtschalter zu, aber das Mondlicht schien so hell durchs Fenster, daß er kein Licht machte, sondern den Mond anstarrte.

»Einen so hellen Mond habe ich noch nie gesehen.«

Dann wandte er sich wieder zu Marge.

»Hast du eine Zigarette?«

Sie setzte sich auf. Das Mondlicht fiel auf ihre nackten Brüste.

»So schlimm?«

Sie rauchten fast nie, hatten aber immer eine Packung Zigaretten im Haus. Slaughter mußte an den ersten Fall denken, den er und Markle gemeinsam bearbeitet hatten. Tod durch Erschießen; es erwies sich später als Selbstmord. Der Selbstmörder war der Mann von Marge gewesen. So hatten sie sich kennengelernt, und im Laufe der Jahre waren sie sich nähergekommen und hatten Trost beieinander gefunden. In letzter Zeit sahen sie sich häufig. Seine Kinder waren wieder weggefahren, und er fühlte sich einsam. Er hatte ihr beigestanden, als sie Hilfe brauchte, und sie tat das gleiche. Und beide hatten sie ihre Alpträume.

Marge kramte in der Schublade in ihrem Nachttisch. »Nur noch zwei.«

»Und die sind ein Jahr alt. Die werden herrlich schmekken.«

Sie warf ihm die fast leere Packung zu.

Mit dankbarem Nicken steckte er sich eine an und starrte dann wieder durchs Fenster den Mond an.

»Du solltest etwas dagegen unternehmen.«

»Es ist nur die Sache mit dem Alten, die mich so fertiggemacht hat. Wie er da in der Leichenhalle lag...«

»So wie damals mit den zwei Jungens im Lebensmittelladen?«

Das wußte sie. Mehr hatte er ihr nie erzählt. »Ja, in gewisser Hinsicht... es ist der Tod.«

Er zog an seiner Zigarette. Sie schmeckte schal und trocken wie dürres Laub. Sein Schädel brummte.

»Ich kann nichts dagegen tun.«

»Wogegen? Gegen den Traum? Gegen den Tod des Alten?«

»Beides.«

Er wandte sich zu ihr um und fragte: »Hast du auch manchmal eine Vorahnung, daß etwas passiert?«

»Ja... als mein Mann starb... ich meine, bevor er starb...«

»Genau das.«

Er blickte wieder aus dem Fenster und sah etwas durch die Büsche kriechen.

## *Kapitel 13*

ES fror erbärmlich. Wohin ES sich auch wandte, überall waren helle Lichter und der grausame Mondschein. Mit erhobener Hand wankte ES über die Straße und zuckte stöhnend mit dem Kopf. Überall hartes Pflaster mit geraden weißen Linien, hohe Straßenlampen und Häuserreihen. In seinem flatternden Laborkittel schlurfte ES vorwärts, vorbei an einem Schild mit der Aufschrift WESTSIDE MALL, bis ES eine Schaufensterreihe erreichte. Geschirr, Lampen, Sofas, Tische. ES knurrte und schlich weiter zum nächsten Fenster. Bücher und Schallplatten. Aspirinfläschchen. Kochplatten. An all diese Gegenstände konnte ES sich erinnern. SEINE nackten Füße waren schon fast erfroren. ES zitterte in der kalten Nachtluft. Nebel zog auf. ES hatte nur noch den einen

Wunsch, sich im Dunkel des Waldes zu verkriechen. Aber dann fand ES, was ES suchte. Im nächsten Fenster waren Mäntel, Hemden und Hosen. Ohne daran zu denken, sich irgendwie abzuschützen, schlug ES mit dem Ellbogen die Scheibe ein. Das Glas zersplitterte. Die Alarmanlage schrillte. ES hob die Faust und zerbrach noch mehr Glas. Knurrend stieg ES durch das Fenster nach innen. Wärme. Ein Mantel. Der Wald. SEINE Füße bluteten, aber ES knurrte nur die Scherben an und griff nach einem Mantelständer.

## *Kapitel 14*

Drei Fälle von Trunkenheit am Steuer.

Zwei Fälle von Körperverletzung.

Ein Einbruch in einem Kleidergeschäft.

Eine Person vermißt.

Und das war noch nicht alles. Slaughter sah sich die Nachtmeldungen durch. In seinen fünf Jahren als Polizeichef dieser Stadt war ihm so etwas noch nicht vorgekommen. Dazu kamen Anzeigen über verdächtige Landstreicher, bellende Hunde, gestohlene Autos, Raufereien und Familienstreite. Im Piggly Wiggly war ein Raubüberfall verübt worden. Ganz zu schweigen von Willie, dem Verkehrsunfall mit Fahrerflucht und dem Herumtreiber, den Slaughter selber von Marges Fenster aus gesehen hatte.

Und dann der Alte. Vergiß nicht, daß auch ein guter Freund von dir gestorben ist. Nein. So etwas konnte man nicht vergessen.

Konzentriere dich jetzt lieber auf deine Arbeit.

Er trat aus seinem Chefzimmer, das durch eine Glaswand von dem großen Büroraum getrennt war.

»Hast du das gesehen, Marge?«

Sie blickte von ihrem Schreibtisch neben der Tür auf. Unter dem früheren Polizeichef hatte sie halbtags als Schreibkraft gearbeitet. Als ihr Mann starb, brauchte sie Vollbeschäftigung, und Slaughter hatte sie eingestellt. Zwar wußte er, wie schnell sich in dieser Kleinstadt das Gerücht verbreiten würde, daß sie miteinander schliefen, und er achtete streng darauf, Dienst und Privatleben zu trennen; die einzigen Bemerkungen, die er hier und dort zu hören bekam, betrafen die bewundernswerte Diskretion. Und es war auch kein Fall von Vetternwirtschaft. Marge war außerordentlich tüchtig, und nur darauf kam es an.

Sie nickte. Sie hatte jetzt ein hübsches, geblümtes Kleid an und nicht die alten Jeans, die sie zu Hause zu tragen pflegte.

»So eine Scheiße! Seit Detroit ist mir so ein Nachtbericht nicht mehr untergekommen. Was ist denn plötzlich los?«

»Keine Ahnung. Aber es kommen immer noch Anzeigen.«

»Wenn das so weitergeht, müssen wir heute eine doppelte Schicht ansetzen.«

»Ich habe alle Beamten, die dienstfrei haben, angerufen. Sie sind schon wieder im Dienst.«

Das war es, was er an ihr mochte. Verdammt tüchtig.

»Und der Leichenbeschauer hat angerufen.«

»Ich rufe zurück.«

Er konnte sich vorstellen, was Accum von ihm wollte. Der Autopsiebericht über den Alten. Slaughter wollte die Einzelheiten jetzt nicht hören. Nachts war er nochmal den Herumtreiber suchen gegangen, den er von Marges Fenster aus gesehen hatte. Vorher hatte er schlecht geschlafen. Und anschließend überhaupt nicht mehr. Er wollte jetzt nicht an die Beerdigung denken. Das alles war einfach zuviel auf einmal.

»Hör mal.«

Marge deutete auf das Sprechfunkgerät neben ihrem Schreibtisch. Dabei warf sie ihm einen bedeutungsvollen Blick zu.

Die zwei Beamten, die gerade ihre Berichte tippten, blickten ebenfalls auf das Gerät.

Er mußte sich verhört haben.

Er beugte sich über das Mikrofon. Die Morgensonne schien ihm durchs Fenster ins Gesicht.

»Ja, Accum, hier ist Slaughter.«

»Es ist wegen dieses Fahrerfluchtopfers, das Sie gestern eingeliefert haben.«

»Was ist damit?«

»Die Leiche ist weg. Wir können sie nirgends finden. Irgend jemand muß sie geklaut haben.«

## *Kapitel 15*

Sie hieß Phoebe. Zumindest für diese Woche. Sie hatte sich in die Ecke des Eisenbahnabteils gekuschelt und starrte auf den gequälten Mann, der immer noch auf dem ausziehbaren Polstersitz lag und schlief. Er hieß Dunlap – Gordon Dunlap; zumindest hatte er das gesagt. Da sie jedoch selbst ihren Namen fast ebensooft änderte wie ihre Launen, sah sie keinen Grund, ihm zu glauben. Offensichtlich verfolgte ihn eine Art Alptraum, das wußte sie, und sie hatte Angst. Trotzdem fühlte sie fast einen Zwang, bei ihm zu bleiben. Nicht aus Mitgefühl, sondern weil er sie faszinierte; sie kam sich vor wie ein Kaninchen, auf das im nächsten Augenblick die Schlange losgehen wird. Auch wenn sie jetzt ihre Sachen zusammenraffte und das Abteil verließ, konnte sie doch nicht aus dem fahrenden Zug springen. Er konnte jeden Moment aufwachen und sie suchen gehen... nein, sie sollte ihn lieber nicht provozieren. Ruhig bleiben, sagte sie sich. Es mußte durchgestanden werden. Irgendwann mußte der Zug ja halten.

Sie war ihm begegnet, als der Zug in Chicago abfuhr. Als sie an die Bar im Speisewagen gegangen war, hatte sie ihn dort allein am Fenster sitzen sehen. Er rauchte und starrte in sein Glas... was mochte es sein? Es sah aus wie Whisky oder Kognak. Für die Landschaft, die draußen vorbeizog, hatte er keinen Blick übrig. Sie beobachtete ihn zehn Minuten lang, bevor sie ihr Weinglas nahm und zu ihm hinüberging.

»Darf ich mich zu Ihnen setzen?«

Zunächst glaubte sie, er hätte nicht gehört. Aber nach ein paar Sekunden hob er den Kopf.

Eine ganze Weile starrte er sie an, aber das machte ihr nichts aus. Im Gegenteil, sie war daran gewöhnt, und sie mochte es, wenn ein Mann sie von Kopf bis Fuß musterte.

Aber dieser hier schien durch sie hindurchzusehen.

Dann machte er eine Kopfbewegung zu dem leeren Sitz hin.

Sie zögerte, setzte sich aber dann doch. Warum eigentlich das Ganze? Einsamkeit gepaart mit Langeweile. Hauptsächlich aber Neugierde, vermutete sie. Sie hatte längst aufgehört, Männer nach ihrem Aussehen zu beurteilen, obgleich dieser hier gar nicht so übel war. Graues Haar – obgleich er nicht älter als vierzig sein konnte –, stahlgraue Augen, Denkerstirn. Er trug einen dunklen Einreiher mit Klubkrawatte und weißem Hemd und auf Hochglanz polierte Schuhe. Alles deutete auf einen erfolgreichen Geschäftsmann hin. Aber obgleich Anzug und Hemd frisch gebügelt waren, obgleich er glattrasiert und sein Haar ordentlich geschnitten war, stimmte etwas nicht an ihm. Irgenwie sah es so aus, als sei der Anzug schon sechs Jahre alt und der einzige, den er besaß, und als befände er sich in finanziellen Schwierigkeiten.

Gordon Dunlap. Auf dem Wege nach Seattle. Er erzählte ihr das nicht von sich aus, sondern beantwortete lediglich ihre Fragen. Das verwirrte sie. Sie war es gewöhnt, daß die Männer sie mit ihren Geschichten förmlich überschütteten, sobald sie einmal den ersten Schritt getan hatte. Vielleicht war sie deshalb sitzen geblieben, weil dieser Mann so anders war. Solange sie ihn nicht ansprach und ihm Fragen stellte, starrte er in sein Glas und schien ihre Anwesenheit als selbstverständlich hinzunehmen.

Warum war er nicht lieber geflogen? Weil er Zeit hatte. Was ihn erwartete, würde ihm nicht davonlaufen.

Was erwartete ihn denn? Keine Antwort.

Sie war auf dem Weg nach Sun Valley.

Er nickte.

Sie hatte dort Freunde.

Er nickte wiederum.

Sie haßte es zu fliegen. Sie hatte Angst davor.

Er zuckte nur mit den Schultern, bestellte sich noch einen Drink und ein Glas Wein für sie.

»Wäre es Ihnen lieber, wenn ich nicht hier sitzen würde?«

»Nein, bleiben Sie nur. Ich mag Ihre Gesellschaft.«

»Das lassen Sie sich aber nicht anmerken.«

»Ich lasse mir nie viel anmerken.«

Schattenboxen. Sie hätte ihn sich selbst überlassen sollen, aber die Bar war fast leer. Dunlap war der einzige alleinreisende Herr. Sie hatte keine Wahl.

Drei Drinks später gingen sie in sein Abteil. Schließlich mußte sie ihn darum bitten. Er hatte eine Flasche Bourbon dabei. Sie wechselte von Wein zu Bourbon über, und bald war die halbe Flasche geleert. Sie bumsten und bumsten. Was sie erwartet hatte, war rein mechanischer Sex, aber er fiel mit einer verzweifelten Leidenschaftlichkeit über sie her, als sei sie die einzige Frau auf der Welt. Als er seinen Höhepunkt erreichte, schrie er auf, wie vor Schmerzen. Einmal genügte ihm nicht. Immer wieder riß er sie an sich. Sie tranken die andere Hälfte der Flasche aus. Er holte eine neue aus seinem Koffer. Und sie soffen weiter. Der Zug kam in South Dakota an. Es wurde dunkel.

Dann war er voll mit Bourbon und fing an zu reden. Je mehr er trank, um so gesprächiger wurde er. Er erzählte ihr, daß er nach Seattle in eine Entwöhnungsklinik für Alkoholiker fuhr. Er hatte vor kurzem einen Nervenzusammenbruch gehabt, und auch seine Ehe war im Eimer (sie hatte gesehen, daß er keinen Ehering trug). Früher war er ein berühmter Fotojournalist gewesen (daher die Kamera und das Tonbandgerät). Er hatte für ›Life‹ und ›Look‹ und für die ›Post‹ gearbeitet, aber die existierten alle nicht mehr.

»Doch«, sagte sie. »›Life‹ ist wieder überall zu haben.«

»Einmal monatlich. Nein, ›Life‹ ist weg vom Fenster.«

Er brach in hysterisches Gelächter aus, so daß ihr richtig Angst wurde.

»Ich schreibe jetzt für ›Rolling Stone‹.«

Sie kannte die Zeitschrift. »Ich habe Ihren Namen nie gelesen.«

»Natürlich nicht. Nach allem, was passiert ist, schreibe ich unter einem Decknamen. Geoffrey Clinker.«

»Ach so.« Das erklärte sein verrücktes Benehmen. Sie kannte seine Artikel. Verdreht und neurotisch, an der Grenze zum Wahnsinn. Seine Augen waren wie zwei Hände, die sie umklammert hielten. Sie war machtlos. Du bist dreiundzwanzig, sagte sie sich. Eine nutzlose Herumtreiberin. Du lachst dir einen Mann nach dem anderen an, bis du eines Nachts den falschen erwischst, der dich umbringt.

Aber das tat er nicht. Sein Redeschwall verstummte nach und nach. Das monotone Rattern der Räder schläferte ihn allmählich ein. Er schloß die Augen und versank in tiefen Schlaf.

Sie wagte es nicht, sich zu bewegen, aus Angst, ihn aufzuwecken.

Eine Stunde später sprang er schreiend von der Liege auf, die Fäuste geballt.

»Hast du es gesehen?«

»Was denn?«

»Das Geweih.«

Sie schüttelte stumm den Kopf.

»Und noch etwas...«

»Was denn?«

Aber er wollte es ihr nicht sagen oder konnte es nicht. Schweißüberströmt sank er auf die Liege zurück.

»Das Geweih«, wiederholte er verzweifelt. Er bewegte den Kopf von einer Seite zur anderen. »Das Geweih. Es ist... o Gott, mein Gott... entschuldigen Sie bitte.«

Das überstieg ihr Begriffsvermögen.

Dann wandte er sich wieder zu ihr. »Wirklich. Es tut mir leid. Entschuldigen Sie.«

»Warum denn? Weil Sie das gesagt haben?«

»Ich hatte einen Traum. Ich... lassen wir das. Habe ich Ihnen Angst gemacht?«

»Ja.«

»Ich hatte auch Angst. Das ist der Grund, warum ich nach Seattle fahre.«

Er starrte sie an. Impulsiv ergriff sie seine Hand. Sie wußte selber nicht, warum, aber es schien ihn zu beruhigen. Es war genau das Richtige. Sie hielt seine Hand, und er schlief wieder ein. Behutsam entzog sie ihm ihre Hand, setzte sich ans Fenster und beobachtete, wie die Sonne über den Bergen aufging.

Die Fahrt ging immer höher. Sie passierten die Baumgrenze, und die schneebedeckten Berggipfel lagen so nahe, daß sie am liebsten ausgestiegen und durch den Schnee gestapft wäre. Dann sah sie, daß Dunlap sie anblinzelte.

»Habe ich wieder geträumt?«

»Erinnern Sie sich denn nicht?«

»Nein.«

»Sie hatten einen Alptraum.«

Er überlegte. »Wo sind wir?«

»In den Bergen.«

»Das sehe ich. Wo? In welchem Staat?«

»Wyoming.«

Er starrte sie wieder unentwegt an.

Die Strecke führte wieder abwärts. Sie blickte aus dem Fenster, sah das von Bergen gesäumte Tal und die Stadt in der Mitte.

Sie hoffte, daß der Zug dort anhalten würde. Dann würde sie aussteigen.

Er kroch von der Liege herunter, wusch und rasierte sich. Dann kleidete er sich an. Es schien ihm Mühe zu machen.

Sie fuhren jetzt durch grünes Weideland. Kurz vor der Stadt verlangsamte der Zug die Fahrt. Sie kamen an einem Schild vorbei, auf dem POTTER'S FIELD stand.

Sie streckte gerade den Arm aus, um ihren Koffer herunterzunehmen, als er plötzlich erklärte: »Ich steige hier aus.«

»Ich denke, Sie fahren nach Seattle.«

»Nein. Ich muß etwas... Ich steige hier aus.«

Er machte seinen Koffer zu und nahm seine Kamera und das Tonbandgerät. »Hier ist meine Fahrkarte. Sie können das Schlafwagenabteil behalten.«

Sie begleitete ihn bis zur Waggontür.

Der Zug hielt an. Er beugte sich vor und küßte sie auf die Wange. »Ich... bis bald.«

Sie sah ihm nach wie er – Koffer, Kamera und Tonbandgerät in der Hand – den Bahnsteig entlangging und um eine Ecke verschwand. Ihr fiel auf, daß er sich hier genau auszukennen schien. Er wirkte keineswegs wie ein Fremder in dieser Stadt.

## *Kapitel 16*

Die Stadt hatte sich kaum verändert. Zwar war es damals Winter gewesen, die Straßen verschneit und die Temperatur weit unter dem Gefrierpunkt, aber er erinnerte sich noch genau an alle Einzelheiten. Er erinnerte sich, wie er damals aus dem Zug gestiegen und um die gleiche Ecke gegangen war. Einen Häuserblock weiter bog er in die Hauptstraße ein mit ihren gepflegten zweistöckigen Häuserreihen, deren weißer Anstrich in der Sonne glänzte. Die Hauptstraße war sehr breit, genau wie er sie in Erinnerung hatte, ein Überbleibsel aus jenen Tagen, als man Viehherden hier entlanggetrieben hatte. Und da waren auch Plakate, welche Rodeos und Viehmärkte ankündigten, Schaufenster mit Cowboykleidung und Kneipen mit Namen wie ›Trails End‹ und ›Hitching Post‹. Ja, er erinnerte sich noch genau an Potter's Field. Damals war er noch gesund gewesen.

Potter's Field. Er dachte an jenen Winter und an die große Fotostory, die er hier gemacht hatte. Es war seine letzte gewesen, bevor ›Life‹ endgültig zusammengebrochen war, und eine seiner besten. Eine der besten Reportagen, die hier je geschrieben worden waren, obgleich es Journalisten gegeben hatte wie Sand am Meer. Er war sich nicht klar darüber, was er eigentlich hier wollte. Er hatte doch die feste Absicht gehabt, nach Seattle zu fahren. Er hatte es sich geschworen. Zwar hatte er schon so manchen Schwur gebrochen, aber diesmal war es ihm bitter ernst gewesen. Er war zu Jackie gegangen und hatte ihr erzählt, was er vorhatte. Sie hatte ihn für verrückt erklärt, was wahrscheinlich der Wahrheit entsprach. Er hatte ihr sogar das Versprechen abgenommen, es noch einmal mit ihm zu versuchen, falls die Entziehungskur erfolgreich war.

Wieso war er also hier aus dem Zug gestiegen? Was für einen Sinn hatte das?

Er ging die Hauptstraße entlang auf das Gerichtsgebäude zu. Sein schwerer Koffer behinderte ihn beim Gehen, und nach all dem Bourbon fühlte er sich miserabel. Obgleich der Sommer noch nicht richtig begonnen hatte, war es drückend heiß. Seine Augen brannten. Die Sonne blendete ihn, und er fing an zu schwitzen. Das Hemd klebte ihm am Leibe. Der dunkle Anzug, den er trug, verlor seine Fasson, und sein Spiegelbild im Schaufenster sah ebenso elend aus, wie er sich fühlte. Ihm wurde übel, und er glaubte sich erbrechen zu müssen. Wenn er nur einen einzigen Drink zu sich nahm, würde er wahrscheinlich die Kraft finden, sein Vorhaben auszuführen, aber er war nicht hergekommen, um zu trinken. Das hätte er im Zug tun können. Nein, es war etwas anderes, was ihn hierhergeführt hatte, und er rätselte, was es sein mochte. Dann blickte er zur anderen Straßenseite hinüber und sah in großen Blockbuchstaben die Aufschrift POTTER'S FIELD GAZETTE. Jetzt war ihm klar, was er vorhatte.

Er schlängelte sich durch den Verkehr, überquerte die Straße und erreichte schließlich das Redaktionsgebäude mit seiner spiegelblanken Glastür und den glitzernden Stufen aus Kunstmarmor vor dem Eingang. Dabei dachte er an den Mann, mit dem er reden wollte, falls er immer noch hier war. So, wie er ihn in der Erinnerung hatte, wirkte er fett und unbeholfen.

Wenn er sich jedoch bewegte, sah man, daß er die Kraft und Behendigkeit eines Schwergewichtboxers besaß. Er war um die Fünfzig und seit vielen Jahren der Redaktionsleiter, der seinen Einfluß und seine Macht mit einer Geschicklichkeit ausübte, um die ihn so manche Senatoren und Abgeordnete beneidet hätten. Dieser Mann konnte sehr gefährlich werden – falls er noch da war.

Er hieß Parsons.

## *Kapitel 17*

»Wir sind uns im Dezember 71 begegnet.«

»So? Ich erinnere mich zwar an das, was damals geschehen ist, aber nicht an Sie.«

»Ich war einer der Zeitungsleute, die auf diese Story angesetzt waren.«

»Und? Ich verstehe immer noch nicht.«

»Ich will einen Nachtrag schreiben.«

Dunlap fragte sich, ob er das wirklich wollte.

»Die Story ist doch tot. Wer hätte noch Interesse daran?«

»Die Story über das Unglück und die Verunglückten gibt nichts mehr her. Aber was ist mit den Überlebenden?«

Parsons lehnte sich in seinem Sessel zurück und kniff die Fettpolster unter seinen Augen zusammen. »Jetzt verstehe ich, was Sie wollen. Darf ich Ihnen ganz offen meine Meinung sagen?«

»Ich bitte darum.«

»Sie wollen nur Ärger machen.«

»Ärger?«

»Na ja, man hat damals uns für alles verantwortlich gemacht. Es ist doch nicht unsere Schuld, wenn ein paar Verrückte sich einbilden, sie könnten die Berge bezwingen. Hätten sie auf uns gehört und diese blödsinnige Idee aufgegeben, dann wären sie uns herzlich willkommen gewesen. Aber all die Fremden hier in der Stadt haben nichts als Ärger gemacht.«

»Ich bin nicht deshalb gekommen.«

»Warum dann?«

Dunlap wußte selber nicht, warum er gekommen war. Er sagte: »Es ist nun mal passiert. Wer kann heute noch sagen, wessen Schuld es war. Sie haben recht. Abgesehen von dem, was in der Stadt los war, hätten sie wissen müssen, daß sie die Berge nicht bezwingen konnten.«

Die erfrorenen Leichen überall in den verschneiten Wäldern verstreut, Arme und Beine von Wölfen und Kojoten angeknabbert, ... und das Lager hier unten ... heulende, hungrige Kinder ... und die Erwachsenen mit schwarzen, erfrorenen Fingern und Füßen. Die Erinnerung ließ Dunlap erschauern.

»Also, was soll das Ganze für einen Zweck haben?« fragte Parsons.

»Das ist es ja eben. In diesem unseren Jahrhundert war eine Brook Farm möglich. Und ein Mann wie Quiller. Ein reicher Mann mit Idealen. Er hält sich für eine Art Transzendentalen und wendet sich von weltlichen Gütern ab. Dann führt er eine ganze Menschenkarawane hierher, gründet ein Lager und erklärt, er wolle als Naturmensch leben.«

»Alles verdammte Oberschüler. Kinder.«

»Nicht alle.«

»Das spielt doch keine Rolle. Sie hielten sich alle für so verdammt klug und begriffen nicht einmal, was jeder Sechsjährige in dieser Gegend weiß: Wer die Natur bezwingen will, den bringt sie um.«

»Und genau das ist meine Story. Niemand hat die Sache jemals weiterverfolgt. Die Jungens haben einen Denkzettel gekriegt – gut. Und was ist dann mit ihnen geschehen?«

»Es ist keiner mehr hier.«

»Was?«

»Sie blieben bis zum Frühjahr. Einer der hiesigen Bauernsöhne schloß sich ihnen an. Als sein Vater das herausfand, wollte er ihn mit Gewalt zurückholen, drehte durch und schoß einen von ihnen über den Haufen. Jetzt sind sie alle weg.«

Dunlap starrte ihn sprachlos an.

## *Kapitel 18*

Die zwei Jungens rannten über den Acker. In der Schule war es brütend heiß gewesen, aber heute war Freitag, morgen würden sie sich Zeichentrickfilme anschauen, und in zwei Wochen fingen die Ferien an. Sie freuten sich auf den Kuchen, der sie zu Hause erwartete. Später wollten sie Baseball spielen. Ball und Handschuhe hatten sie mitgebracht und warfen sich jetzt im Laufen gegenseitig den Ball zu.

»Jetzt mal ein hoher Ball!« rief der eine Junge dem anderen zu. Dann blieb er wie angewurzelt stehen und starrte auf die Leiche in der Kuhle vor ihm.

Das Gesicht war blutverschmiert. Der Junge begann laut zu schreien.

## *Kapitel 19*

ES schlief.

Bei Sonnenaufgang hatte ES den Stadtrand erreicht. Vom hellen Sonnenlicht geblendet, hatte ES sich nach einem Schlupfwinkel umgesehen. ES stand am Straßenrand. Als ein großer Lastwagen angerast kam, warf ES sich in das hohe Gras und kroch in den Straßengraben. Dann bemerkte ES den schmalen Tunnel unter der Straße und kroch heulend und wimmernd hinein.

Jetzt war wenigstens die Sonne weg.

Hier unten fühlte ES sich einigermaßen sicher. Der Abzugskanal war eng, feucht und voller Spinnweben. SEINE Schmerzen ließen allmählich nach. ES schlief ein und träumte von einem früheren Leben, als ES in den Bergen kampiert hatte.

Dann war ES in die Stadt gekommen, um sich dort Nahrung zu beschaffen. Das war erst zwei Tage her.

Erst zwei Tage... als alles noch anders gewesen war.

## *Kapitel 20*

Slaughter schaltete die Sirene und das Blaulicht ein. Mit quietschenden Reifen raste er vom Parkplatz hinter der Polizeiwache auf die Hauptstraße und auf die Kreuzung zu, von wo aus er auf dem kürzesten Weg das freie Feld vor dem Schlachthaus erreichen würde. Er bemühte sich, Ruhe zu bewahren und sich zu beherrschen. Das Herz schlug ihm bis zum Hals, und die Aufregung verursachte ihm Sodbrennen. Accum hatte die vermißte Leiche immer noch nicht gefunden. Der Leichenbestatter war schon auf der Wache gewesen und hatte sich nach Markle erkundigt. Und es waren immer mehr Anzeigen gekommen. Rowdies hatten in der Nacht Fenster eingeschlagen, ein Hirsch hatte sich ins Stadtzentrum verirrt, wo er in Panik geraten war und beträchtlichen Schaden angerichtet hatte. Slaughter wußte nicht, mit welchem Problem er sich zuerst befassen sollte, aber dann war diese letzte Meldung gekommen, die zweifellos Vorrang hatte, und jetzt raste er zum Tatort.

## *Kapitel 21*

Dunlap sah den Streifenwagen mit heulender Sirene und flackerndem Blaulicht um die Ecke biegen. Er blickte auf den großen, kräftigen Mann am Steuer, der ihm irgendwie bekannt vorkam. Aber das konnte doch nicht sein. Auf der Tür des Streifenwagens stand POLIZEICHEF, aber den Polizeichef hatte er damals, bei seinem ersten Besuch, kennengelernt, und es war nicht derselbe Mann. Trotzdem konnte Dunlap das Gefühl nicht loswerden, daß er ihm irgendwo schon begegnet war.

Dunlap ging auf den Eingang des Polizeireviers zu.

Eine verrückte Idee, dachte er sich. Er hatte eben das Zeitungsarchiv verlassen...

Warum eigentlich? Was wollte er hier?

Er hatte eine Zigarette nach der anderen geraucht und des öfteren einen kräftigen Schluck aus der Whiskyflasche in seinem Koffer getan, während er die Mikrofilme mit den alten Berichten über Quiller und sein Lager durchgesehen hatte. In dem verdunkelten Kellerraum vor dem Projektionsapparat hatte er an seinen Alptraum denken müssen... das Geweih... und das andere Ding. In wachem Zustand und bei Tageslicht war ihm das noch nie passiert. Er fühlte förmlich, wie das Ding an ihn herankam und hinter ihm stand. Um sich abzulenken, trank er und las die Berichte. Es war alles nur Einbildung, so wie andere Alkoholiker riesige Insekten oder rosarote Elefanten sahen. Du bist im Delirium, Freundchen. Du hättest nach Seattle weiterfahren sollen.

Er konnte diesen eigenartigen Zwang hierzubleiben nicht verstehen. War es deshalb, weil er damals auf dem Höhepunkt seiner Karriere gewesen und seitdem immer tiefer gesunken war? War es ein verzweifelter Versuch, wieder nach oben zu kommen, und setzte er an dem Punkt an, wo sein Glück ihn verlassen hatte? Der Artikel, den er hier geschrieben hatte, war seine beste Arbeit gewesen. Aber dann war ›Life‹ in Geldschwierigkeiten geraten und hatte seine Reportage nicht gedruckt. Auch andere Zeitungen hatten kein Interesse mehr an seinen Artikeln gezeigt, und das war der Anfang vom Ende gewesen. Seine Arbeit bedeutete ihm alles, und um seinen Frust zu bewältigen, hatte er angefangen zu trinken und im Alkohol Trost gefunden.

Aber auch das war vorbei. Er hätte Seattle niemals erreicht. Als der Alptraum ihn überfiel, hätte er sich um ein Haar umgebracht und vielleicht diese Phoebe auch. Er hatte keine andere Wahl gehabt, als hier auszusteigen. ›Life‹ war wieder auf dem Markt, und vielleicht konnte er dort weitermachen, wo er aufgehört hatte. Obgleich ihm alles noch deutlich in Erinnerung war, hatte er sich den ganzen Mikrofilm angesehen. Da war irgend etwas. Ein nagendes Gefühl. Er erinnerte sich an die lange, unordentliche Karawane aus Kombiwagen, Lastern und Autobussen, vorneweg Quillers rote Corvette, wie sie vor dem Rathaus in San Francisco abfuhren. Am vierten Juli. Unabhängigkeitstag. Der Exodus. Er hatte gelesen, daß Quiller Tausende von Leuten aus dem Lager geworfen hatte, von den Unruhen in der Stadt, den Zusammenstößen mit der Polizei, von den Bussen, mit denen man die Landstreicher abtransportiert hatte. Er hatte nochmals die Berichte über die Empörung der Einheimischen gelesen, die nichts mit Quillers Leuten zu tun haben wollten, über den Mangel an Kleidung und Lebensmitteln, der schließlich dazu führte, daß Dutzende erfrorener Leichen in den Bergen herumlagen. Dann hörten die Berichte auf. Allerdings nicht ganz, denn im Juni, etwa zur gleichen Zeit wie jetzt, war der Mord verübt worden.

Und noch etwas war damals geschehen, was Dunlap nicht gewußt oder vergessen hatte. Nachdem Quillers Leute hergekommen waren und sich in den Bergen angesiedelt hatten, hatte Quiller sie gezwungen, ihre Fahrzeuge zu verkaufen. Dunlap hielt das eigentlich für ganz logisch, da sogenannte Naturmenschen schließlich keine Fahrzeuge brauchten. Die Einheimischen hatten die Autos zu Billigstpreisen erworben, nur Quillers rote Corvette wurde nirgends erwähnt. Dunlap ging die Rolle Mikrofilm noch einmal durch. Der Verkauf einer roten Corvette, eines klassischen 1959er Modells, hätte einiges Aufsehen erregen müssen; aber nirgends war die Rede davon. Warum nicht?

Er ging den Gehsteig entlang bis zum Polizeirevier. Links von ihm stand das mächtige steinerne Gerichtsgebäude mit den Marmorsäulen am Eingang. Dahinter das zweistöckige Polizeihauptquartier, das er noch gut in Erinnerung hatte. Er betrachtete den üppigen, gepflegten Rasen zu beiden Seiten des Weges, der zum Eingang führte. Die hohen Bäume schützten die Rasenfläche vor der brennenden Sonne. Dunlap dachte an den Streifenwagen, der an ihm vorbeigerast war. Was konnte in einer Kleinstadt wie dieser einen so dringenden Einsatz erfordern? Wahrscheinlich ein schwerer Verkehrsunfall oder so etwas. Er ging die Stufen hinauf zum Eingang. Es war ein alter, verwitterter Ziegelbau. Dunlap betrat eine Halle mit baumähnlichen Topfpflanzen an den Wänden und in der Mitte und schweren Holztüren an beiden Seiten. Der etwas muffige, jedoch nicht unangenehme Geruch vieler Jahre lag im Raum. Zu seiner Rechten stand eine Tür offen mit der Aufschrift POLIZEICHEF NATHAN SLAUGHTER. Jetzt entsann sich Dunlop, woher er den Mann am Steuer des Streifenwagens kannte. Wie, zum Teufel, hatte es denn ausgerechnet Slaughter hierher verschlagen?

Er trat ein. Glaswände, hohe Fenster, helle Deckenbeleuchtung. Rechts neben der Tür saß eine schlanke, dunkelhaarige Frau an einem Schreibtisch, neben dem ein großes Sprechfunkgerät stand.

»Kann ich etwas für Sie tun?«

Dunlap ließ seinen Blick durch das leere Zimmer schweifen. »Ich hätte gerne den Chef gesprochen.«

»Tut mir leid. Er ist nicht im Haus.« Sie wandte sich wieder dem Funkgerät zu. Es war ihm nicht klar, ob sie absichtlich unhöflich oder nur sehr beschäftigt war.

»Mein Name ist Gordon Dunlap.«

»Sind Sie der Journalist aus New York?«

»Richtig.« Dunlap war peinlich berührt. Offenbar hatte Parsons ihm nicht getraut und bereits alle möglichen Leute angerufen, damit sie auf seinen Besuch vorbereitet waren und er keinen Ärger machen konnte. Aber was für Ärger? Dunlap verstand das alles nicht. »Wissen Sie, wann er zurückkommt?«

»Es ist schon nach fünf. Vielleicht schaut er heute abend noch mal herein. Spätestens morgen früh ist er wieder hier.«

»Wir kennen uns aus Detroit.«

Dunlap wußte selber nicht, warum er ihr das erzählte. Sie warf ihm einen überraschenden Blick zu. Da fing das Sprechfunkgerät an zu knacken.

## *Kapitel 22*

»Ja, der ist mausetot«, übertönte eine Stimme die atmosphärischen Störungen. »Mein Gott, der hat ja gar kein...«

## *Kapitel 23*

Slaughter kam schlitternd hinter den anderen Streifenwagen zum Stehen. Im Aussteigen setzte er seinen Hut auf und stellte den Motor ab. Der Sirenenton erstarb allmählich. Zu seiner Rechten standen einige seiner Leute und mehrere Zivilisten auf dem freien Feld um eine Art Kuhle herum. Accum war auch da. Sie warfen ihm einen kurzen Blick zu, als er um den Streifenwagen herumging, und starrten dann wieder in die Kuhle.

Er ging eilig durch das hohe bräunliche Gras auf sie zu. Nimm dich zusammen, sagte er sich. Der Anblick von Leichen machte ihm nicht übermäßig viel aus, aber es kam wieder etwas anderes hinzu. Er betrachtete die Viehgehege zu seiner Linken. Mastrinder und Haufen von Dung, dessen Geruch ihm in die Nase stieg. Das einzige, woran er sich in dieser ländlichen Gegend noch nicht gewöhnt war. Hastig ging er auf die anderen zu und blickte in die Kuhle. Keiner sagte ein Wort.

»Großer Gott«, sagte er und wandte sich ab. Dann sah er noch einmal hin. »Sind Sie sicher, daß er das ist?«

Der Mann neben ihm nickte. Ein großer, blonder Polizist namens Rettig.

»Hier ist seine Brieftasche.«

Slaughter zog den Führerschein aus der Brieftasche. CLIFFORD, ROBERT B. Das mußte er sein, außer jemand hatte die Brieftasche vertauscht.

Cliffords Name hatte im Meldebericht der vergangenen Nacht gestanden. Wie oft hatte seine Frau schon auf der Wache angerufen und ihn als vermißt gemeldet, während er in

Wirklichkeit nur in die Kneipe gegangen war, um seine Ruhe vor ihr zu haben.

Aber diesmal, verdammt noch mal, waren ihre Befürchtungen begründet gewesen.

Was Slaughter dazu veranlaßt hatte, seine Identität anhand des Führerscheins zu überprüfen und einen eventuellen Austausch der Brieftasche zu befürchten, war die Tatsache, daß die Leiche, die steif in der Kuhle lag, unkenntlich gemacht war. Augen, Lippen, Nase, Wangen und Stirn – alles war aufgerissen und zerfleischt. Am Kinn und an den Wangen waren Knochenteile bloßgelegt, die Augen waren aus den Höhlen gerissen, aber den abscheulichsten Anblick boten die Zähne, die sich zahnfleischlos von der verkrusteten, blutigen Masse, die einmal ein Gesicht gewesen war, abhoben. Slaughter wurde fast übel, und er mußte sich abwenden. »Also, was ist vorgefallen?«

Rettig kam etwas näher. »Er hat sich gestern abend in der Kneipe dort drüben an der Ecke besoffen.«

Slaughter kannte das Lokal. ›The Railhead‹. Dort aßen die Viehtreiber zu Mittag und soffen ab fünf Uhr abends. Er nickte.

»Er hat sich ordentlich vollaufen lassen und blieb bis zur Sperrstunde. Dann hat er ein bißchen gemeckert, weil man ihm nichts mehr ausschenken wollte, und ist schließlich gegangen.«

»War er allein?«

Rettig nickte.

»Und anschließend hat ihn niemand mehr gesehen?«

»Es hat sich noch niemand gemeldet.«

Slaughter versuchte, es sich nicht anmerken zu lassen, wie nervös er war. Er untersuchte den Inhalt der Brieftasche. »Zwei Fünfer und ein einzelner Dollarschein. Beraubt wurde er nicht.« Nachdenklich wandte er sich zu Accum um. »Was glauben Sie, daß die Todesursache war?«

»Das kann ich Ihnen erst sagen, wenn ich ihn auf dem Seziertisch habe.«

»Ist doch ganz klar«, meinte einer der Umstehenden.

Slaughter blickte auf. Der Mann, der das gesagt hatte, war ein junger, rothaariger Polizist namens Hammel, dem der Anblick des Toten offensichtlich äußerst unangenehm war. Slaughter hatte ihn erst vor wenigen Monaten eingestellt, und nun hielt er den Zeitpunkt für gekommen, dem Jungen etwas beizubringen. »Nein, klar ist das durchaus nicht«, sagte er. »Es gibt drei Möglichkeiten. Die erste: Er war bereits tot, als er zerfleischt wurde. Die zweite: Er wurde ohnmächtig, und alles andere ist anschließend passiert. Die dritte: Er wurde auf dem Nachhauseweg überfallen. Angenommen, er war schon tot, dann müssen wir herausfinden, wer oder was ihn getötet hat. Vielleicht hat ihm jemand die Kehle durchgeschnitten, und später wurde ein Raubtier von dem Blutgeruch angelockt.« Der junge Polizist war rot geworden und blickte beschämt zu Boden. Slaughter wußte, daß er ihn bloßgestellt hatte, und daß es jetzt genug war, war aber einfach nicht in der Lage aufzuhören. »Falls Sie es noch nicht bemerkt haben sollten, besteht ein Unterschied zwischen einem bissigen Hund und einem Mörder. Wenn es überhaupt ein Hund war und nicht ein anderes Tier.«

Er wandte sich wieder an Accum. »Glauben Sie, daß es ungefähr so passiert ist?«

»Ich weiß es nicht. Ich muß erst die Wunden abmessen. Am Körper hat er überhaupt keine Verletzungen. Das würde eine Katze oder ein ähnliches Tier ausschließen.«

»Eine Katze? Das sieht mir eher nach einem Puma aus.«

»Eben. Das meine ich ja. Manchmal kommen die Biester bis zu den Viehgehegen herunter. Allerdings nicht oft. Seit zwanzig Jahren war keiner mehr hier. Es gibt nicht mehr viele Großwildkatzen in dieser Gegend.«

»Sie glauben also, daß es ein Hund war?«

»Ich nehme es an. Aber das muß ich erst noch genau überprüfen, wie ich Ihnen schon sagte. Unter anderem will ich mir die Hosenumschläge ansehen, ob sie zerfetzt sind. Vielleicht hat ihn ein Tier am Hosenbein erwischt und ihn umgerissen.«

»Das könnte sein. Aber vielleicht hat er sich nicht umgezogen, als er von der Arbeit kam, und trug alte, zerschlissene Hosen. Ich werde die Dinger ins Labor schicken und auch seine Frau fragen.« Bei dem Gedanken, daß er sie ohnehin aufsuchen mußte, verging Slaughter jegliche Lust weiterzusprechen. Er wandte sich ab, und sein Blick fiel wieder auf den jungen Polizisten, der immer noch mit rotem Kopf dastand.

»... so etwas noch nie gesehen.«

»Ich schon«, erklärte Slaughter. »In Detroit bei der Mordkommission. Ein, zwei Tage alte Leichen mit angefressenen Gliedmaßen und Gesichtern. Kellerratten. Wir waren schon fast daran gewöhnt. Wenn wir nicht schnell genug zur Stelle waren, war von den Leichen meistens nicht mehr viel übrig.«

Er zog die Augenbrauen hoch und sagte zu Rettig: »Gehen Sie mal rüber zu den Häusern da an der Ecke und hören Sie sich bei den Leuten um. Vielleicht hat jemand Schreie gehört oder einen streunenden Hund gesehen. Oder es ist ihnen sonst etwas aufgefallen.«

»Jawohl.«

Rettig drehte sich um und ging.

Slaughter blickte Accum an. »Ich lasse gleich die Ambulanz kommen.« Er sah Rettig nach, der über das freie Gelände auf die Häuser zu ging. »Wissen Sie, woran ich denken muß?«

»Nein.«

»An dieses Verkehrsopfer von der Fahrerflucht.«

»Besteht denn da ein Zusammenhang?«

»Ich weiß nicht. Und dann Doc Markle... und jetzt das hier.«

»Na, hören Sie mal. Markle starb an einem Herzanfall.«

»Das weiß ich. Aber es ist hier einfach zuviel passiert. Ich werde den Gedanken nicht los, daß da etwas nicht stimmt.«

Accum starrte ihn an. Dann blickte er auf die Leiche in der Kuhle. Dann betrachtete er nachdenklich die untergehende Sonne.

## *Kapitel 24*

ES erwachte. ES blinzelte in die Dunkelheit. Als ES sich bewegte, stieß ES gegen die engen Grabenwände des Abzugkanals und spürte die Feuchtigkeit und die Spinnweben und ging sofort in Verteidigungsstellung. ES machte ein zischendes Geräusch zu beiden Ausgängen hin und starrte hinaus in die Dunkelheit. Es war wieder Nacht, und ES kroch vorwärts, ohne sich um die Spinnen und die Wasserpfützen zu kümmern. Dann stolperte Es auf den Straßengraben zu. Einmal raste ein Auto mit aufgeblendeten Scheinwerfern vorbei, aber ES suchte Deckung im hohen Gras und richtete sich erst wieder auf, als das Auto in der Ferne verschwand. Jetzt sah ES den Mond und zischte ihn an. Das Mondlicht bereitete ihm Schmerzen und ES heulte angstvoll auf. Die rechte Hand vor den Augen, wandte ES sich ab. ES blickte über das offene Weideland hinweg auf die fernen Berge, die SEINE Heimat waren. Dorthin mußte ES zurück. ES kroch aus dem Graben und blieb zitternd stehen. Nahrung. ES brauchte dringend Nahrung. ES hatte schon so lange nichts mehr gegessen... Dann sah ES die Stadt auf der anderen Seite der Straße. Der Hunger war zu groß. Die Stadt rief.

## *Kapitel 25*

Warren schlitterte den Uferabhang hinunter. Er war steiler, als es den Anschein gehabt hatte, und er landete mit einem Schuh im Bach. Im hellen Mondlicht kletterte er ans Ufer zurück. Er hatte keine Socken an. Das kalte Wasser quatschte in seinen Halbschuhen und tropfte langsam ab. Er schüttelte den Fuß, um auch das restliche Wasser aus dem Schuh laufen zu lassen. Dann setzte er den Fuß ans Ufer, und nun versank auch dieser bis über die Knöchel im Schlamm. Seine Schuhe machten ein schmatzendes Geräusch, als er wieder festen Boden betrat. Jetzt saß er in der Patsche. Seine Mutter würde den Schlamm an seinen Schuhen bemerken und wissen, daß er sich heimlich aus dem Haus geschlichen hatte. Dann fiel ihm ein, daß er sie ja im Bach waschen konnte, und seufzte vor Erleichterung auf.

Er ging näher an das Schilf heran, aber es war so dicht, daß es auch bei dem hellen Mondlicht unmöglich sein würde, die Öffnung zu finden. Er hockte sich dicht neben das Schilf, zog ein paar Kekse aus seinem Sack und warf sie hinein. Sie raschelten im Schilf. Er warf noch ein paar hinterher und lauschte, aber es rührte sich nichts.

Was nun?

Er nahm noch einen Keks, streckte die Hand aus und vernahm einen zischenden Laut von rechts. Dann sah er, wie es den Abhang heruntergestolpert kam. Es schien etwas aus dem Gleichgewicht geraten zu sein. »Hier hast du Kekse«, lockte er, aber das Ding blieb nicht stehen. Es kam immer näher auf ihn zu; ein solches Fauchen hatte er noch nie gehört. Fast wie eine Katze, aber nicht ganz so. Warren hielt ihm den Keks entgegen, in der Annahme, daß es fressen würde. Er wußte genau, wie er es dann packen mußte, direkt hinter den Ohren. Aber das Ding schnappte nicht nach dem Keks, sondern grub seine Zähne tief in Warrens Hand.

»Aaiiieee!«

Er sprang zurück und purzelte in den Bach. Der Waschbär biß immer wieder zu und riß ihm bei jedem Biß Fleisch von den Knochen. Warren wehrte sich verzweifelt, schlug um sich und schüttelte ihn schließlich ab. Der Waschbär flog in hohem Bogen ans andere Ufer. Dort rappelte er sich auf und kam nun wieder auf Warren zu. Er mußte sich bei dem Fall verletzt haben, denn er hinkte. Dennoch sprang er wieder ins Wasser und schwamm fauchend und zischend auf Warren zu. Warren stützte sich mit dem Rücken gegen den Abhang und trat mit beiden Füßen auf das Tier ein. Der Waschbär verbiß sich in einen seiner Schuhe und zerrte ihn hin und her; seine Zähne drangen in Warrens Fuß ein. Er trat ihm mit dem anderen Fuß mit voller Wucht auf die Schnauze, und dann war er frei und kletterte schleunigst den Abhang hinauf.

Diese spitze Schnauze und diese Banditenaugen! Warren hatte Waschbären immer für niedliche Tiere gehalten. Aber jetzt brüllte er vor Angst.

## *Kapitel 26*

Der erste Schlag traf Dunlap ins Gesicht, der zweite in die Rippen. Er prallte gegen die Ziegelmauer der schmalen Gasse und glitt zu Boden. Es waren drei Männer. Zwei von ihnen hatten zugeschlagen, und jetzt lag er keuchend und hustend am Boden und wartete darauf, daß der dritte weitermachte. Dunlap war betrunken. Nachdem er aus Slaughters Büro gekommen war, war er in die erstbeste Kneipe gegangen und hatte zu saufen angefangen. Eigenartig, wie wenig ihn die Prügel schmerzten. Was ihn aber noch mehr verwunderte, war die Sinnlosigkeit des Ganzen. Er hatte die Schlägerei regelrecht herausgefordert. Er hatte einen Whisky nach dem anderen gesoffen und die Cowboys bei ihrem Billardspiel und das Tennismatch im Fernsehen angestarrt. Blecherne Musik und Zigarettenqualm. Dann hatte er angefangen zu stänkern. Zunächst mit leiser Stimme, aber allmählich war er immer lauter geworden, während die Männer um ihn herum verstummten. Aber sie hatten erst reagiert, als er diese dreckige Bemerkung zu der Serviererin gemacht hatte. So obszön, daß er es selber kaum glauben konnte. Daraufhin waren die Männer auf ihn zugekommen. Er machte noch eine Bemerkung dieser Art, und schon lag er draußen in der Gosse. Jetzt traf ihn ein schwerer Stiefel in den Magen, das raubte ihm den Atem. Ächzend lag er auf dem Boden. »Das genügt«, sagte einer der drei. Dunlap wußte nicht, wen er eigentlich meinte. Einer der anderen sagte: »Der ist stockbesoffen«, und dann gingen sie davon. Dunlap lag stöhnend auf dem Pflaster, hatte aber immer noch nicht erreicht was er wollte. Weder der Alkohol noch die Schläge hatten ihn betäubt. Der Alptraum saß ihm immer noch im Nacken.

## *Kapitel 27*

ES war aus dem Graben gekrochen und stolpernden Schrittes in die Stadt gekommen. Jetzt schaute ES durch ein Fenster, hinter dem sich eine Frau auszog. Sie hatte das Licht ausgemacht, aber der Mond schien durchs Fenster, so daß ES die Umrisse ihrer Brüste und die Brustwarzen deutlich erkennen konnte. ES stöhnte auf, als ES sah, wie die Frau ihr Höschen abstreifte, und hob die Faust, um die Fensterscheibe zu zerschlagen. Dann hörte ES hinter sich im Gebüsch ein Rascheln und drehte sich wütend um. Ein Hund sprang ES aus der Dunkelheit an. Knurrend kämpften sie miteinander in den Büschen.

## *Kapitel 28*

»Nein, es war ganz bestimmt ein Hund. Da gibt es keinen Zweifel.«

»Hat dieser Hund ihm nur das Gesicht zerfleischt oder ihn getötet?«

»Beides. Die Todesursache war Blutverlust aus tiefen Wunden im Gesicht und im Nacken.«

Slaughter stellte sein Bier hin und blickte auf. »Besteht die Möglichkeit, daß man ihm mit einem Messer die Kehle durchgeschnitten hat?«

Accum schüttelte den Kopf. »Nein. Das hatten Sie mich schon am Tatort gefragt, und ich habe mir daraufhin den Hals genau angesehen. Die Halsschlagader war aufgerissen, nicht durchschnitten. Natürlich hätte irgendein Verrückter Clifford mit einem Rechen oder einem ähnlichen Gerät den Hals aufreißen können, aber das hätte eine andere Art von Verwundung hinterlassen als diese Bisse, die Sie ja selbst gesehen haben.«

Accum betrachtete nachdenklich seine Bierdose. Slaughter zuckte mit den Schultern.

»Also gut«, sagte er. »Spielen wir mal folgende Theorie durch: Ein Verrückter reißt Clifford die Gurgel auf und rennt davon. Ein Hund findet Clifford und fängt an, an ihm herumzunagen. Auf diese Weise beseitigt er die Spuren der tödlichen Verletzungen.«

Accum schüttelte nochmals den Kopf.

»Warum denn nicht?«

»Weil alle Wunden geblutet hatten.«

»Oh.« Slaughter lehnte sich zurück und rieb sich mit dem Handrücken die Stirn. Dem war nichts entgegenzusetzen. Nur lebende Organismen können bluten, also mußte Clifford noch am Leben gewesen sein, als er zerfleischt wurde. Wenn tatsächlich ein Wahnsinniger ihm die Gurgel aufgerissen hätte, hätte Clifford vielleicht noch ein paar Minuten gelebt, aber keinesfalls lange genug, um noch zu bluten, als ihn später der Hund anfiel.

Slaughter nippte an seinem Bier und blickte durchs Fenster in die Dunkelheit hinaus, als draußen ein Hund zu bellen anfing. Dann waren ein Heulen und andere Laute zu hören, die Slaughter nicht identifizieren konnte. Spannung und Besorgnis lagen auf seinem Gesicht.

»Wissen Sie...«, er unterbrach sich, als er bemerkte, daß Accum ebenfalls aus dem Fenster sah und den seltsamen Tönen lauschte.

»Wissen Sie«, setzte er nochmals an, »seit wir Clifford auf dem Feld gefunden haben, geht mir der Meldebericht von gestern nacht nicht aus dem Kopf. Irgend etwas war mir aufgefallen, und ich bin ins Büro zurückgefahren, um den Bericht noch einmal durchzugehen. Zwei Zeilen vor der Vermißtenanzeige wegen Clifford ist eine Beschwerde über einen Hund, der die ganze Nacht hindurch geheult haben soll.«

»Und?«

»Die Beschwerde kam aus der Nachbarschaft.«

Accum wandte sich vom Fenster ab und blickte ihn an.

»Nicht unmittelbar neben dem freien Feld, aber ganz in der Nähe. Wieviel Alkohol hatte er denn im Blut?«

Accum zuckte mit den Schultern und sagte, ohne auch nur

einen Blick auf den Obduktionsbericht zu werfen: »3,8 Promille. Und er hat seit Jahren gesoffen wie ein Loch. Seine Leber sah aus wie Talg.«

»War er imstande zu gehen?«

»Ich weiß, was Sie meinen. Ist er selber dort hingekommen oder hat man ihn gewaltsam auf den Acker geschleppt? Es sind keine Anzeichen eines Kampfes festzustellen. Vielleicht finden Sie auf dem Feld noch irgendwelche Hinweise. Die Blutergüsse, die ich auf seinem rechten Unterarm gefunden habe, stimmen mit der Lage in der Kuhle überein. Auch die Blutergüsse an der Schulter.«

»Und was beweist das?«

»Denken Sie doch mal nach. Die Blutergüsse sind so frisch, daß er sie sich unmittelbar vor seinem Tod zugezogen haben muß.«

»Kann das nicht auch anschließend passiert sein? Kann ihn nicht jemand geschlagen oder getreten haben, nachdem er schon tot war?«

»Nein. Auch blaue Flecken sind nichts anderes als örtlich begrenzte innere Blutungen. Wenn Sie auf eine Leiche einschlagen, können Sie ihr Schaden zufügen, aber es kommt nicht mehr zu Blutungen. Nur lebende Organismen sind imstande zu bluten; folglich können sich Blutergüsse nur bei lebenden Organismen bilden. Es dauert eine Weile, bis ein Bluterguß sich verfärbt. Im Durchschnitt etwa eine halbe Stunde...«

Slaughter nippte nachdenklich an seinem Bier. »Sie glauben also, daß er frühestens eine halbe Stunde, nachdem er in die Kuhle gestürzt war, überfallen wurde?«

»Richtig. Aber vergessen Sie nicht, was ich vorhin schon sagte. Seine Verletzungen stimmen mit seiner Lage in der Kuhle überein. Er kann sie natürlich schon vorher davongetragen haben, aber meiner Schätzung nach stammen sie von dem Sturz in die Kuhle. Möglicherweise hat ihn jemand gestoßen, obgleich das keinen Sinn ergäbe, da sein Tod von Hundebissen herrührt, die ihm frühestens eine halbe Stunde später zugefügt wurden.«

»Um wieviel Uhr?«

»Gegen drei. Spätestens um halb vier.«

»Das würde passen. Die Leute in der Kneipe haben ausgesagt, daß Clifford kurz nach der Sperrstunde um zwei Uhr wegging. Fünfzehn Minuten von dort bis zu dem Acker. Rechnen wir noch eine halbe Stunde dazu... Ja, dann kommen wir auf etwa drei Uhr.«

»Also ist Ihnen der Vorgang jetzt klar?«

»Mehr oder weniger. Die unberührte Brieftasche beweist ziemlich eindeutig, daß keine andere Person ihre Hand im Spiel hatte. Er kam aus der Kneipe und torkelte die Straße entlang. Dann mußte er vielleicht pinkeln oder nahm aus irgendeinem anderen Grund die Abkürzung über das freie Feld. Warum, werden wir wohl nie erfahren. Und dann brach er bewußtlos zusammen, weil er zuviel gesoffen hatte. So kam es zu den Blutergüssen. Während er schlief oder bewußtslos war, griff ihn dann der Hund an.«

»So ungefähr habe auch ich den Vorgang rekonstruiert.«

»Aber wie viele waren es?«

»Wie viele was?«

»Wie viele Hunde? Einer? Mehrere?«

»Ach so. Nur einer.«

»Sind Sie sicher?«

»Ziemlich sicher.«

»Gut, aber worauf stützt sich Ihre Annahme?«

»Zunächst einmal waren die Bißränder alle gleich. Aber auch wenn man annimmt, daß es sich um zwei Hunde mit gleichgroßem Gebiß handelte, dann wären doch die Enzyme unterschiedlich gewesen.«

»Die was?«

»Enzyme. Ihr Speichel. Bei jedem Biß hinterläßt ein Hund Speichel in der Bißwunde. Und sämtliche Speichelproben, die wir untersuchten, stammen von ein und demselben Hund.«

Slaughter machte sich noch eine Dose Bier auf. Das Knakken schien lauter zu sein als sonst. »Könnte es nicht auch ein Kojote oder ein Wolf gewesen sein?« Er blickte durch das offene Fenster in die Dunkelheit hinaus.

»Nein. Für einen Kojoten waren die Zähne zu groß. Gut, es könnte ein Wolf gewesen sein. Das wäre eine Möglichkeit, aber eine rein theoretische. In den letzten zwanzig Jahren ist hier kein Wolf mehr gesichtet worden. Es ist also kaum anzunehmen, daß es ein Wolf war.«

»Also gut, dann war es eben ein Hund«, gab Slaughter erschöpft nach. »Und jetzt sagen Sie mir noch, warum.«

»Wie lange leben Sie schon hier in der Gegend? Fünf Jahre?«

»So ungefähr.«

»Sehen Sie, ich bin hier geboren und aufgewachsen. Streunende Hunde stellen eine Gefahr dar. Manchmal verirren sich Hunde in den Bergen. Die Schwachen und Verhätschelten gehen ein, aber die anderen werden mit der Zeit wilder als jedes Raubtier. Wenn Sie hier in den Bergen einem Hund begegnen, dann schauen Sie, daß Sie wegkommen. Sie können gefährlicher sein als eine Bärin mit ihrem Jungen. Man erzählt sich von Leuten, die von verwilderten Hunden zerfleischt worden sind. Ich habe selbst schon Opfer gesehen, denen sie einen Arm oder ein Bein abgerissen hatten.«

»Aber hier sind wir doch in der Stadt.«

»Das macht keinen Unterschied. Natürlich leben sie in den Bergen, aber sie kommen oft auf Futtersuche bis hierher. Vergessen Sie nicht, wir hatten einen strengen Winter. Wir wissen ja selbst, daß man neben den Viehgehegen nachts Wachen aufstellte, um die Raubtiere von den Rindern fernzuhalten. Der Acker befindet sich unmittelbar bei den Gehegen. Ein verwilderter Hund muß aus den Bergen heruntergekommen sein und Clifford in der Kuhle gefunden haben.«

»Aber er wurde nicht angefressen. Das Tier hat ihn lediglich angefallen und getötet.«

»Ohne jeden Grund. Das ist es ja gerade. Aus reiner Mordlust. Manchmal jagen sie einen Stier kilometerweit, nur um sich Bewegung zu verschaffen. Dann reißen sie ihn und lassen ihn liegen. Einen Menschen, der so etwas tut, würde man als pathologischen Mörder bezeichnen.«

Slaughter drückte sich die kühle Bierdose an die Stirn. Er mußte an Dr. Markle denken.

»Sie sehen schlecht aus«, sagte Accum.

»Ich brauche nur ein paar Stunden Schlaf.« Slaughter stand auf und ging auf die Tür zu.

»Was ist mit dem Bier? Es sind noch sechs Dosen da.«

»Behalten Sie sie. Sie haben es sich verdient.«

»Sie sagten doch, daß irgend etwas im Gange ist.«

»Ja. Ich möchte nur wissen, was.« Er machte die Tür auf und trat auf den Gang hinaus.

## *Kapitel 29*

»Ist ja schon gut. Ich gehe nachsehen.«

Der Mann trat mit einer Taschenlampe aus der Hintertür. Er war vor dem Fernseher eingeschlafen und seine Frau hatte ihn geweckt. »Jemand ist am Schlafzimmerfenster«, hatte sie gesagt. »Da draußen ist ein Hund.«

Blinzelnd setzte er sich auf. »Was ist es nun, ein Mensch oder ein Hund?«

»Beides, glaube ich.«

Verärgert vor sich hin brummend stand er vom Sofa auf. In letzter Zeit bildete sie sich des öfteren ein, daß jemand sie beobachtete. Außerdem vergaß sie alles und wachte häufig mitten in der Nacht auf. Fast hätte er ihr gesagt, wie sehr sie ihm auf die Nerven ging, aber damit hätte er nur wieder einen Streit heraufbeschworen. Er hielt es also für besser, nachzugeben und sie zu beruhigen. Von der Hintertür aus leuchtete er das Grundstück mit der Taschenlampe ab.

»Hier draußen ist niemand.«

»Dann sieh mal nebenan nach. Ich kann nicht schlafen, solange ich das Gefühl habe, daß jemand da draußen ist.«

»Du kannst doch ohnehin nicht schlafen.«

Er ging auf die Büsche zu.

Die Taschenlampe brauchte er eigentlich gar nicht, denn der Vollmond schien fast so hell, als wäre es Tag.

Der Hund lag direkt vor ihm. Soweit er es beurteilen

konnte, war es ein Doberman. Der Hund war völlig verstümmelt. Ein Bein lag hier, ein anderes dort, der Leib war aufgeschlitzt, die Eingeweide herausgerissen. Ihm wurde übel, und er mußte sich übergeben.

## *Kapitel 30*

»Da ist etwas draußen bei den Rindern.«

Sie wandten sich zu Peter um, der blinzelnd im Türrahmen stand. Er war achtzehn, groß und kräftig, aber immer wenn er gerade aufgewacht war, sah er immer noch aus wie ein kleiner Junge.

»Haben wir dich geweckt?«

»Nein. Die Rinder haben mich geweckt. Fahrt ihr hinaus?«

Bodine nickte.

»Das hatte ich mir schon gedacht«, sagte Peter. »Ich komme mit.«

Peter war genauso stark wie Abby. Bodine konnte sich keinen Streit mit ihm leisten. Außerdem konnte der Junge besser mit einem Gewehr umgehen als seine Mutter.

Sie verließen das Haus durch die Hintertür. Die Nacht war kalt. Von weitem glitzerten die Lichter der Stadt. Im Mondlicht sahen sie die Appaloosa-Stute, die nervös auf der Koppel umhertrabte.

»Die wittert auch etwas.«

Bodine setzte sich ans Steuer des Lastwagens, während Abby auf der anderen Seite einstieg und Peter sein Gewehr holte. Bodine schaltete die Scheinwerfer ein, und sie fuhren am Stall vorbei Richtung Westen. Das Weideland erstreckte sich vor ihnen.

Bodine wich einem Kaninchen aus, das wie gebannt ins Licht starrte, und gab dann Gas. Das unruhige Muhen der Rinder war von der Stelle gekommen, wo sie am Morgen die Knochen und Eingeweide gefunden hatten. Er nahm an, daß sie das Raubtier – oder was immer es gewesen sein mochte –

noch in den Vorbergen aufstöbern würden, wo es sich leichte Beute erhoffte. Aber nicht mehr heute nacht, sagte er sich. Heute wäre es zu gefährlich für das Tier.

Jetzt waren die Rinder deutlich zu hören. Sie schienen völlig verängstigt. Dann galoppierte die Herde an ihm vorbei auf die schneebedeckten Berge zu, die im Mondschein leuchteten.

Vor ihnen bewegten sich die Büsche.

»Dort drüben. Seht ihr sie?«

»Was ist denn da?«

Fast hätte er angehalten und in die Büsche geschossen, aber das hatte er schon einmal getan, als Zwölfjähriger, und sein Vater hatte es ihm sehr übelgenommen. »Warte, bis du ein deutlich erkennbares Ziel vor dir hast«, hatte er gesagt. Bodine fuhr also weiter und versuchte, die Büsche ins Scheinwerferlicht zu bekommen.

Der Laster holperte durch das Gestrüpp, daß die Stoßdämpfer krachten, aber Bodine ließ sich nicht beirren. Bäume und Büsche schlossen sich um ihn, schienen ihn zu umklammern, und dann hörte er etwas, was den Motorenlärm übertönte, und erblickte zwischen den Bäumen ein Geweih. Hochwild, das wahrscheinlich ebenso verängstigt war wie die Rinder. Plötzlich sah er ein Tier, das aussah wie eine Wildkatze. Er trat auf die Bremse und sprang aus dem Wagen, um zu schießen. Der Hirsch, von dem Raubtier verfolgt, kam direkt auf ihn zugerannt. Er versuchte, wieder in den Wagen zu klettern, aber es war zu spät. Das Geweih drang ihm in den Leib. Stöhnend und hustend fiel er zu Boden, während Abby laut zu schreien begann. Dann vernahm er wieder das Geheul. Was war das eigentlich? Ein Wolf oder ein Kojote gleichzeitig mit einer Wildkatze? So etwas konnte es doch nicht geben! Aus dem Geweih starrte ihm das Böse direkt ins Gesicht.

Abby schrie immer lauter.

Slaughter wußte selbst nicht, was er hier eigentlich wollte. Er sagte sich, daß es besser wäre, nach Hause zu fahren und sich um die Pferde zu kümmern. Sein Arbeitstag war ohnehin schon viel zu lang gewesen. Er hätte einen seiner Leute einsetzen können. Aber er wußte genau, warum er das nicht getan hatte. Er hatte Angst. Ihm blieb nur die Wahl, davonzulaufen oder das Problem anzupacken und damit fertig zu werden. Irgend etwas ging vor in dieser Stadt, und wenn es ihm nicht gelang, herauszufinden, was es war, würde er die Kontrolle restlos verlieren. Diese zwei Jungens in dem Lebensmittelgeschäft... Er stieg aus dem Streifenwagen.

Er ging auf die ›Railhead Bar‹ zu. Um noch ein paar Minuten Zeit zu gewinnen, kontrollierte er die Türen. Wie er erwartet hatte, waren sie fest verschlossen. Mit seiner Stablampe leuchtete er jedes einzelne Fenster ab und auch die Hintertür. Er durchsuchte sogar die Mülleimer und vergewisserte sich, daß sämtliche leeren Flaschen zerbrochen waren, wie die Bestimmungen es verlangten. Du verschwendest nur deine Zeit, sagte er sich schließlich, knipste die Lampe aus und stieg wieder in den Streifenwagen.

Es war jetzt drei Uhr. Die Zeit, zu der Clifford umgebracht worden war. Der Mann war allerdings schon eine halbe Stunde früher auf den Acker gegangen. Vielleicht sogar eine Stunde früher, falls er in seinem Suff umgefallen und eingeschlafen war. Aber jetzt war die Zeit, als er angefallen worden war. Slaughter stand neben dem Streifenwagen und starrte die Straße hinauf auf das offene Feld. Auf der anderen Straßenseite standen schäbige, heruntergekommene Häuser. Es gab keine eigentlichen Slums in der Stadt, aber dies war die Gegend, die einem Elendsviertel am ähnlichsten war. Schiefe, absackende Veranden, Sand statt Rasen, hier und dort Sperrholzplatten statt Fensterglas. Doch die Bewohner ruhige, friedliche Leute, die ihm weiter keine Schwierigkeiten machten. In der Kneipe an der Ecke gab es natürlich hin und wieder Ärger, aber dort verkehrten hauptsächlich die Viehtreiber. Die Gebäude hinter den Viehgehegen hoben sich gegen den nächtlichen Himmel ab. Es waren nur drei. Das Vieh befand sich ständig in den Gehegen, außer wenn Sonderauktionen stattfanden, und folglich wurden lediglich ein Büro und zwei Ausstellungshallen benötigt. Während Slaughter noch neben einem Wagen stand und überlegte, hörte er das leise Muhen der Rinder. Er gab sich einen Ruck und ging auf die Gehege zu.

Hier draußen hatte er keine Verwendung für seine Stablampe. Der Vollmond und die Sterne verliehen der Nacht einen fast magischen Silberglanz. So mußte auch Clifford es empfunden haben, dachte Slaughter. Er versuchte, sich in Cliffords Stimmung zu versetzen. Gestern war die Nacht genauso hell gewesen. Clifford war aus der Kneipe gekommen und diese Straße bis zum Feld hinuntergegangen. Natürlich war er besoffen gewesen. Mit 3,8 Promille Blutalkohol würde er außer dem hellen Mondschein nicht viel bemerkt haben. Und er würde auch nicht normal gegangen, sondern eher dahingetorkelt sein. Vielleicht hatte er deshalb die Abkürzung über das Feld genommen, anstatt den normalen Nachhauseweg einzuschlagen, für den er doppelt so lange gebraucht hätte. Er hatte wohl gewußt, daß er den längeren Weg nicht schaffen würde. Wer immer oder was immer ihm in den Sträuchern aufgelauert hatte, mußte in ihm ein leichtes Opfer gesehen haben. Aber nein, die Rechnung ging nicht auf. Zwischen dem Augenblick, in dem er gestürzt war, und dem Zeitpunkt, zu dem er angefallen wurde, lagen dreißig Minuten. Wenn jemand ihm aufgelauert hatte, hätte er ihn sofort angegriffen. Es bestand gar kein Grund, es aufzuschieben. Warum hatte das Raubtier – um ein solches handelte es sich ja höchstwahrscheinlich – Clifford überhaupt angefallen? Aus Hunger? Es hatte ihn nicht gefressen. Aus reiner Wut und Blutrünstigkeit? Es wurde Slaughter unbehaglich zumute, als er den Gehsteig verließ und über den knirschenden Kies und durch das raschelnde hohe Gras über den Acker ging.

Immer wieder sagte er sich, daß sein Verhalten töricht war. Er hätte längst zu Hause im Bett sein sollen. Aber falls sich ein wildernder Hund in der Stadt herumtrieb, würde er bestimmt an die Stelle zurückkehren, wo er sein Opfer gerissen hatte, und heute, eine Nacht darauf, war der wahrscheinlichste Zeitpunkt. Slaughter hatte etwa zehn Schritte auf dem offenen Feld zurückgelegt und bewegte sich jetzt in einigermaßen gerader Linie auf die Mitte des Feldes zu, wo die Kuhle war, und in Richtung von Cliffords Haus, das auf der anderen Seite am Ende der Häuserreihe stand. Diesen Weg mußte Clifford genommen haben. Genaueres würde Slaughter erst am Morgen erfahren, wenn die zwei Spurensucher, die er eingesetzt hatte, ihre Arbeit beenden und ihm Bericht erstatten würden. Und ich laufe hier herum und verwische die Spuren, dachte er sich. Großartige Polizeiarbeit! Wie ein schlechter Witz. Man erwartet, daß der Missetäter an den Ort seines Verbrechens zurückkehrt, und der leitende Beamte läuft hin und zerstört das Beweismaterial. Was hast du dir eigentlich dabei gedacht, du Trottel? Nun gut, er konnte es nicht mehr ungeschehen machen. Ohne ein Ergebnis wollte er jetzt auch nicht mehr umkehren, also ging er weiter.

Unwillig und zögernd. Trotz seiner Entschlossenheit befiel ihn eine unerklärliche Unruhe. Nicht das gleiche ungute Gefühl wie beim Auffinden von Markles Leiche. Das hier war anders, ausgeprägter, und war eher auf den unheimlichen Ort und die nächtliche Stunde zurückzuführen. Teilweise war es wohl auch seine Müdigkeit, die Erinnerung an Cliffords zerfleischtes Gesicht und der Gedanke an das, was der Leichenbeschauer als ›psychotisches Tierverhalten‹ bezeichnet hatte. Er stapfte durch das hohe Gras, das ihm bis zu den Knien ging, die Stablampe in Bereitschaft, falls er sie brauchen sollte, die rechte Hand am Revolver. Allerdings kam er sich dabei reichlich albern vor. Während der Nachtschichten in Detroit hatte er Schlimmeres erlebt. Unter anderem hatte er unbewachte Lagerhäuser kontrolliert und Einbrecher durch ein dunkles Gassengewirr verfolgt, wie die zwei Bengels, die in das Lebensmittelgeschäft eingebrochen waren. Aber das war schon ein paar Jahre her, sagte er sich. Heute bist du so etwas einfach nicht mehr gewöhnt. Das Rascheln des Windes in den Sträuchern und in dem hohen Gras, das ihm jeden Augenblick Bewegungen vortäuschte, trug auch nicht gerade zu seiner Beruhigung bei. Einmal drehte er sich erschrocken um und unterdrückte nur mit Mühe den Impuls, seine Lampe anzuknipsen. Laß die Lampe aus, bis du dir ganz sicher bist, sagte er sich. Verscheuche das Viech nicht, solange du es nicht deutlich sehen kannst.

Also ging er weiter. Er hatte geglaubt, das Mondlicht sei hell genug, um deutlich sehen zu können. Aber das silbrige Licht verzerrte alles und ließ entfernte Objekte näher erscheinen oder ineinander verschmelzen. Von weitem sah er die Rinder in ihren Gehegen und die Gebäude dahinter. Es war besser, nicht zu nahe heranzugehen, sonst würde ihn einer der Wächter am Ende noch für einen Viehdieb halten und auf ihn schießen. Jetzt war er schon mitten auf dem Acker, konnte aber die Kuhle nicht finden. Er hatte sich so oft umgesehen, daß er die Orientierung verloren hatte und nicht wußte, ob er sich weiter nach links oder eher nach rechts halten sollte. Die Kuhle, erinnerte er sich, war von hohem Gras umgeben; vielleicht war er nur ein paar Meter von ihr entfernt und konnte sie nur deswegen nicht ausmachen. Der Wind hatte sich mittlerweile gelegt, aber das Rascheln im Gras kam immer näher.

Er fuhr herum und wich ein paar Schritte zurück. Dabei verfing er sich mit den Absätzen in einem Drahtgitter, warf die Arme in die Luft und kippte nach hinten. Instinktiv versuchte er, den Aufprall am Boden abzufangen, aber da war kein Boden, und er fiel immer tiefer. Dann schlug er mit dem Hinterkopf so hart auf, daß sich alles um ihn drehte und er einen Moment lang nichts sehen konnte. Er rollte noch ein Stück weiter nach unten und griff nach seinem Revolver. Er hatte ihn verloren. Jetzt sah er, daß er in der Kuhle lag. In der Kuhle! Panischer Schrecken überfiel ihn. Genauso war Clifford gestürzt. Er tastete nach seiner Stablampe, konnte sie aber nicht finden. Das Rascheln kam immer näher. Er rappelte sich auf und kroch aus der Kuhle, um wenigstens davonlaufen zu können, und dann fühlte er die Klauen in seinem Gesicht. Er schrie auf und fiel in die Kuhle zurück, wobei er mit solcher Wucht auf einen harten Gegenstand aufschlug, daß er glaubte, sich die Nieren zerquetscht zu haben. Und über ihm am Rand der Kuhle setzte das Ding zum Sprung an. Sein zottiges Fell ließ es noch größer erscheinen. Er zischte ihn an, rollte mit den Augen und fletschte die Zähne. Aber Slaughter war genau auf seinen Revolver gefallen und hatte ihn unter sich hervorgezogen. Bösartig fauchend sprang das Ding ihn an, und er feuerte. Der Rückschlag warf ihn zu Boden, und das Ding fiel ihm blutüberströmt auf die Brust.

## *Kapitel 32*

Dunlap erwachte. Er tastete nach dem Nachttisch und ließ sich wieder zurücksinken. Allmählich löste sich seine Anspannung. Er griff unters Bett und suchte auf dem Fußboden nach der Flasche. Er erinnerte sich undeutlich, wie er aus der Gasse auf die Hauptstraße getorkelt war. In der Ecke sah er seinen Koffer, sein Tonbandgerät und die Kamera. Aber die hatte er doch in der Kneipe liegenlassen, in der er sich so übel aufgeführt hatte. Wie war das Zeug dann hierhergekommen? Hatten diese Cowboys es ihm nachgebracht? Oder war er selber noch einmal zurückgegangen und hatte seine Sachen geholt? Er rätselte immer noch herum, als er an dem Whisky nippte und darauf wartete, daß er wieder einigermaßen klar im Kopf wurde. Das Kinn tat ihm verdammt weh, und er vermutete, daß es blau angelaufen war. Das Stechen in den Rippen rührte von den Tritten her, die sie ihm versetzt hatten. Er tastete sie ab, aber es schien nichts gebrochen zu sein.

Er trank noch einen Schluck und blickte sich im Zimmer um. Die Sonne schien durchs Fenster in den kleinen, stickigen Raum. Das Mobilar bestand aus einem Doppelbett, einem Stuhl und einem Schreibtisch. Auf dem Schreibtisch stand ein Fernsehgerät ohne Schaltknöpfe. Vor dem offenstehenden Fenster war kein Fliegengitter, und Insekten kamen haufenweise ins Zimmer. Das Haus war 1922 erbaut worden. Das stand auf einer Tafel unten in der Bar, wie er sich erinnerte, als ob man Grund hätte, auf ein so veraltetes Hotel stolz zu sein. Der Teppich war zerschlissen, das Bett knarrte an allen Ecken und Enden, und die Toilette befand sich am Ende des Ganges. Er war nachts aufgestanden, um Wasser zu lassen, und hatte fast nicht mehr in sein Zimmer zurückgefunden. Die Gänge waren ein wahres Labyrinth. Wenn in diesem alten Holzhaus Feuer ausbrach, saß er in der Falle. Der Gedanke, vom zweiten Stock auf die Straße springen zu müssen, war ihm alles andere als angenehm.

Außerdem würde er wohl kaum die Kraft dazu aufbringen. Es war ihm übel, und er erbrach sich wieder. Es erschreckte ihn, daß er sich nicht mehr an den Tag erinnern konnte, wo ihm nicht übel gewesen war. Wie lange konnte das noch so weitergehen? Von zehn Uhr morgens bis zur Sperrstunde hatte er unten an der Bar gehockt und sich auf dem Fernsehschirm uralte Filme angesehen. Er wußte nicht mehr, wieviel er getrunken hatte. Gegen Ende hatte ihn der Barmann so komisch angesehen, und er hatte das Fernsehprogramm nur noch undeutlich wahrgenommen. Werbefernsehen, Xerox, Kodak, all der Kram. Und Börsenberichte, um zehn, um zwölf und noch mal kurz vor Sendeschluß. Wenn er sich an all das erinnerte, konnte er ja nicht allzuviel getrunken haben. Oder? Warum zitterte er dann so? Warum war ihm dann so übel, daß ihm der bloße Gedanke an Frühstück unerträglich war? Er mußte noch einen Drink zu sich nehmen, bevor er imstande war, ins Bad zu gehen und sich zu rasieren. Dann noch einen, bevor er sich das Hemd zuknöpfen konnte. Das machte ihm Angst. Er konnte sich dunkel an eine Zeit erinnern, wo er nach dem Aufwachen noch keinen Whisky benötigt hatte, nur um auf die Beine zu kommen. Er hob das Tonbandgerät und die Kamera auf, starrte die Whiskyflasche an und zwang sich, sie stehenzulassen. Dann zwängte er sich am Bett vorbei durch die Tür.

Vom Treppenabsatz im zweiten Stock aus blickte er in die Halle hinunter. An der Wand hing ein ausgestopfter Elchkopf, der seinem Aussehen nach mindestens zwanzig oder dreißig Jahre alt war. Schäbige graue Fliesen, ein verfärbter, hölzerner Tresen in der Rezeption, dahinter ein verhuntzelter alter Mann im Overal. Dunlap holte tief Atem und bereute es sofort. Hier oben war die Luft noch stickiger als unten. Er fragte sich nochmals, was er eigentlich hier wollte. Dann ging er die Treppe hinunter und trat ins Freie.

Die Sonne stach ihm wie ein glühendes Messer in die Augen. Es würde ein schlimmer Tag werden, wenn die Sonne schon um acht Uhr früh derartig brannte. Acht Uhr – seit er sich regelmäßig betrank, konnte er kaum noch schlafen. Und wenn er schlief... er wollte nicht daran denken. Nicht an die Gestalt mit dem Geweih, die jede Nacht näher auf ihn zu kam. Nicht an die Katzenaugen und die herabhängende Wolfsrute. Er zitterte. Reiß dich zusammen, sagte er sich. Der Traum hatte begonnen, nachdem er diese Stadt verlassen hatte, und hier würde er auch wieder aufhören.

## *Kapitel 33*

ES hatte die Stadt verlassen und zog sich in die Berge zurück. Sogar im Schatten der Bäume war ES von der Sonne geblendet und stolperte blinzelnd und mit gesenktem Kopf durch Bäume und Gestrüpp den Berg hinauf, sich an den Felsen festkrallend. ES hatte einen Hund getötet und sich sattgegessen. Jetzt stöhnte und wimmerte ES vor sich hin. Schlaf. ES brauchte dringend Schlaf. Aber irgendwo dort oben war SEIN Heim. ES wußte nicht wo und hatte keine feste Vorstellung von diesem Heim. Aber die schneebedeckten Kuppen zogen ES an wie ein Magnet, und stöhnend und ächzend kletterte ES weiter.

## Kapitel 34

Dunlap, der hinten im Auto saß, blickte auf Rettig und den jungen Polizisten am Steuer. Sie fuhren durch ein schiefes, offenstehendes Holztor. Als sie auf einen von Gras und Unkraut überwucherten Pfad mit tiefen Radfurchen einbogen, hörten sie Schüsse. Es klang wie Revolverschüsse, kurz hintereinander abgegeben, die immer lauter wurden, als der Streifenwagen den Sandweg hinaufpolterte. Dunlap lehnte sich vor.

»Ist was nicht in Ordnung?«

Die zwei Beamten gaben keine Antwort. Sie rasten so schnell sie konnten den Hügel hinunter, so daß der trockene rötliche Sand unter den Rädern aufspritzte. Drei Gebäude kamen in Sicht. Eines, weiß gestrichen, hätte Dunlap als Sommerhaus bezeichnet. Wahrscheinlich drei Zimmer mit Veranda. Dahinter ein Stall, ebenfalls weiß gestrichen, und dann eine Art Scheune, auch weiß. Daneben eine eingezäunte Koppel mit zwei Pferden, die vor etwas zu scheuen schienen, das sich hinter einer Bodenwelle verbarg.

## Kapitel 35

Slaughter stand auf seiner Veranda und beobachtete die scheuenden Pferde. Dann wandte er sich zu Accum um. »Nein, ich sage Ihnen doch, daß es eine Katze war. Verdammt noch mal, ich habe ihr doch den Kopf abgeschossen.«

Accum starrte ihn an. »Ich verstehe das nicht.«

Hinter dem Stall ertönten Schüsse.

»Ein großer Kater. Riesenhaft. Mindestens fünfzehn Pfund schwer. Wenn ich nicht rechtzeitig geschossen hätte, würde ich jetzt aussehen wie Clifford.«

Accum schüttelte stirnrunzelnd den Kopf. Es ergab einfach keinen Sinn. Nicht nur, daß die Katze Slaughter angesprungen hatte, sondern auch dessen heftige Reaktion. Slaughter sah elend aus. Gewiß, er war überarbeitet, und er war angegriffen worden, aber doch nur von einer Katze, Herrgott noch mal. Das war doch noch lange kein Grund, sich so aufzuführen. Und dann plötzlich war ihm alles klar. Die Kuhle und der Gedanke, daß es ihm ergehen würde wie Clifford. Wahrscheinlich hatte Slaughter keinen Anlaß zur Furcht mehr gehabt, seit er aus Detroit gekommen war. Er war nicht mehr daran gewöhnt, und jetzt war er sauer, weil ihm die Katze so einen Schreck eingejagt hatte. Accum hätte nicht geglaubt, daß Slaughter überhaupt fähig war, sich zu fürchten. Aber es machte ihn irgendwie menschlicher, sympathischer.

»Sie haben doch gesagt, es war ein Hund«, sagte Slaughter.

»Stimmt. Clifford wurde von einem Hund getötet.«

»Warum hat mich dann eine Katze angefallen?«

Hinter dem Hügel ging die Schießerei weiter.

»Das weiß ich auch nicht. Aber ich möchte mir den Kratzer lieber mal ansehen.«

Slaughter schob seine ausgestreckte Hand zur Seite. »Den habe ich schon selber behandelt.« Der Kratzer verlief quer über die Wange. Er war lang und tief und häßlich verkrustet. »Doc Markle hat immer darauf bestanden, daß ich hier draußen ein paar Tetanusspritzen vorrätig habe. Für alle Fälle. Das war noch zu der Zeit, als ich hier Pferde zu züchten versuchte. Haben Sie schon mal probiert, sich selber eine Injektionsnadel in den Hintern zu picksen?«

Sie grinsten sich an. »Nein, zum Glück nicht«, erwiderte Accum.

»Das sollten Sie mal versuchen. Wenn mich jemand dabei beobachtet hätte, wäre das Gerücht aufgekommen, daß ich unzüchtige Handlungen an mir selbst vornehme.«

Sie lachten. Hinter dem Hügel ertönten wieder Schüsse.

»Ich hätte Ihnen die Wunde genäht.«

»So schlimm ist es nun auch wieder nicht. Ich weiß, ich hätte zu Ihnen fahren sollen, aber ich wollte einfach so schnell wie möglich nach Hause.«

Das kann ich gut verstehen, dachte Accum. Du wolltest nicht, daß jemand dich vor Angst zittern sieht.

Er wandte sich um, als er ein Auto kommen hörte, und sah den Streifenwagen den Hügel hinunter auf sie zu fahren.

## *Kapitel 36*

Slaughter blickte dem Wagen entgegen. Rettig und der Neue saßen vorn. Als sie in eine Staubwolke gehüllt näherkamen, konnte er durch die verschmutzte Windschutzscheibe einen Mann auf dem Rücksitz erkennen, dessen Gesicht ebenso grau und zerknittert aussah wie sein Anzug.

Als der Wagen anhielt und sie ausstiegen, hängte sich der Mann ein kleines Tonbandgerät und eine Kamera über die Schulter. Slaughter hatte ihn seit Herbst 1969 nicht mehr gesehen, aber wie sehr hatte er sich in diesen zehn Jahren verändert. Sein dichtes Haar war so grau wie...

Slaughter trat von der Veranda und ging auf den Streifenwagen zu. »Im Kühlschrank ist Bier«, sagte er zu Accum. »Bedienen Sie sich. Ich komme gleich.«

»Augenblick. Ich wollte Sie noch etwas fragen.«

»Später.« Er ging auf den Mann mit dem grauen Gesicht zu.

Rettig und der andere Polizist blickten nicht einmal in die Richtung, aus der die Schüsse kamen, aber der Zivilist starrte auf den Hügel hinter dem Stall.

»Wir haben alles erledigt, was Sie uns aufgetragen haben«, sagte Rettig, als Slaughter näher kam. »Nichts.«

»Das hatte ich erwartet.« Slaughter wies auf den Mann mit dem grauen Gesicht. »Mr. Dunlap.«

»Sie kennen ihn also«, sagte Rettig. »Er hat gesagt...«

»Ja, wir kennen uns. Gordon. Es ist lange her, seit wir uns gesehen haben.«

Dunlap lächelte ihm zu. »Nathan.« Sie schüttelten sich die Hand.

»Es kamen schon ein paar Anrufe deinetwegen.«

»Parsons?«

»Richtig. Wie kommst du hierher?«

»Mit der Bahn.«

»Das meinte ich nicht.«

»Ich weiß. Kann ich dich einen Moment sprechen?«

»Sprich doch.«

»Du weißt, wie ich es meine.«

»Ich glaube schon.« Slaughter wandte sich an Rettig. »Fragen Sie Dr. Accum, ob er noch irgendwelche Einzelheiten wissen will.«

Rettig warf ihm einen Blick zu. Dann drehte er sich um und ging aufs Haus zu. Der Neue schloß sich ihm an.

»Was hast du denn mit deinem Gesicht angestellt?« fragte Slaughter.

»Eine kleine Meinungsverschiedenheit. Und was ist mit deinem Gesicht passiert?«

»Eine Auseinandersetzung mit einer Katze.«

Sie schwiegen. Das Schießen hinter dem Hügel ging weiter.

»Nathan, wenn ich fragen darf...«

»Das sind nur Schießübungen.«

Dunlap verstand nicht.

»Das habe ich eingeführt. Jeden Samstag lasse ich die Leute, die dienstfrei haben, hier herauskommen. Wir trinken Bier und essen Chili, aber vorher müssen sie hinter dem Stall Schießübungen machen. In manchen Städten sind Schießübungen nicht Vorschrift, aber ich bestehe darauf, daß jeder einzelne von meinen Leuten wenigstens zweimal im Monat an diesen Übungen teilnimmt. Diejenigen, die heute Dienst haben, kommen nächste Woche dran. So wechseln wir uns immer ab. Willst du es dir mal anschauen?«

Dunlap blickte ihn schweigend an. Slaughter konnte sich nicht recht vorstellen, was er dachte. »Ja, gewiß«, sagte Dunlap schließlich.

Slaughter war überrascht. »Na, dann mal los.«

Sie gingen hinüber zum Stall. Dunlap blickte nachdenklich vor sich hin. »Nathan, ich verstehe das einfach nicht. Warum bist du damals aus Detroit weg?«

»Ich hatte es satt. Mir stand der Sinn nach einem ruhigeren und friedlicheren Leben.«

»In Potter's Field?«

»Es ist gar nicht so übel. Ich habe meine Pferde. Ja, ich weiß, nichts Großartiges, aber ich bin im Grunde recht glücklich.«

»Also worin besteht das Problem?«

»Das IST das Problem.«

»Wie bitte?«

Sie blieben stehen. Die Schüsse kamen jetzt ganz aus der Nähe.

»Nathan, es hat sich viel geändert seit damals.«

»Zehn Jahre sind eine lange Zeit.«

»Nein, das meine ich nicht. Hör mal, ich will ganz offen mit dir sprechen. Ich war immer offen dir gegenüber. Ich hatte eine Art Nervenzusammenbruch. Ich weiß nicht, wie es kam, aber ich kann praktisch nicht mehr arbeiten. Ich weiß nicht mehr, was ich tue.«

Slaughters Haltung versteifte sich. Du auch? dachte er im stillen. Er blickte Dunlap scharf an. »Kann ich dir irgendwie helfen?«

»Ich weiß es nicht. Ich meine... das Ganze ist vollkommen verrückt. Ich habe immer wieder diesen Traum und... Also gut, ich war schon mal hier. Im Dezember 71. Damals war dort oben ein Lager.« Er deutete mit der Hand auf die Berge.

»Ja, ich habe davon gehört. Das war vor meiner Zeit.«

»Ich machte eine Reportage, die nie gedruckt wurde. Gleich darauf ging es abwärts mit mir. Gestern, als ich mit Parsons sprach, fand ich heraus, daß damals auch ein Mord passiert ist. Und jetzt diese Sache mit Clifford...«

»Wie hast du denn das erfahren?«

»Ich versuche immer noch, meine Arbeit zu machen. Du hast mich vorhin gefragt, wie ich hier hergekommen bin. Das weiß ich selbst nicht genau. Ich wünschte, ich wüßte es. Ich saß im Zug nach Seattle. Und als der Zug hier anhielt, war ich wie unter Hypnose. Ich stieg aus, ohne zu wissen, was ich hier eigentlich soll. Ich suche immer noch nach Gründen und

Ausreden. Das Schlimmste dabei ist dieser Traum, der immer wiederkommt. Es ist, als würde mich etwas hierher rufen.«

Slaughters Gesicht zeigte keinerlei Reaktion. »Was ist das für ein Traum?« Er mußte an seinen eigenen Traum denken.

»Bitte, frag mich nicht.«

»Trinkst du?«

»Eine ganze Menge.«

»Nimm es nicht so schwer. Hör mal, ich muß jetzt nach meinen Leuten schauen. Das dauert nicht lange, und wir können uns nachher in Ruhe unterhalten.«

Dunlap nickte. »Ich würde gerne wissen, was, zum Teufel, ich hier suche.«

Sie gingen am Stall vorbei und kamen auf ein freies Feld, wo der Boden hart und rissig war. Fünf Männer in Jeans und mit hochgekrempelten Ärmeln standen in einer Reihe und feuerten mit Revolvern auf eine Anzahl leerer Bierdosen, die hinter einem Graben unterhalb einer kleinen Anhöhe aufgestellt waren. Der Graben war etwa sieben Meter breit, und die Dosen standen knapp zwei Meter dahinter. Drei der Männer waren gerade damit beschäftigt, ihre Waffen neu zu laden und blickten auf, als sie Slaughter und Dunlap kommen sahen.

»Wie läuft's denn?« fragte Slaughter. Die zwei Männer, die noch am Schießen waren, wandten ihm den Kopf zu und grinsten.

»Hoffentlich ist das Bier schön kalt«, sagte einer.

»Es ist sogar noch kälter, als Sie glauben.«

Ihr Grinsen wurde noch breiter.

»Wir könnten ein paar neue Zielscheiben gebrauchen.« Slaughter deutete auf die Blechdosen, die fast nur noch aus Löchern bestanden.

»Na ja, wir dachten, wenn wir nichts übriglassen, können wir mit gutem Gewissen behaupten, daß wir uns unser Bier redlich verdient haben.«

»Hundert Schuß pro Mann. Nicht weniger.«

»Aber Sie haben noch nicht geschossen.«

»Mein Pensum habe ich schon längst hinter mich gebracht.«

»Das kann man wohl sagen.« Die Männer grinsten ihn an.

Slaughter blickte Dunlap an, dann seine Leute, und zog achselzuckend seinen Revolver aus dem Halfter.

Dunlap wich instinktiv zurück. Slaughter trat in die Reihe, die Mündung seiner Waffe aufwärts gerichtet. Er stellte sich mit gespreizten Beinen seitwärts hin, die linke Hand in die Hüfte gestemmt, und zielte auf eine der Dosen. Seine Waffe war ein .38 Revolver, ein Westernmodell, bei dem man sowohl Normalmunition wie auch Magnum verwenden konnte. Es war eine Ruger mit aufgerauhtem Griff, der genau in seine große Hand paßte. Slaughter feuerte fünfmal hintereinander in kurzer Folge. Bei jedem Schuß hüpfte dieselbe Bierdose ein Stück in die Höhe, bis sie beim letzten Schuß gänzlich auseinanderfiel. Er drückte so schnell ab, daß das Auge kaum folgen konnte, und im Grunde war die ganze Schau, die er hier aufzog, nichts als Angabe, aber er wußte, daß dieser Trick den Leuten Spaß machte. Sie lachten und klatschten, während er achselzuckend die leeren Patronenhülsen aus den Kammern nahm und sie in seine Tasche steckte.

»Da sind noch eine ganze Menge Patronen, die ihr alle noch abschießen müßt«, erklärte er und zeigte auf eine halb gefüllte Munitionskiste zu ihren Füßen. »Inzwischen wird das Bier noch kälter. Und diesmal sammelt ihr gefälligst die leeren Hülsen ein.« Er wandte sich um und ging auf Dunlap zu, der an der Stalltür lehnte.

Die Männer begannen wieder zu schießen, und Slaughter ging mit Dunlap zum Haus zurück.

»Du bist immer noch so gut wie früher«, sagte Dunlap.

»Übungssache. Ich schieße jeden Morgen. Manchmal übe ich auch zusammen mit den Jungens. Aber meistens sitze ich dort oben auf der Veranda und spiele den Gastgeber. An mir ist ein Western Gentleman verlorengegangen.«

Dunlap lächelte. Das gefiel Slaughter. Es bedeutete, daß Dunlap noch nicht begriffen hatte, in welchen Schwierigkeiten sich Slaughter befand. Seine Leute kamen ja nicht nur hierher, um Schießübungen zu machen. Sie wollten sich über die schwierige Situation unterhalten, in der sie alle sich zur Zeit befanden. Eine Art Lagebesprechung. Slaughter lud seinen Revolver wieder und steckte ihn ins Halfter. »Wie ist das nun mit diesem Traum, den du erwähnt hast?« fragte er Dunlap.

»Ich habe dir doch gesagt, daß ich nicht darüber sprechen möchte.«

»Hab dich nicht so. In Detroit haben wir gemeinsam die schlimmsten Schießereien überstanden. Mit dem hier werden wir wohl auch noch fertig.« Lächelnd stieg er die hohl tönenden Holzstufen zur Veranda hinauf und wollte eben Dunlap ein Bier anbieten, als Accum sich zu ihm umwandte.

»Ihr Mitarbeiter hat mir eben erzählt, daß das Vieh noch in der Kuhle liegt. Hat es Sie gebissen?««

»Nein. Ich habe genau nachgesehen. Die einzige Wunde ist der Kratzer auf meiner Backe.«

Dunlap betrachtete die Kratzwunde interessiert.

Accum ließ nicht locker. »Sind Sie sicher, daß es kein Biß ist?«

»Ganz sicher. Sieht das etwa aus wie eine Bißwunde?«

»Trotzdem werde ich das Biest untersuchen. Katzen fallen normalerweise keine Menschen an.«

»Manche schon. In Detroit bin ich oft genug zerkratzt und gebissen worden. Von verwilderten Katzen, die in Häusern herumstreunen, die zum Abbruch bestimmt waren. Natürlich ist das hier etwas anderes. Katzen wehren sich, wenn sie sich in Gefahr glauben, aber sie greifen nicht von sich aus einen Menschen an.«

Alle fünf verfielen in Schweigen. Dunlap hatte interessiert zugehört. Slaughter bemerkte, daß auch Rettig und der Neue ihn beobachteten.

»Sie haben recht«, sagte er zu Accum. »Übrigens, das hier ist Gordon Dunlap. Wir kennen uns aus Detroit. Er hat mal eine Reportage über mich gemacht.« Er wandte sich an Dunlop: »Gordon, wir haben hier eine miese Geschichte am Hals, das ist aber nichts zur Veröffentlichung. Ich könnte dich jetzt bitten, ins Haus zu gehen und in aller Ruhe ein Bier zu trinken, aber dann würdest du glauben, daß ich etwas vor dir verheimlichen will und würdest nur um so eifriger nachforschen. Du kannst also hierbleiben, aber unter einer Bedingung. Alles, was das alte Lager von damals betrifft, ist deine Sache. Aber was hier besprochen wird, bleibt unter uns.« Er lehnte sich zurück und wartete Dunlaps Antwort ab.

»Okay«, willigte Dunlap ein. »Du wirst schon deine Gründe dafür haben.«

»Die du bald erfahren wirst.« Er wandte sich an Accum. »Ich hatte Magnummunition geladen, als ich nachts auf den Acker ging. Als die Katze mich anfiel, habe ich ihr den Kopf in Stücke geschossen. Ich bin zwar kein Pathologe, aber ich weiß, daß man bei einem Tollwuttest Teile des Gehirns untersuchen muß.«

»Das stimmt mehr oder weniger.«

»Nun gut, das Hirn dieser verdammten Katze ist über das halbe Feld verstreut. Ich bezweifle, daß Sie viel damit anfangen können.« Er starrte vor sich hin, bemüht, sich nichts anmerken zu lassen. Das Schießen hatte ihn etwas beruhigt, aber jetzt war die alte Furcht wieder da.

»Jetzt weißt du es«, sagte er zu Dunlap. »Wenn das in der Stadt bekannt wird, kommt es wahrscheinlich zu Unruhen.«

Dunlap war kreidebleich geworden. »Ist es also das, was mit Clifford passiert ist?«

Slaughter betrachtete ihn schweigend. Dann sagte er: »Du verstehst deine Arbeit, das muß man dir lassen. Nein, was Clifford betrifft, sind wir noch nicht sicher. Wir zerbrechen uns seit gestern abend den Kopf wegen dieser Sache.« Er wandte sich wieder an Accum: »Und Sie sind ganz sicher, daß er von einem Hund getötet wurde und nicht von einer Katze?«

»Das habe ich Ihnen doch gesagt.«

»Großartig.« Slaughter starrte eine Weile auf den Fußboden. Dann blickte er auf und sagte: »Ich brauche jetzt ein Bier. Wer noch?« Er sah sich in der Runde um.

»Ich möchte auch eins«, sagte Dunlap.
»Ich auch«, schloß Rettig sich an.
»Dann bringe ich gleich die ganze Kühlbox«, erklärte Slaughter und ging ins Haus.

## *Kapitel 37*

Zum Teufel, was ist nur los mit mir? Zitternd blieb er hinter der Tür stehen. Du bist ja einem Zusammenbruch nahe. Du wirst von einer Katze angefallen und benimmst dich, als hättest du noch nie einen Revolver abgefeuert. Was soll denn das?

Ich bin derlei einfach nicht mehr gewöhnt.

Ich würde eher sagen, du bist verweichlicht. Das bequeme Leben gefällt dir zu gut. Und sobald etwas passiert, kippst du um.

Nein, das ist nicht wahr. Ich tue meinen Job und leiste gute Arbeit.

Du lügst ja. Jahrelang sitzt du auf deinem Arsch und glaubst, gute Arbeit zu leisten. Erst wenn was passiert, merkst du, daß du lediglich so dahingewurstelt hast, ohne es zu merken.

Verdammt, warum mache ich mir eigentlich die Mühe?

Aber du machst sie dir. Um die Leere in dir auszufüllen. Das Lebensmittelgeschäft damals in Detroit geht dir nicht aus dem Kopf. Du willst es ihnen zeigen.

Und das war die reine Wahrheit.

Er stand in der kleinen, peinlich sauberen und ordentlichen Küche und starrte auf die zwei Kühlboxen, die bis zum Rand mit Bierdosen und Eis gefüllt waren. Am liebsten hätte er sich gleich eine aufgemacht. Aber damit hätte er sich den anderen gegenüber eine Blöße gegeben. Vielleicht würden sie es ihm nicht einmal als Schwäche auslegen, aber er selber würde sich wie ein Schwächling vorkommen. Er hob den Kübel hoch, zwängte sich im Wohnzimmer am Sofa vorbei und fummelte an der Türklinke herum.

Sie sahen ihn nicht einmal an, als er herauskam, sondern konzentrierten sich ganz auf die Dosen mit Budweiser Bier und das glitzernde Eis, in das sie gebettet waren. In einer Art Ritual rissen alle gleichzeitig den Verschluß auf, prosteten sich zu und tranken.

»Also gut, was schlagen Sie vor?« sagte er zu Accum. Das Bier floß ihm kühl und erfrischend durch die Kehle, und er hoffte, daß es seine Nerven beruhigen würde.

»Ich werde trotz allem die Katze untersuchen. Und sagen Sie Ihren Leuten, sie sollen nach streunenden Tieren Ausschau halten. Und die Krankenhäuser sollen Ihnen jeden Fall von Bißwunden melden.« Accum starrte sein Bier an. »Im Grunde können wir nicht viel tun, bis wieder jemand gebissen wird.«

»*Falls* jemand gebissen wird«, korrigierte Rettig, der bisher kaum ein Wort gesagt hatte. Alle blickten ihn an.

»Richtig. Sagen wir nicht ›bis‹, sondern ›falls‹ jemand gebissen wird. Wir sollten nicht immer gleich mit dem Schlimmsten rechnen.« Das Bier war angenehm kühl.

»Warten Sie nicht erst, bis ein Hund oder eine Katze Schaum vor dem Maul hat. Das sind Symptome, die erst sehr spät auftreten«, erklärte Accum. »Was wir suchen, ist ein Tier, das unprovoziert angreift. Ohne jeden ersichtlichen Grund.«

Slaughter erinnerte sich an etwas. »Komisch«, sagte er.

»Was ist komisch?«

»Sie sagten dasselbe über die verwilderten Hunde in den Bergen.«

Alle schwiegen.

Die Leute draußen hatten ihre Schießübungen beendet und kamen zurück. Lachend und Witze reißend gingen sie am Stall vorbei, steckten ihre Waffen weg und rieben sich die Hände, als sie das Bier sahen.

»Ist jemand gestorben?« fragte einer, als ihm die allgemeine Stille auffiel.

»Es ist nichts weiter. Wir haben nur ein kleines Problem«, sagte Slaughter.

»Wir haben die leeren Patronenhülsen aufgesammelt.«

»Gut. Dann füllt sie wieder. Vielleicht brauchen wir sie noch.«

Die Männer griffen nach dem Bier.

»Ich muß nach meinen Pferden sehen. Wollt ihr mitkommen?«

Er ging die Stufen hinunter.

»Da gibt es nicht viel zu berichten«, hörte er Rettigs Stimme. Rettig stand etwas abseits und unterhielt sich mit Dunlap.

Er fing Slaughters Blick auf.

»Haben Sie etwas dagegen, wenn ich mit ihm über das Lager spreche?« fragte Rettig.

»Von mir aus.« Slaughter drehte sich um und ging mit seinen Leuten zu den Pferden hinüber.

## *Kapitel 38*

Rettig blickte ihnen nach. Trotz der Erlaubnis, die Slaughter ihm erteilt hatte, zögerte er immer noch. Er erinnerte sich noch an die strikte Geheimhaltung bei diesem Fall. Es war in jenem Winter in der Stadt zu so schweren Unruhen gekommen, so viele peinliche Einzelheiten waren bekannt geworden, daß der Stadtrat in geheimen Sitzungen tagte, um der Situation Herr zu werden. Parsons war damals Bürgermeister gewesen – er war es heute noch – und man hatte sich darauf geeinigt, nichts über den Mord verlauten zu lassen. Sonst wären all die Hippies und die Zeitungsleute möglicherweise wieder aufgetaucht, und der ganze Ärger wäre wieder losgegangen. Die Gerichtsverhandlung fand statt, ohne daß man viel Aufhebens davon machte – darauf hatte man sich auch mit den umliegenden Ortschaften geeinigt –, und das Leben nahm wieder seinen normalen Verlauf. Obgleich eigentlich die Staatspolizei für diesen Fall zuständig war, hatte auch sie mit der Stadtverwaltung kooperiert und den Fall als interne

Angelegenheit der städtischen Polizei behandelt. Man hatte Rettig damals nahegelegt, den Mund zu halten. Natürlich hatte das niemand direkt ausgesprochen, aber die Andeutungen waren nicht mißzuverstehen, und er hatte sich sehr zurückgehalten. Es war jetzt sieben Jahre her, seit er sich mit dem Fall beschäftigt hatte, und es war ihm zur Gewohnheit geworden, nichts darüber verlauten zu lassen.

»Viel gibt es da nicht zu erzählen«, sagte er zu Dunlap. »Das meiste haben Sie ja schon selbst herausgefunden. Ich habe damals das Lager durchsucht.«

»Und die rote Corvette?« fragte Dunlap. »Haben sie die gefunden?«

»Was?«

»Das Auto. Die rote Corvette. Das klassische 1959er Modell, das Quiller fuhr.«

»Ja, ich habe davon gehört. Aber gefunden habe ich das Auto nicht. Nur einen Kombi und einen Lieferwagen. Das war alles. Keine rote Corvette. Sonst würde ich mich daran erinnern, glauben Sie mir.«

»Was, zum Teufel, ist da vorgefallen?«

Rettig blickte ihn schweigend an.

»Ich habe Erkundigungen eingezogen«, sagte Dunlap. »Soviel ich weiß, hat er den Wagen nicht verkauft. Aber er hat ihn ins Camp mitgenommen. Was ist daraus geworden? Nun sagen Sie schon.«

»Wer weiß? Ich kann Ihnen nur berichten, was ich selbst gesehen habe. Vielleicht hätte ich den Wagen gefunden, wenn ich danach gesucht hätte. Aber ich habe mich hauptsächlich darauf konzentriert, den Jungen zu suchen.«

»Haben Sie ihn denn gefunden?«

»Das dauerte eine ganze Weile. Sehr lange sogar. Ich habe das ganze Lager abgesucht und den umliegenden Wald. Wenn ich nicht zufällig pinkeln gegangen wäre, hätte ich ihn vielleicht niemals entdeckt. Ich fand ihn in einer Grube, die man für eine Latrine ausgehoben hatte. Der Junge war vielleicht verdreckt! Daran erinnere ich mich noch ganz genau. Und völlig verängstigt, obgleich er uns nie erzählt hat, was die in dem Lager mit ihm angestellt haben. Am meisten hatte er aber vor seinem Vater Angst. Er weigerte sich, mit ihm im selben Streifenwagen zu fahren. Wir mußten die beiden einzeln herunterbringen.«

»Und was hat Quiller dazu gesagt?«

»Wie bitte?«

»Quiller.«

Rettig zuckte mit den Schultern. »Der war nirgends zu sehen.«

»Was? Sie haben das Lager durchsucht und ihn nicht zu Gesicht bekommen?«

»Keiner hat ihn gesehen.«

»Wo konnte er sich denn versteckt haben? Und warum sollte er sich überhaupt verstecken?«

»Da bin ich überfragt. Er kann im Wald gewesen sein. Aber ich sehe nicht ein, warum das so wichtig ist.«

»Ich eigentlich auch nicht.« Dunlap bemerkte, daß die anderen ihn neugierig anstarrten. »Aber ich begreife immer noch nicht, was hier eigentlich vor sich gegangen ist.«

## *Kapitel 39*

»Warren!«

Sie hörte ihn schreien. Sie rannte aus dem Wohnzimmer in die Küche und sah durch das Drahtgitter der Küchentür, wie er über den Hof auf sie zu lief.

»Warren!«

Er hielt sich die Hand. Sie sah, daß er blutete, sah die zerfetzte, aufgerissene Hand, stieß die Tür auf und rannte ihm entgegen.

Er schrie immer noch.

»Warren! Was ist denn passiert?«

Sie nahm ihn in die Arme. Das Blut floß ihr über den Ärmel. Seine Tränen benetzten ihre Bluse.

Und er schrie.

»Warren! Bitte! Du mußt mir sagen...«

»Es ist von dem Glas.«

»Aber...«

»Glasscherben!«

»Zeig mal her!«

Sie starrte das Blut an. Sie war ratlos. Sie mußte das Blut stillen, aber sie wußte nicht einmal, wo es genau herkam. Wie schlimm war die Wunde?

Sie versuchte, ihn ins Haus zu führen. »Komm, zeig mal her, Warren.«

Er deutete nach hinten auf den Hof. Sie blickte auf das eiserne Faß im Garten auf der anderen Seite des Fußwegs, wo der alte Mann wohnte. Der Rand des Fasses war blutverschmiert. Sie rannte hin und stolperte dabei über ein Spielzeugauto unter den Büschen. Sie schlug der Länge nach zu Boden und riß sich die Handflächen auf. Aber sofort rappelte sie sich wieder auf und stolperte auf das Faß zu.

»Mein Gott, all das Blut!«

Alles war mit Blut bespritzt – die rostigen Konservenbüchsen, das zerbrochene Glas, die Reste der Feuerstelle, wo der Alte seinen Müll verbrannt hatte, bevor die Stadtverwaltung es ihm verbot. Warren mußte dort herumgeklettert sein und sich geschnitten haben.

Sie drehte sich nach ihm um. Er hielt sich die Hand und lief auf die Hintertür zu. Sie rief seinen Namen, aber er war bereits im Haus. Sie lief ihm nach, sah das Blut auf dem Fußboden und rannte durch die Diele ins Badezimmer, aber dort war er nicht. Er saß weinend in seinem Zimmer. Und alles war voller Blut. Sie raffte eines der Bettücher zusammen, wickelte es ihm um die Hand und führte ihn ins Bad.

»Nein!«

»Ich muß das Blut abwaschen und nachsehen, wie schlimm der Schnitt ist.«

»Nicht anfassen!«

Er schrie, als sie das blutverschmierte Bettuch wegnahm und seine Hand in das Becken legte. Dann drehte sie den Hahn auf.

Er kreischte laut auf.

Zu heiß. Sie drehte den anderen Wasserhahn auf, und jetzt war das Wasser lauwarm. Sie spülte das Blut von der Wunde und wusch den Schmutz und die Erdklümpchen ab, die an der Wunde hafteten. O Gott, die Hand war richtiggehend verstümmelt. Ein tiefer, breiter, gezackter Schnitt. Mein armes Baby, dachte sie. Er lehnte sich schwer gegen sie, und sie wußte, ohne hinzusehen, daß er ohnmächtig geworden war.

## *Kapitel 40*

Warren stieg ein seltsamer Geruch in die Nase. Er wollte nicht aufwachen und versuchte, wieder ins Dunkel zurückzusinken, aber der Geruch war zu stark. Er blinzelte und zuckte vor dem grellen Licht zurück, und dann sah er den fremden Mann im weißen Kittel, der sich über ihn beugte. Warren begann zu weinen.

»Ist ja schon gut, Warren.«

Das war die Stimme seiner Mutter, und er wandte ihr den Kopf zu. Da war sie. Sein Vater stand neben ihr. Beide schienen sehr verärgert zu sein.

»Mami, ich...«

»Ist schon gut, Warren. Du brauchst keine Angst zu haben. Du bist beim Arzt.«

Er sah wieder den Mann im weißen Kittel mit den roten Flecken auf den Ärmeln an. Der Mann hielt eine Art Plastikkapsel in der Hand, die er aufgebrochen hatte, und aus welcher der eigenartige Geruch zu kommen schien. Warren hörte nicht auf zu weinen. Dieser Mann war viel jünger und schlanker als der Arzt, zu dem er sonst immer ging, und die Sommersprossen in seinem Gesicht sahen aus wie die Blutflecken an seinem Kittel, und Warren weinte immer noch.

»Schschsch... ist ja gut, mein Junge. Wir sind bei dir. Es ist alles in Ordnung.«

Warren begriff allmählich, daß er auf einem Tisch lag, mit

einem weißen Laken bedeckt, und daß er kein Gefühl in der rechten Hand hatte. Die Hand sah aus wie eine weiße Keule; sie war so dick verbunden, daß er seine Finger weder sehen noch bewegen konnte.

»Er steht noch unter Schock«, hörte er den Arzt sagen. »Es wird eine Weile dauern, bis er wieder ganz zu sich kommt.«

Jemand trocknete ihm die Tränen. Seine Mutter. Sie lächelte. Also war sie trotz allem nicht böse auf ihn. Er wußte nicht, wie er hierher gekommen war.

»Warren, kannst du uns erzählen, wie das passiert ist?«

Er blickte den Doktor an und versuchte sich zu erinnern.

»Ja, das Glas«, sagte er zögernd.

»In dem Faß?«

»Ja, ich habe mich geschnitten.«

Sein Vater ballte die Faust. »Ich werde diesen alten Kerl verklagen...«

»Harry, bitte, nicht hier«, sagte seine Mutter.

Also war er noch einmal davongekommen, ohne erwischt zu werden. Er ließ sie reden.

»Warren, ich werde dir jetzt erklären, was ich mit dir gemacht habe«, sagte der Arzt. »Du mußt den Verband dranlassen. Ich habe die Wunde zusammengenäht. Mit Nadel und Faden. Verstehst du?«

»Ja, so wie Mammi sich ein Kleid näht.«

Sie lächelten ein wenig.

»So ähnlich. Der Schnitt war zu tief, um von allein wieder zu heilen. Darum habe ich einen Faden genommen – keinen richtigen Faden, wir nennen es Katgut – und damit die Wunde wieder zugenäht.«

»Bleibt der Faden da drin?«

»Nein. In ungefähr einer Woche ziehen wir ihn wieder heraus, und deine Hand wird dann wieder genauso aussehen wie früher. Vielleicht wird eine Narbe bleiben...«, der Arzt warf den Eltern einen Blick zu, »aber du wirst ja noch wachsen, und die Narbe wird fast verschwinden. Du mußt aber daran denken, daß du die Hand nicht überanstrengen darfst. Wenn du etwas Schweres aufhebst oder eine Faust machst, könnten die Nähte aufplatzen. Sei also vorsichtig. Deine Mutter oder dein Vater werden das für dich tun.«

»Auch mein Bett machen?«

»Darauf kannst du wetten«, sagte sein Vater. »Und du bekommst trotzdem dein volles Taschengeld.«

Warren begann zu grinsen. Er hatte es geschafft. Unbeholfen wischte er sich mit seiner verbundenen Hand die Tränen ab und versuchte, sich aufzusetzen.

»Komm, ich helfe dir.«

Mit Hilfe seiner Mutter setzte er sich auf die Kante des Tisches.

»Ich glaube, jetzt ist alles wieder in Ordnung«, meinte der Arzt. »Sie können ihn mit nach Hause nehmen. Ich gebe Ihnen ein paar Tabletten für später, wenn die örtliche Betäubung nachläßt. Und rufen Sie mich an, wenn es Schwierigkeiten gibt. Aber ich glaube, Sie brauchen ihn erst Montag in einer Woche wieder herzubringen.«

»Und was ist mit dem Verband?«

»Wechseln Sie ihn jeden Abend. Die ersten paar Male sollten Sie den Verband vor dem Abnehmen anfeuchten, damit das verkrustete Blut nicht an den Nähten zerrt.«

»Sollen wir die Hand einschmieren?«

»Irgendeine Salbe aus der Hausapotheke. Ich habe ihm eine Tetanus-Spritze gegeben. Ich glaube kaum, daß es Probleme geben wird.«

»Wir danken Ihnen, Doktor.«

»Ja, wir danken Ihnen von ganzem Herzen«, sagte der Vater.

»Ich bin froh, daß Sie ihn gleich hergebracht haben. Die Blutung war sehr stark.«

Sie unterhielten sich noch eine Weile, aber Warren hörte nicht zu. Er sah sich im Zimmer um und betrachtete die Glasschränke mit den blitzenden Instrumenten. Dann hatte er plötzlich einen Schwächeanfall, sank nach vorn und wäre fast vom Tisch gefallen.

»Immer langsam, junger Mann. Wir bringen dich jetzt lieber nach Hause.«

Trotz der juckenden, brennenden Schmerzen in seiner Hand war er glücklich. Sie hatten ihn nicht erwischt. Auf die Aufforderung seiner Mutter hin bedankte er sich bei dem Arzt und reichte ihm seine gesunde Hand. Dann gingen sie hinaus, und er sah, daß sie nicht in der Praxis des Arztes waren, zu dem sie sonst immer gingen. Draußen in der Halle begegneten sie Krankenschwestern und einem alten Mann im Rollstuhl, und er war erstaunt, daß man ihn in ein richtiges Krankenhaus gebracht hatte. Er hatte nicht gedacht, daß seine Verletzung so schlimm war. Die automatischen Türen öffneten sich mit einem zischenden Geräusch; die Schwestern lächelten ihm zu, und er ging mit seinen Eltern zum Auto.

Sein Vater hielt seine gesunde Hand fest. Er war nicht einmal wütend, daß die Mutter ihn von der Arbeit weggeholt hatte.

Sein Plan hatte noch besser geklappt, als er es gehofft hatte. Die ganze Nacht lang hatte er überlegt, wie er die Bißwunde verbergen konnte. Seine Hand war dick angeschwollen und hatte eine tiefe, gezackte Fleischwunde. Er hatte sich vor Schmerzen gewunden. Als seine Mutter ihn wecken wollte, hatte er sich in die Decke gekuschelt, als schliefe er noch. Erst als er sie im Wohnzimmer aufräumen hörte, hatte er sich schnell angekleidet. Dabei hatte er solche Schmerzen, daß er am ganzen Leib zitterte. Dann war er ausgerutscht und hatte sich den Ärmel mit Blut beschmiert. Aber inzwischen hatte er schon einen Plan gefaßt; er hatte sich zu dem eisernen Faß geschlichen, das dem Nachbarn als Mülltonne diente. Er hatte sich den Lappen von seiner geschwollenen, blutigen Hand gerissen, um die Wunde mit einem Glasscherben aufzuritzen und etwas Blut auf das Glas in der Tonne tropfen zu lassen. Wenigstens war das sein Plan gewesen. Aber er hatte das Gleichgewicht verloren, war hingefallen und die Wunde war der Länge nach aufgebrochen. Noch nie hatte er so schreckliche Schmerzen verspürt.

Er konnte nicht aufhören zu schreien.

## Kapitel 41

»Wie bist eigentlich du hierhergekommen?«

»Mit meinem Auto.«

Dunlap lachte. Sie fuhren die Schnellstraße hinunter in die Stadt. Dunlap blickte Slaughter an. »Na komm, sag schon.«

»Ich spreche nicht gern darüber.«

»Das könnte genausogut ich gesagt haben.« Dunlap fing den Blick auf, den Slaughter ihm zuwarf.

»Deine Hände zittern ja«, sagte Slaughter.

»Gewohnheit.«

»Brauchst du einen Drink?«

»Mehr als einen.«

»Du solltest für Notfälle immer eine Flasche bei dir tragen.«

»Ich habe sie im Hotel gelassen. Wollte den Helden spielen.«

»So schlimm?«

»Noch schlimmer. Das ist kein Witz.«

»Erzähl doch mal von deinem Traum.«

»Dann erzähl du mir, wie du hierhergekommen bist.«

Slaughter schaute ihm ins Gesicht. Er hatte einen eigenartigen Blick in den Augen und schien nachzudenken. »Irgend etwas ist mit mir passiert. Ich habe einfach die Nerven verloren.«

Dunlap wußte, wie schwer es ihm fiel, das zuzugeben.

»Ich verlasse mich auf unsere Freundschaft und deine Diskretion.«

»Ja, ich weiß.«

»Ich will dir nicht alles haarklein berichten, aber ich bin ein ganz anderer Mensch geworden. Meine Frau hat sich scheiden lassen.«

»Hast du sie betrogen?«

»Nein. Ich hatte nicht mal den Wunsch danach.«

»Sie konnte es einfach nicht länger aushalten?«

»Stimmt.«

»Ich fürchte, daß meine Frau sich auch bald von mir scheiden läßt.«

»Aus demselben Grund?«

»Richtig.«

»Das Saufen?«

»Zum Teil.«

»Dann habe ich meine Entlassung aus dem Polizeidienst beantragt. Eines Nachts setzte ich mich an den Küchentisch und überlegte mir, wo ich am liebsten sein würde.«

»Und dann hast du dir *DAS HIER* ausgesucht?«

»Moment mal. Ich habe mir eine Landkarte geholt. Die Berge waren schon immer mein Traum. Und Pferde auf einer Koppel. Das hatte ich noch nie gesehen, mich noch nie damit beschäftigt. Aber es war etwas, was ich immer schon haben wollte. Also habe ich mir auf der Karte alle Staaten vorgenommen, wo es Berge und Pferde gibt.«

»Und hast dir Wyoming ausgesucht.«

»Ich habe einfach die Augen zugemacht und mit dem Zeigefinger auf die Karte getippt.«

»Und wieso ausgerechnet Potter's Field?«

»Ich kenne eine Menge Leute, die sich aus weniger guten Gründen für einen bestimmten Wohnort entschieden haben.«

»Ich kritisiere ja deinen Entschluß gar nicht.«

»Das weiß ich. Gleich am nächsten Tag bin ich losgefahren, und es hat mir hier gefallen. Anfangs hatte ich es allerdings nicht leicht. Ich wollte Pferde züchten und bin dabei ganz schön auf die Schnauze gefallen. Und dann war ich plötzlich wieder bei der Polizei. Aber mein Leben hier verläuft genauso, wie ich es will. Keine übermäßig großen Schwierigkeiten, mit denen ich nicht fertig würde. Ich habe meine Freiheit. Und jetzt erzähle mal, wie es dir ergangen ist.«

»Mein Ehrgeiz kam mir in die Quere. Man will immer beweisen, wie gut man ist, und dann wird man seinen eigenen Erwartungen nicht gerecht.«

»Oder vielleicht hast du soviel gesoffen, daß du dich nicht mehr auf deine Arbeit konzentrieren konntest.«

Dunlap zuckte mit den Schultern. »Was war zuerst da – die Henne oder das Ei? Das spielt auch weiter keine Rolle. Jetzt hat es mich hierher verschlagen. Endstation. Warum es so gekommen ist, ist unwichtig. Ich weiß, wo ich gelandet bin: nirgends. Nichts für ungut.«

»Warum gibst du nicht einfach auf und läßt dich hier nieder?«

Dunlap fing an zu lachen.

»Ich meine das ganz ernst«, sagte Slaughter. »Du könntest schlechter fahren. Manchmal landen wir genau da, wo wir hingehören.«

»Oder da, wo wir es verdienen. Nein, Nathan, das würde zu weit führen, wenn wir wieder beide im gleichen Ort leben. Ich freue mich dich wiederzusehen, aber was ich dabei fühle, beunruhigt mich.«

## *Kapitel 42*

ES schnupperte an dem Schuh. Dann fuhr ES zurück, verwundert über das eigenartige Kitzeln im Hals. ES starrte den Schuh an und hätte fast wieder daran geschnuppert, überlegte es sich aber anders und bewegte sich auf den Kleiderhaufen zu, der in der Ecke lag. Blauer, fester Stoff, feucht und verschmutzt wie der Schuh. Und wieder verspürte ES das seltsame Kratzen im Hals. Mit wütendem Knurren schlug ES nach den Kleidern.

Auf der einen Seite des Kleiderhaufens lag noch ein Schuh. Eine andere Art Schuh, dunkel und abgenutzt; er roch nach Schweiß und Leder – nach der Haut des Tieres, aus der der Schuh gefertigt war. ES schnupperte an dem Schuh herum. Dann biß ES zu und schüttelte den Schuh von einer Seite zur anderen. Auch die Kleider, die an der Wand hingen, störten ES, und ES schlug danach; dabei verkrallte ES sich in eine Tasche, und ein Bündel Kleidungsstücke fiel ihm auf den Kopf. Knurrend und um sich beißend machte ES sich frei. Dann schnüffelte ES weiter. Seife und Chemikalien. ES bellte wütend und verbiß sich in ein Kleidungsstück. Schritte kamen den Gang entlang, und ES drehte sich um. Aber die Tür war zu. Die Schritte hörten auf. Knurrend wandte ES sich wieder den Kleidungsstücken zu und fing an, sie zu zerreißen.

Etwas ratterte. ES drehte sich zur Tür um. Die Klinke bewegte sich. ES verharrte still, das Kleidungsstück zwischen den Zähnen. Die Klinke wurde heruntergedrückt. Dann ging die Tür auf, und sie kam herein. ES ließ das Kleidungsstück fallen und fletschte knurrend die Zähne.

Sie blieb erschrocken stehen. »Warren?«

Dann sprang ES sie an. Sie fuhr zurück, wobei sie mit dem Ellbogen gegen die Tür stieß, so daß sie zufiel. Sie griff nach der Klinke, als ES sie nochmals ansprang. Sie versuchte, ihm auszuweichen und stieß an die Kommode.

»Warren!«

Aber ES knurrte nur wütend und griff sie wieder an.

»Warren!«

Sie trat nach ihm. Ein paar Bilder fielen von der Kommode. Sie sprang schreiend aufs Bett. Als ES sie zum letzten Mal ansprang, verloren beide das Gleichgewicht und fielen vom Bett. Sie schlug mit dem Rücken hart auf dem Fußboden auf. ES fuhr ihr an die Gurgel. ES fühlte, wie ihm das Blut über die Lippen lief und erstickte fast, als ES den salzigen Geschmack in der Kehle spürte. ES schnappte nach ihrem Gesicht, aber in diesem Augenblick gelang es ihr, sich loszureißen und nach ihm zu treten. Der Schuh hätte ES fast ins Gesicht getroffen, aber ES wich ihm im letzten Moment aus und schlug ihr die Zähne direkt über dem Schuh ins Bein. Sie kreischte auf und trat nach ihm, aber ES hatte sich fest in das Bein verbissen. Wieder spürte ES den Salzgeschmack des Blutes in der Kehle und drohte zu ersticken. Schreiend riß sie sich los. Eine schwere Lampe fiel ihm auf die Schulter. Ein scharfer Schmerz durchzuckte ES, und einen Moment lang lag ES halb betäubt und wimmernd da. Sie taumelte auf die Tür zu, riß sie auf und stolperte auf den Gang hinaus.

ES warf sich gegen die Tür und versuchte die Klinke niederzudrücken, während sie draußen auf dem Gang stand und schrie. Die Klinke bewegte sich nicht. ES begriff, daß sie die Klinke von der anderen Seite festhielt, und ES nicht an sie herankommen konnte. Außerdem wurde ES sich jetzt der Gefahr bewußt, in der ES sich befand. Bald würden andere Leute kommen und ES überwältigen. ES mußte hier weg. ES blickte sich nach einem Ausweg um. ES sah das offene Fenster mit dem Fliegengitter, dahinter die Veranda und freies Gelände. ES warf sich gegen das Fliegengitter, das ihm ins Gesicht schnitt, aber dann nachgab. ES fiel durchs Fenster auf die Veranda. Dunkelheit. Schmerz. ES schüttelte benommen den Kopf, um den Salzgeschmack loszuwerden. Keuchend und immer noch halb benommen lief ES am Geländer entlang auf die Büsche zu.

Jemand schrie: »Warren!«

## *Kapitel 43*

Slaughter erhielt die Durchsage, als er gerade die Vorstadt erreichte. Er hob das Mikrofon vom Sprechfunkgerät ab. »Geht in Ordnung, Marge.« Er schaltete Sirene und Blaulicht ein und blickte zu Dunlap hinüber. »Auf deinen Drink wirst du wohl noch ein Weilchen warten müssen.« Er drückte aufs Gaspedal und raste mit heulender Sirene durch eine Seitenstraße an den Passanten vorbei, die ihm neugierig nachstarrten. In letzter Sekunde wich er einem Kind aus. Wenn du dich nicht vorsiehst, überfährst du jemanden, ermahnte er sich selber. Mach langsam. Die Raserei hat doch keinen Sinn, wenn du unterwegs einen Unfall baust.

Aber er brachte es nicht fertig, langsam zu fahren. Seine Hände zitterten, während er nach Leuten Ausschau hielt, die ihm an Straßenecken oder hinter einem geparkten Auto hervor über den Weg liefen. Er überfuhr eine rote Ampel, haarscharf an einem von rechts kommenden Wagen vorbei, schlitterte um die Ecke und sah vor sich die Autos und die Menschenansammlung und die Frau, die, umringt von anderen Frauen, auf der Straße stand und weinte.

Alle wandten sich dem Streifenwagen zu. Er schaltete die Sirene und das Blaulicht ab. Immer mehr Menschen kamen auf die Straße gelaufen, und er mußte scharf bremsen. Er stoppte vor dem Haus, schaltete den Motor ab und griff nach seinem Hut. Ein Klempnerwagen kam ihn entgegen und hielt an. Slaughter sprang aus seinem Wagen und lief auf die Rasenfläche vor dem Haus zu. Er und der hochgewachsene Mann aus dem Klempnerwagen – Slaughter nahm an, daß es der Ehemann war – erreichten die Gruppe von Frauen im gleichen Augenblick und drängten sich zu der weinenden Frau durch. Dunlap folgte ihnen.

Sie warf sich in die Arme ihres Mannes.

»Peg, was ist denn passiert?«

»Er hat mich angefallen.«

»Wer?« fragte Slaughter und trat näher.

Sie schluchzte. »Warren ist auf mich losgegangen«, berichtete sie atemlos.

Jetzt hatte Slaughter wenigstens einen Namen.

»Was ist denn mit Ihrem Bein los?«

Sie starrten auf das Blut, das ihr am Bein hinunter über den Schuh lief.

»Er hat mich gebissen.«

»Wer denn?« fragte ihr Mann.

»Ich sagte es doch. Warren.«

»Wo ist er jetzt?« fragte Slaughter.

»Aus dem Fenster. Er kroch hinaus wie ein Tier.«

Slaughter lief auf das Haus zu. Es war ein einstöckiges Gebäude mit je einer Veranda vorn und an der Seite. Er nahm an, daß Warren der Junge war, über den Marge ihm Meldung gemacht hatte, und beschloß, erst einmal von außen durch die Fenster zu schauen, bevor er das Haus betrat und das Risiko einging, selbst angefallen zu werden. Seine Schritte hallten auf der hölzernden Veranda wider, als er die Stufen hinaufrannte. Er blickte durch das Fenster ins Wohnzimmer, sah nichts und lief ans andere Fenster, das ebenfalls zum Wohnzimmer gehörte. Aber er sah gar nicht erst hinein. Er starrte auf das zerfetzte Fliegengitter, das aus einem dritten Fenster herausching. Dann zog er seinen Revolver – wollte er mit einem Revolver auf einen kleinen Jungen losgehen? –, schluckte und blickte durch das zerrissene Fliegengitter in ein Schlafzimmer, oder was einmal ein Schlafzimmer gewesen war. Es war ein totales Chaos. Auf dem Fußboden sah er Blutspuren, die auf die Veranda hinaus führten und von dort in die Büsche neben dem Haus. Dahinter verlief ein Kiesweg. Slaughter rannte zum Eingang zurück.

Die Frau lag immer noch schluchzend in den Armen ihres Mannes. Die Umstehenden hatten sich ein paar Schritte zurückgezogen und unterhielten sich mit gedämpfter Stimme.

»Ist er durch das Schlafzimmerfenster ausgebrochen?« fragte Slaughter.

Sie nickte und rang nach Luft.

»Und von dort auf den Kiesweg da drüben?«

»Das habe ich nicht gesehen. Ich hörte nur den Lärm, und als ich nachsehen ging, war er schon weg. Warum hat er das nur getan?«

»Das weiß ich noch nicht.«

»Ich begreife einfach nicht, warum er mich gebissen hat.« Sie brach wieder in heftiges Schluchzen aus. Slaughter dachte einen Moment nach und lief dann zum Streifenwagen zurück.

»Marge, wir haben hier ein Problem. Dieser kleine Junge hat offenbar durchgedreht. Er hat seine Mutter angefallen und ist davongelaufen. Ich will, daß eine allgemeine Fahndung angesetzt wird.«

»Aber die Leute sind alle im Einsatz. Wir haben jede Menge Anzeigen.«

»Interessiert mich jetzt nicht. Nimm sie einfach auf. Und noch etwas: Schick mir Accum her. Dieselbe Adresse, die du mir vorhin angegeben hast.«

»Ist jemand tot?«

»Schick ihn mir her. Ich habe jetzt keine Zeit, es dir zu erklären. Ich rufe dich in einer Viertelstunde zurück.«

Er legte auf. Er hatte die Mutter noch nicht danach gefragt. Obgleich er die Antwort zu wissen glaubte, mußte er sicher gehen. Er stieg aus dem Wagen, warf Dunlap einen merkwürdigen Blick zu und ging zu der Frau hinüber.

Sie klammerte sich immer noch an ihren Mann.

»Mrs. Standish.« Er hatte ihren Namen auf dem Briefkasten gelesen. »Mrs. Standish... ich weiß, daß es schwer für Sie ist, aber ich muß Ihnen ein paar Fragen stellen. Bitte.«

Sie wandte sich langsam zu ihm um.

Das würde den ganzen Ärger an die Öffentlichkeit bringen, aber er mußte ihr diese Frage stellen. Er blickte zu den Umstehenden hinüber und wandte ihnen den Rücken zu.

»Hat Ihnen Ihr Sohn von einem Tier erzählt, das ihm vielleicht eine Verletzung beigebracht hat? Ein Hund, der ihn gebissen hat, oder eine Katze? Irgend etwas dergleichen?«

Sie starrten ihn verständnislos an.

»Ich verstehe nicht, was Sie meinen«, sagte die Frau.

»Er ist nicht gebissen worden«, sagte ihr Mann. »Wir haben ihm eingeschärft, nicht mit Tieren zu spielen, die er nicht kannte.«

»Er hatte sich geschnitten«, sagte die Frau. Slaughter blickte sie scharf an.

»Was ist denn?« fragte sie.

»Ich weiß es noch nicht genau. Erzählen Sie mir, wie das passiert ist.«

»Glasscherben«, sagte der Mann. »In einer Blechtonne da drüben auf dem Fußweg.«

Jetzt war die Reihe an Slaughter, erstaunt zu sein. Er war sicher gewesen, daß der Junge gebissen worden war. »Denken Sie mal nach. Vor ein paar Wochen. Ist da nichts Ungewöhnliches vorgefallen?«

»Heute früh.«

»Was?«

»Heute früh hat er sich geschnitten. Warum sprechen Sie von einem Hundebiß? Was hat das damit zu tun?«

Slaughter wollte jetzt nicht näher darauf eingehen. Er sagte lediglich: »Wir hatten Ärger mit streunenden Hunden, die sich in den Vorbergen herumtreiben. Nichts Ernstes. Wir brauchen ein Foto von Ihrem Sohn. Damit meine Leute ihn identifizieren können.«

Er hoffte, sie damit von dem heiklen Thema abgelenkt zu haben. Sie nickten und gingen ins Haus. Slaughter folgte ihnen ziemlich ratlos. Wenn der Junge wirklich nicht gebissen worden war, warum hatte er sich dann so aufgeführt? Konnte es stimmen, was er Marge gesagt hatte? Daß der Junge einfach durchgedreht hatte? Vielleicht mißhandelte man ihn zu Hause. Vielleicht war er deshalb weggelaufen. Sie mußten ihn finden und befragen. Slaughter blickte in die untergehende Sonne. Bald würde es dunkel sein. Wie sollte man ihn da finden?

Er sah sich im Wohnzimmer um. Alles sauber und ordentlich. Solche Leute mißhandelten normalerweise ihre Kinder nicht. Aber da konnte man sich irren. Das war in Detroit auch vorgekommen. Er wünschte, daß seine Leute endlich kommen würden, damit man mit der Suche beginnen konnte.

Der Vater brachte ihm ein Foto des Jungen. Blond, blauäugig, fröhlich lachend in seinem Sonntagsanzug. So ähnlich hatte Slaughters eigener Sohn in dem Alter ausgesehen. Er verspürte ein Brennen in den Augen. Das Kerlchen mußte furchtbar verängstigt sein. Slaughter unterdrückte seine Gefühle und sagte: »Danke. Sie bekommen das Foto bald wieder zurück.«

»Meine Frau ist zu mitgenommen, um noch mal herauszukommen und darüber zu sprechen. Finden Sie ihn doch. Bitte.«

Sirenen ertönten, und zwei Streifenwagen hielten vor der Tür. »Wir bringen ihn wieder zurück«, sagte Slaughter. »Das verspreche ich Ihnen.« Dann, nach einer Pause: »Ihre Frau sollte zum Arzt gehen.«

»Sie braucht nur etwas Ruhe. Dann fängt sie sich wieder.«

»Nein, ich meine wegen ihres Beines. Es ist ein menschlicher Biß. Wahrscheinlich infiziert.«

»Ich werde die Wunde säubern.«

»Gehen Sie zum Arzt«, ordnete Slaughter an. »Ich werde mich später danach erkundigen. Jetzt muß ich weg.«

Seine Leute kamen ihm entgegen, als er mit dem Foto in der Hand die Treppen der Veranda hinunterstieg.

»Das ist der Junge, den wir suchen«, erklärte er ihnen. »Er heißt Warren, und ich vermute, daß er sehr verängstigt ist. Aber haltet euch von ihm fern. Er ist zwar nur ein Kind, aber er hat seine Mutter tätlich angegriffen, und ich will nicht, daß einer von euch verletzt wird.«

Die Beamten betrachteten das Foto.

»Ihr beiden sucht die Straßen in dieser Richtung ab, und ihr beiden nach der anderen Seite. Ich nehme mir den Kiesweg da hinten vor. Und denkt daran, seid vorsichtig. Werdet nicht leichtsinnig, nur weil er noch klein ist. Ich weiß nicht genau, was hier vorgefallen ist, aber irgend etwas stimmt nicht.«

Er wandte sich den Schaulustigen auf dem Rasen zu. »Alles in Ordnung. Sie können jetzt nach Hause gehen.«

Niemand rührte sich von der Stelle. Sie standen einfach da und starrten ihn an.

»Sie sind hier nur im Wege.«

Er ging auf die Leute zu und gestikulierte mit den Armen, woraufhin sie sich allmählich zerstreuten.

»Sie werden früh genug erfahren, was hier geschehen ist. Gehen Sie jetzt nach Hause.«

Die Leute entfernten sich zögernd, die Polizisten stiegen in ihre Streifenwagen, und Slaughter blieb allein auf der Straße stehen, bis auf Dunlap, der ihn stumm anblickte.

»Ich habe leider keine Zeit mehr, dich in dein Hotel zu bringen.«

»Das paßt mir sehr gut.«

Slaughter nickte.

»Falls er nicht gebissen wurde...«

»Ja, ich weiß. Das Ganze ergibt keinen Sinn.«

Sie stiegen ein, knallten die Türen zu und fuhren ab.

## Kapitel 44

Er hatte ein Geräusch gehört und einen Hund aus der Kuhle springen sehen, der ihn mißtrauisch angeblickt hatte und jetzt mit zurückgelegten Ohren und eingezogenem Schwanz davonlief. Er bemerkte, daß dem Hund ein blutiges Stück Sehne aus der Schnauze hing und erinnerte sich, einmal gelesen zu haben, daß Tollwut durch das Fleisch infizierter Tiere übertragen werden konnte. Allerdings war er sich dessen nicht ganz sicher und nahm sich vor, in dem entsprechenden Fachbuch nachzuschlagen. Er hatte keine Schußwaffe und konnte auch mit keiner umgehen, aber wenn Slaughter hier gewesen wäre, hätte er ihn gebeten, den Hund zu erschießen.

Entweder das, oder ihn einfangen. Aber das wäre zu riskant gewesen. Es wäre besser gewesen, den Hund einfach zu erschießen. Auch wenn er jemand gehörte. Und obgleich er selbst gern ein lebendes Tier für seine Labortests gehabt hätte. Dieser Hund stellte eine Gefahr dar. Er lief jetzt auf das Viehgehege zu, und wenn er wirklich Tollwut hatte, konnte er beträchtlichen Schaden anrichten. Jetzt waren die Symptome noch nicht zu erkennen, und in diesem Stadium würde er die Rinder noch nicht beißen, aber er konnte den Virus hinterlassen, zum Beispiel an der Viehtränke, und auf diese Weise die Rinder anstecken. Er beobachtete, wie der Hund in den Büschen neben den Gehegen verschwand und die Rinder auf die andere Seite der Weide trotteten.

Es war Mittag, und die Hitze hatte ihn durstig gemacht. Seine Jacke hatte er im Wagen gelassen, die Krawatte gelokkert und den Hemdkragen geöffnet. Jetzt krempelte er sich die Ärmel hoch und stieg in die Kuhle hinunter. Der trockene Sand knirschte unter seinen Halbschuhen. Er trug niemals Cowboystiefel wie die meisten Leute hier in der Stadt, und seine Anzüge waren immer noch die gleichen, die er von der Ostküste mitgebracht hatte. Er war sicher, daß es Zeitverschwendung war, das Zeug, das auf einem Haufen vor ihm lag, zu untersuchen. Es waren nur ein paar Stückchen Hirn, die noch dazu schon halb verfault und mit Fliegen übersät waren, die ihre Eier und ihre Kot dort zurückließen. Es war ein großer, schwarzer Kater gewesen, und es war verständlich, daß Slaughter ihn erst gesehen hatte, als er ihn ansprang. Dennoch wünschte er, daß Slaughter ihn nicht getötet oder ihn wenigstens nicht in den Kopf geschossen hätte. Aber nun war es zu spät. Er konnte das Zeug keinesfalls hierlassen. Es konnte ansteckend sein und mußte hermetisch in einen Sack verschlossen und dann vernichtet werden.

Wie immer leistete er gründliche Arbeit. Er schlüpfte in einen Laborkittel, zog sich Gummihandschuhe und Gesichtsmaske über und verwendete eine große Pinzette, um die einzelnen Stücke, die er auflas, in eine Plastiktüte zu stopfen. Die Prozedur nahm eine halbe Stunde in Anspruch. Als er zum Schluß den Kadaver in einen Plastiksack schob, warf er die Pinzette dazu. Das getrocknete Blut im Sand besprenkelte er mit einer Lauge, die er immer im Kofferraum bereithielt, und verstaute Kittel, Maske und Gummihandschuhe ebenfalls in einem Plastiksack, den er im Kofferraum einschloß.

Plötzlich kam ihm zu Bewußtsein, wie still es war. Kein Wind, kein Verkehrslärm, keinerlei Geräusche aus den Viehgehegen. Nun ja, dachte er sich, es ist Samstag. Trotzdem hatte er das seltsame Gefühl, als sei er nicht allein. Natürlich, dachte er. Der Kittel und die Maske. Ich muß ausgesehen haben wie ein Wesen von einer anderen Welt, und die Leute aus der ganzen Nachbarschaft stehen wahrscheinlich hinter den Rolladen und starren mich an. Aber niemand war zu sehen. Er versuchte, dieses merkwürdige Gefühl zu verdrängen, stieg in seinen Wagen und fuhr los.

Auf dem Weg zum Krankenhaus blickte er in den Rückspiegel und sah zwei Männer, die lachend aus der ›Railhead Bar‹ kamen. Eine Frau verließ gerade das Haus und stieg ins Auto. Er glaubte auch ein paar Arbeiter aus den Viehgehegen hinter sich auf der Straße zu sehen. Die Welt schien wieder ihren normalen Lauf zu nehmen, seit er die Kuhle verlassen hatte. Alles andere war wohl nur Einbildung gewesen. Nimm dich zusammen, sagte er sich.

Wenn man von den möglichen Ärgernissen absah und die Sache einmal rein theoretisch betrachtete, interessierte ihn dieser Fall. Es war fast wieder wie in Philadelphia. Ein Rätsel, das er zu lösen hatte, ein Geheimnis, dem er auf die Spur kommen mußte. Er erblickte eine Katze, die majestätisch auf einem Geländer saß. Dann fuhr er an einem Schuljungen vorbei, der seinen Cockerspaniel spazierenführte. Es war ein heißer Tag, und er streckte den Ellbogen aus dem offenen Fenster und ließ sich den kühlen Fahrtwind über die Haut streichen. Es erschreckte ihn fast, wie wohl er sich auf einmal fühlte. Zehn Querstraßen weiter bog er auf den Parkplatz hinter dem Krankenhaus ein. Er winkte einem Mann aus der Kinderabteilung zu, der an ihm vorbeifuhr. Anschließend parkte er seinen Wagen, stieg aus und nahm den Schlüssel, um den Kofferraum zu öffnen, als etwas ihn im letzten Moment davon abhielt.

Es war etwas, an das er sich mittlerweile so sehr gewöhnt hatte, daß er es längst nicht mehr beachtete. Slaughter hatte ihn gestern nacht darauf hingewiesen, aber normalerweise machte er sich keinerlei Gedanken darüber. Jetzt allerdings hatte ein bestimmtes Geräusch seine Aufmerksamkeit erregt.

Er ließ die Hand mit dem Autoschlüssel sinken. Seine Muskeln spannten sich, und er ging langsam und schwerfällig auf die Bäume zu. In all den Jahren, seit er hier arbeitete, war er noch nie dort gewesen. Die Bäume hatten noch nie sein Interesse erweckt. Er wußte, daß sich dort ein ausgetrocknetes Bachbett befand, durch das im Frühjahr Schmelzwasser aus den Bergen abfloß. Er hatte es sich noch nie näher angesehen, sondern es immer nur vom Parkplatz aus betrachtet. Im Frühling waren die Laubbäume alle noch ohne Laub, so daß der Gletscherbach deutlich zu sehen war. Aber jetzt im Juni sah es dort aus wie im Dschungel. Dicht belaubte Bäume und Büsche, von Schlingpflanzen überwachsen, sowie ein verrosteter Stacheldrahtzaun.

Er fürchtete sich vor Schlangen und anderen Kriechtieren, aber jetzt dachte er nur an das Geräusch zwischen den Bäumen. Er kam an den Zaun, betrachtete nachdenklich das hohe, dichte Gras dahinter und packte den halb umgekippten, hölzernen Zaunpfahl, um sich beim Hinüberklettern daran festzuhalten. Der Pfosten zerbrach unter seinem Gewicht, kippte um und blieb wippend in dem Stacheldraht hängen.

Er sah Hunderte, Tausende von Ameisen, die aus ihrem Nest in dem morschen Pfosten flohen und ihre Eier, die wie Reiskörner aussahen, in Sicherheit brachten. Angeekelt wich er zurück. Diese widerlichen Kriechtiere. Seine Haut begann zu jucken und sein Mund schien wie ausgetrocknet. Es war eigentlich absurd, daß er mit kühlem, wissenschaftlichem Interesse verkohlte, verstümmelte und von Maden zerfressene Leichen untersuchen konnte, ohne daß es ihm etwas ausmachte, sich aber jetzt vor ein paar Insekten ekelte, die in Panik davonhuschten. Es mußte Einbildung sein und der Überraschungseffekt, dachte er. Im Leichenschauhaus hatte er alles unter Kontrolle, während er hier einer Situation ausgesetzt war, die er nicht beherrschte. Das Geräusch hinter den Bäumen wurde immer lauter; er trat wieder an den Zaun, kletterte über die herabhängenden Drähte und schritt auf die Bäume zu, wobei er einen großen Bogen um die Ameisen machte.

Das dichte Buschwerk schlang sich ihm um die Hosenbeine und schien ihn festhalten zu wollen. Er bückte sich unter einen Ast und war bald von Bäumen umgeben. Um ihn herum war es dunkel, eng und feucht. Er arbeitete sich weiter vor, bis die Bäume aufhörten und er das Bachbett erblickte. Es lag tief zwischen steilen Ufern und war völlig ausgetrocknet. Der Boden war sandig mit ein paar Felsen und gelegentlich einem Stück Treibholz, vom Wasser blankgescheuert. Im Sand sah er die Spuren winziger Waldtiere. Vier Meter weiter sah er etwas sich bewegen. Ein Eichhörnchen saß aufrecht auf den Hinterbeinen und starrte ihn an. Blitzschnell verschwand es in einem Astloch, streckte den Kopf heraus und blinzelte ihn an.

Er streckte vorsichtig ein Bein aus, nahm all seinen Mut zusammen und ließ sich am Ufer hinuntergleiten. Der Sand im

Bachbett war weich; es war ein unangenehmes Gefühl. In der Biegung lag halb verschüttet ein alter Autoreifen. An eine freiliegende Baumwurzel geklammert zog er sich seitwärts an der gegenüberliegenden Böschung hinauf.

Schwer atmend stand er auf und blickte sich nach allen Seiten um. Er klopfte sich den Sand von der Hose und starrte seine verdreckten Hände an. Das Geräusch, das er gehört hatte, war jetzt lauter und schien von links zu kommen. Zweige und Büsche zur Seite schiebend, bewegte er sich darauf zu und stand plötzlich auf freiem Gelände in der Sonne vor einer Reihe von Häusern, die von einem weiß gestrichenen Zaun umgeben waren.

Er schickte sich an, über den Zaun zu klettern, überlegte es sich dann aber anders, als er hörte, daß das Geräusch aus dem Hinterhof zwei Häuser weiter kam. Er ging am Zaun entlang; dann bot sich ihm ein schreckliches Bild. In eine Kette verheddert lag vor einer zerkratzten und zerbissenen Hundehütte zwischen blutbespritzten Holzsplittern ein Irischer Setter und gab erbärmliche Laute von sich. Es war weder ein Knurren noch ein Bellen, eher ein halb erstickte Winseln wie bei Keuchhusten. Blutiger Speichel tropfte dem Tier aus der Schnauze, als es aufhörte, in die Kette zu beißen, und sich eine knochentiefe Wunde am Hinterbein zu lecken begann. Accum hielt sich an den Zaunlatten fest und versuchte, seine Übelkeit zu überwinden. Noch nie hatte er so etwas Brutales gesehen. Es war das Böse an sich. Sein erster Impuls war, sich aus dem Staube zu machen und den Anblick zu vergessen.

Statt dessen lief er am Zaun entlang bis zum nächsten Grundstück. Nachdem er sich vergewissert hatte, daß dort kein Hund war, stieg er über den Zaun und lief nach vorn auf die Straße zu der Haustür des Hundebesitzers.

Der mit Unkraut überwachsene Rasen und die unbeschnittene Hecke hätten ihm einen Hinweis darauf geben sollen, was für ein Mensch hier wohnte. Aber in der Eile achtete er nicht darauf. Er lief die Stufen zur Eingangstür hinauf und drückte auf die Klingel. Aus dem offenen Fenster dröhnte der Fernseher so laut, daß er die Klingel nicht hören konnte. Er konnte jetzt nicht einmal mehr das Jaulen des Hundes hören. Er drückte nochmals auf die Klingel und stellte fest, daß sie gar nicht funktionierte. Die Haustür stand offen, und er versuchte, durch die Fliegengittertür in das verdunkelte Wohnzimmer zu schauen. Gleichzeitig schlug er mit der Faust gegen den Holzrahmen und schrie: »Ist jemand hier?« Ein Schatten bewegte sich im Innern und kam an die Tür.

Es war ein breitschultriger Mann mit nacktem Oberkörper. Er war unrasiert und hielt eine Dose Bier in der Hand.

»Was ist los?«

»Hören Sie mal, Ihr Hund...«

»Ja, ja, ich weiß. Hört nicht auf zu bellen.«

»Der Hund muß dringend in Behandlung.«

»Was? Ich habe den Nachbarn doch gesagt, daß ich mich darum kümmere. Ich habe sogar ein Spezialhalsband besorgt.«

»Ich verstehe nicht...«

»Mit Batterien. Jedesmal, wenn er bellt, bekommt er einen elektrischen Schlag.«

Accum starrte ihn wortlos an.

»Wer sind Sie eigentlich?« fragte der Mann.

»Ich bin der Gerichtsmediziner.«

»Wohnen Sie hier in der Gegend?«

»Nein, ich...«

»Dann kümmern Sie sich um Ihren eigenen Dreck.«

Er konnte sich diesem Kerl einfach nicht verständlich machen, daher packte er den Türrahmen, um die Fliegentür gewaltsam aufzureißen.

»He, Moment mal! Lassen Sie das!«

»Ich muß telefonieren.«

»Telefonieren Sie im Laden an der Ecke.«

»Dazu ist keine Zeit.«

Im Fernsehen wurde ein Boxkampf gezeigt. Accum drängte sich halb durch die Tür und sah, wie die zwei Boxer in der Mitte des Ringes aufeinander einschlugen.

»Jetzt reicht's aber allmählich!«

»Es handelt sich um einen Fall von Tollwut.«

»Sind Sie verrückt? Mein Hund ist geimpft. Er spielt nur verrückt, weil er das Halsband anhat.«

»Ich kann kein Risiko eingehen.«

Accum hatte sich bis in die Mitte des Zimmers vorgekämpft.

»Ich muß einen Tierarzt rufen.«

»Wenn Sie nicht sofort verschwinden, rufen Sie lieber gleich einen Krankenwagen.«

Accum entschlüpfte ihm und lief ans Telefon, das neben dem Sofa stand.

»Bleiben Sie ganz ruhig stehen.«

Aber Accum drehte bereits die Wählscheibe.

»Okay, Freundchen – ich habe Sie gewarnt.«

Eine Frauenstimme meldete sich. »Tierschutzverein.« Accum sah die Faust mit der Bierdose auf sich zukommen. Die andere Faust hielt ihn fest. Den Schlag, der ihm das Gesicht aufschlitzte und ihn nach hinten warf, spürte er nicht mehr. Es war ihm, als hörte er jemand stöhnen, und wunderte sich über den lauten Beifall, der irgendwo herkam.

## *Kapitel 45*

ES kauerte hinter dem Hirschgehege und beobachtete den braunweißen Streifenwagen, der am Ende des Feldweges kurz anhielt und dann bis zum Schwimmbecken weiterfuhr. Bei dem Gedanken an Wasser wurde ihm wieder übel, und als ES aus SEINEM Versteck hervorkam, um sich zu vergewissern, daß das Polizeifahrzeug weitergefahren war, sah ES ein paar Leute, die von einem hohen Sprungbrett aus ins Becken sprangen, so daß das Wasser hoch aufspritzte. ES mußte sich abwenden, um sich nicht zu erbrechen. Kinder vergnügten sich bei den Schaukeln und Rutschbahnen. Auch eine Mutter war dabei. Alle lachten und waren fröhlich. Ein Mann und eine Frau kamen auf das Hirschgehege zu. Die

Hirsche hatten sich längst auf die andere Seite verzogen – weg von ihm. Sie starrten ES mit nervös zuckendem Fell an und bereiteten ihm dabei ebensoviel Unbehagen wie die näherkommenden Menschen. Diese Geweihe... dabei wollte ES sich nur irgendwo verstecken und allein sein. Als der Mann und die Frau das Gehege erreichten, flüchtete ES durch die Büsche den Hang hinauf. ES erinnerte sich dunkel, daß dort oben ein Fußweg war und eine Holztreppe, die über den Hügel führte. ES begann zu rennen. ES blinzelte in das helle Sonnenlicht und verdeckte die Augen mit den Händen. Einmal stolperte ES und fiel und rappelte sich stöhnend und wimmernd wieder auf. Blut sickerte durch den Verband an SEINER Hand. ES erreichte die Kuppe des Hügels und sah das alte Herrenhaus vor sich. Seine Mutter hatte es ihm einmal gezeigt – ein riesiges altes Haus mit vielen Treppen und zahllosen Zimmern, und ES erinnerte sich noch deutlich an all die stillen, dunklen Nischen und Winkel, wo man sich verstecken konnte. ES blickte noch einmal zurück auf den Park mit all den Leuten und wandte sich dann wieder zu dem Herrenhaus um. Es war von Büschen und Bäumen umstanden, und eine Kiesauffahrt führte bis an die Stufen vor dem Eingang, wo ein Auto geparkt war. ES duckte sich zwischen die Büsche und schlich näher heran. All diese dunklen Räume! Plötzlich öffnete sich die Tür. ES duckte sich zwischen die Büsche. Ein Mann und eine Frau kamen heraus, die Arme voller Pakete.

»Heute nachmittag war nicht viel los«, sagte der Mann. »Ich glaube nicht, daß noch jemand kommt.«

»Ich kann ohnehin nicht länger bleiben. Ich erwarte Gäste.«

Sie machten die Tür zu. Der Mann steckte den Schlüssel ins Schloß.

»Ach ja, Eva hat angerufen. Sie konnte ihren Schlüssel nicht finden.«

»Sie kann sich morgen früh meinen abholen.«

»Nein, sie will heute noch arbeiten. Sie kann morgen nicht kommen.«

»Aber wenn irgendwelche Landstreicher...«

»Nur zehn Minuten. Ich hatte sie schon früher erwartet.«

»Es war deine Idee.«

»Du bist mir vielleicht ein Gentleman.«

Lachend gingen sie die Stufen hinunter.

ES hockte in den Büschen und sah zu, wie sie die Pakete im Auto verstauten.

»Soll ich dich nach Hause fahren?« fragte sie.

»Nein, danke. Ein Spaziergang wird mir guttun. Wann bist du wieder dran?«

»Erst in zwei Wochen. Sonntag nachmittag.«

»Da muß ich den Vorsitz bei irgendeiner Konferenz übernehmen.«

»Also, bis bald.«

Er nickte ihr zu und sie ging die Auffahrt hinunter. Sie stieg ins Auto und hupte, als sie an ihm vorbeifuhr. Der Mann winkte ihr nach, und bald waren beide außer Sicht.

Trotzdem wartete ES noch eine Weile. Dann kroch ES aus den Büschen hervor und rannte zum Eingang. Auf den Stufen blickte ES sich noch einmal um, stieß die Tür auf und war im Haus. Drinnen war es still, dunkel und muffig. ES erinnerte sich daran, wie ES mit seiner Mutter einmal hier gewesen war. Die lange, breite Halle war noch größer als ihr Wohnzimmer zu Hause. Auf der einen Seite standen Tische, auf denen Papiere gestapelt waren, und ein Kästchen, in das die Leute Geld warfen.

Das hatte zumindest seine Mutter getan. Sie hatte ihm erklärt, das sei eine Spende für einen Verband, der wertvolle historische Gebäude für die kommenden Generationen instand hielt. ES hatte nicht alle Erklärungen der Mutter genau verstanden, aber gespürt, daß dieses alte Haus etwas Besonderes sein mußte. Damals hatte ES den muffigen Geruch nicht gemocht, aber jetzt war er ihm angenehm.

Die Halle war düster, Türen an beiden Seiten, altmodische Möbel, alte Gewehre, Landkarten und Fotos in ovalen Rahmen an den Wänden. ES lauschte, aber im ganzen Haus war kein Laut zu hören, und ES kroch weiter, bis ES in einen großen Raum kam mit dem längsten Tisch, den ES je gesehen hatte; um diesen standen Stühle mit hohen Lehnen. Der Tisch war mit Tellern, Gläsern und unglaublich vielen Messern, Gabeln und Löffeln gedeckt, als würden sich bald eine Menge Leute zu Tisch setzen. Hier mußte es Geister geben, aber seltsamerweise fand ES den Gedanken beruhigend. Eine Treppenflucht wand sich in den ersten Stock hinauf, daneben war ein vergitterter Aufzug. Die Mutter hatte ihm erklärt, wie der Aufzug funktionierte, der keinen Motor hatte. Man zog an einem Strick und betätigte auf diese Weise einen Flaschenzug, der den Fahrstuhl anhob. Jetzt war der Eingang mit Brettern versperrt. ES wäre ohnehin nicht hineingegangen. Zu viele Gitterstäbe. Wie ein Käfig.

ES ging ein paar Schritte weiter und blieb stehen, als es etwas knacken hörte. Nein, ES hatte das Geräusch selbst verursacht. Es war niemand hier. Sollte ES nach oben gehen oder in den Keller hinunter? Nein, der Keller würde auch wie ein Käfig sein, eine Falle. ES schlich also über die knarrenden Stiegen die Treppe hinauf.

Plötzlich ging die Eingangstür auf. Im Türrahmen sah ES in dem grellen, schmerzhaften Tageslicht den Mann stehen, der erst kurz vorher das Haus verlassen hatte. Er war zu Fuß gegangen, und darum hatte ES kein Auto kommen hören. ES zischte bösartig, als der Mann näherkam.

»Ja, das hatte ich mir gedacht. Das kommt davon, wenn man die Tür nicht abschließt. Verdammter Bengel, mach, daß du rauskommst!«

ES zischte ihn an.

»Wer bist du? Wie heißt du? Wenn du nicht sofort abhaust, rufe ich die Polizei.«

ES knurrte wütend, und der Mann blieb verwundert stehen.

»Laß diesen Unsinn. Komm da runter.«

Der Mann trat noch einen Schritt näher. Jetzt stand er am Fuß der Treppe. Er streckte die Hand aus, und ES duckte sich und sprang ihn von oben an. Der Mann taumelte und stürzte zu Boden.

»Verdammt noch mal!« Er rechnete aber offensichtlich damit, daß ES an ihm vorbei zur Eingangstür flüchten würde. Er warf sich auf die Seite, um ihm den Weg zu versperren; da sprang ES ihm mit einem Satz an die Gurgel.

»Mein Gott!«

Sie rangen miteinander. ES spürte, wie ihm das Blut in den Mund spritzte. Kein unangenehmer Geschmack, sogar irgendwie erregend, aber gleichzeitig verstopfte es ihm die Kehle. ES kaute und schluckte krampfhaft.

Dann konnte ES plötzlich nicht mehr atmen.

Der Mann drückte ihm die Kehle zu. ES fühlte einen unerträglichen Druck auf der Brust und wand sich verzweifelt.

»Verdammter Bengel!«

ES bekam die Zähne frei und knurrte wütend; ES versuchte, nach den Händen zu beißen, bekam aber nur einen Ärmel zwischen die Zähne, der scharf und ekelerregend nach Zigarettenrauch roch. Dann versetzte der Mann ihm einen Tritt, daß ES zur Seite flog, auf dem hölzernen Fußboden aufschlug und mit voller Wucht gegen ein Tischbein prallte.

Trotz der Schmerzen reagierte ES jetzt instinktiv und duckte sich zum Sprung. Der Mann rollte sich auf die Seite und kam wieder auf die Füße. Regungslos starrten sie einander an.

Der Mann blickte auf seine blutbefleckte Kleidung und betastete seinen Hals. »Mein Gott!« Jetzt schien er zu verstehen. Mit erhobenen Armen wich er zurück.

ES verlor keine Zeit und sprang den Mann nochmals an. Diesmal gelang es ihm nicht, ihn umzuwerfen, sondern nur ihn zurückzustoßen. »O mein Gott!« rief er immer wieder. Hinter ihm stand die Tür weit offen. Er wich zurück und war draußen und trat nach ihm, als ES ihn nochmals ansprang. Der Tritt traf ES an der Schulter und schleuderte ES zu Boden. Knurrend kroch ES ein paar Schritte zurück.

ES knurrte nicht nur den Mann an, sondern auch das Auto, das jetzt die Auffahrt heraufkam und vor der Tür anhielt. Es war ein anderes Auto als vorhin. Und eine andere Frau. Knurrend und fauchend zog ES sich bis an die Treppe zurück. ES konnte die Schulter kaum bewegen. Als sich die Wagentür öffnete, und der Mann sich umdrehte, nutzte ES die Gelegenheit, um mit letzter Kraft die Treppe hinaufzukriechen. Es war eine Wendeltreppe, die immer wieder im Kreise herumführte. Schließlich erreichte ES das obere Stockwerk, wo ES sich hinter dem Geländer versteckte.

»Mr. Cody!«

ES hörte, wie jemand die Stufen vor dem Eingang hinaufrannte.

»Großer Gott! Ihr Hals! Was... Mr. Cody!«

»Kümmern Sie sich nicht um mich. Gehen Sie ans Telefon und rufen Sie die Polizei. Und einen Krankenwagen.«

ES hörte, wie er ächzend gegen den Türrahmen fiel.

»Nehmen Sie sich vor einem kleinen Jungen in acht. Irgendwo auf der Treppe.«

ES fuhr herum, um die Halle und das Treppenhaus im Auge zu haben.

## *Kapitel 46*

ES befand sich jetzt schon ziemlich weit oben in den Bergen. Einmal hatte ein Rudel wilder Hunde ES angegriffen, war aber wieder zurückgewichen, als ES drohend geknurrt hatte. ES hatte nach den Hunden geschnappt, und sie waren ins Gebüsch geflüchtet. Triumphierend hatte ES zugesehen, wie sie mit eingezogenem Schwanz und angstvollem Blick das Weite gesucht hatten. Dann hatte ES auf die Berge geschaut, fasziniert von den Schneekuppen, und war noch höher hinaufgestiegen.

## Kapitel 47

Willie hörte das Kratzen. Es kam von der Kellertür. Er war mit seinem Bruder die ganze Nacht auf Sauftour gewesen. Dann hatten sie zwei Mädchen aufgerissen und hierher mitgebracht. Als er jetzt aufwachte, waren sie nicht mehr da. Es herrschte ein fürchterliches Durcheinander. Überall Bierdosen und Schnapsflaschen, Kissen über den Fußboden verstreut, Brandlöcher von Zigaretten auf dem Teppich. Er lachte in sich hinein bei dem Gedanken, was seine Frau wohl sagen würde, wenn sie noch hier wäre. Als er den Kühlschrank aufmachte, um sich ein Bier zu holen, hörte er das Kratzen an der Kellertür. Erst dachte er, es sei irgendein Tier, aber sämtliche Kellerfenster waren zugenagelt. Eine Tür von außen zum Keller gab es nicht. Dann ging es ihm auf. Es mußte sein Bruder sein. Bestimmt waren die dort unten und wollten ihm Angst einjagen. Grinsend machte er die Tür auf. Und da war sie.

»Na, Süße?«

Sie lächelte irgendwie seltsam und Blut tropfte ihr von den Lippen. Er runzelte die Stirn. Dann kam sie auf ihn zu. Sein erster Gedanke war, daß sie sich verletzt hatte. Sein zweiter, daß die Bierdose, die er in der Hand hielt, seine einzige Waffe war. Zu einem dritten Gedanken kam Willie nicht mehr. Die langen, scharfen Fingernägel, die er gestern abend so bewundert hatte, fuhren ihm an die Gurgel, rissen ihm den Hals auf und zerkratzten ihm die Augen. Er fiel gegen das Waschbecken und schlug sich dabei den Kopf auf. Dann hörte er sie in der Schublade kramen, in der er die Messer aufbewahrte.

## Kapitel 48

»Hören Sie, Sie müssen mir helfen.«

Accum öffnete blinzelnd die Augen und blickte zu dem Mann mit dem nackten Oberkörper auf.

»Aber ich...«

»Mann, Sie haben mir doch keine andere Wahl gelassen. Ich hatte nicht die Absicht, so hart zuzuschlagen.«

Dann erinnerte er sich an den Nachmittag. Sein Kopf schmerzte bei jeder Bewegung, seine Lippen und seine Nase fühlten sich an, als gehörten sie jemand anderem. Sie waren gefühllos und angeschwollen und blutverkrustet. Er stöhnte auf.

»Hören Sie. Es ist wegen meines Hundes. Sie müssen mir helfen.«

»Was ist denn los?«

»Er bewegt sich nicht mehr. Liegt regungslos da und starrt mich an.«

»Gehen Sie, um Gottes willen, nicht in seine Nähe.«

»Das tue ich auch nicht. Mein Gott, hätte ich bloß auf Sie gehört. Besteht Ansteckungsgefahr, wenn er mich geleckt hat?«

Accum richtete sich mühsam auf. »Wann?«

»Heute früh. Da war er noch ganz normal.«

»Waschen Sie sich die Hände. Hoffentlich haben Sie sie nicht am Mund gehabt. Haben Sie irgendwelche Kratzer, die der Hund geleckt haben könnte?«

»Nicht daß ich wüßte.«

»Was?«

»Kratzer habe ich keine. Und ich erinnere mich nicht, ob ich mir an den Mund gefaßt habe.«

»Waschen Sie sich die Hände, wie ich Ihnen gesagt habe.« Die Anstrengung des Sprechens machte ihn ganz benommen. Er lehnte sich zurück. »Waschen Sie sich mit einem Desinfektionsmittel. Gurgeln Sie mit Mundwasser. Wechseln Sie die Kleidung.« Er stützte sich auf die Sofalehne, um aufzustehen, und fiel wieder zurück. Dann holte er tief

Atem, probierte es noch einmal und kam endlich auf die Füße. Sein Hemd und seine Krawatte waren blutverschmiert. Der Ärger darüber half ihm, sich zusammenzureißen. »Machen Sie schnell und waschen Sie sich die Hände.« Dann dachte er an die Faust, die ihm Nase und Mund aufgeschlagen hatte. Er rannte den Gang hinunter und schob den Mann, der bereits im Badezimmer war, zur Seite. »Weg da! Ich muß mir das Gesicht abwaschen.«

Er seifte sich die Hände ein und rubbelte sich das Gesicht, bis es weh tat. Auch dann schrubbte er noch weiter. Der Seifenschaum, der ihm vom Gesicht ins Becken tropfte, war mit Blut vermischt. Und immer noch rubbelte er weiter. Dann nahm er ein Handtuch und rieb sich das Gesicht ab, bis das Handtuch blutig war.

»Alkohol zum Einreiben«, befahl er. Er durchsuchte hastig das Schränkchen hinter dem Spiegel, fand aber keinen. »Alkohol!« brüllte er. Der Mann riß die Schranktür unter dem Becken auf. Sie sahen die Flasche gleichzeitig. Accum riß sie an sich, drehte den Verschluß auf und besprenkelte sich das Gesicht. Dann beugte er den Kopf seitwärts über das Becken und goß sich den Alkohol über Mund und Nase. Es brannte verteufelt, und er stöhnte laut. Aber jetzt wurde ihm die Anstrengung zuviel, und er sank in die Knie.

»Mein Gott, Sie sind ja ebenso verrückt wie der Hund da draußen.«

»Was wissen Sie denn? Tun Sie, was ich Ihnen gesagt habe. Waschen Sie sich Gesicht und Hände und gurgeln Sie.«

Accum rappelte sich langsam wieder auf. Der Mann stand am Becken und seifte sich die Hände ein. Accum war wütend. Vielleicht brauche ich jetzt Spritzen, dachte er. Mühsam schleppte er sich über den Gang in die Küche. Vom Fenster aus konnte er den Hund sehen. Er lag ausgestreckt da, blutigen Schaum an der Schnauze, und starrte mit glasigen Augen ins Leere.

Mehr brauchte er nicht zu sehen. Er stolperte ins Wohnzimmer ans Telefon.

Er mußte sich konzentrieren, um die Nummer wählen zu

können. Keine Antwort. Was war denn nur los mit denen? Ach ja, Samstag. Er schaute auf die Uhr. Jetzt würde niemand mehr da sein. Er suchte im Telefonbuch. Tierärzte. Jetzt hatte er es. Er wählte die Nummer.

»Dr. Owens?«

»Ja, wer spricht dort bitte?«

»Der Gerichtsmediziner.«

»Tut mir leid, Dr. Owens ist nicht zu Hause. Kann er Sie zurückrufen? ... Einen Augenblick, bitte, da kommt er gerade.«

»Dr. Owens am Apparat.«

»Accum hier. Es geht um einen Hund, von dem ich annehme, daß er Tollwut hat.«

»Sind Sie ganz sicher?«

»Nein. Ich sagte Ihnen ja, ich nehme es an. Der Hund trägt ein elektrisches Halsband, damit er aufhört zu bellen. Es könnte genauso gut Schock oder Hitzschlag oder Staupe sein. Ich weiß es nicht. Am besten kommen Sie gleich mal rüber.«

## *Kapitel 49*

Der Blinde machte sich gerade eine Tasse Tee, als die Hündin wieder zu knurren begann. So wie vor zwei Nächten, als er mit ihr spazierengegangen war. Plötzlich bekam er es mit der Angst zu tun. Jemand mußte ins Haus gekommen sein, während er mit ihr im Park war. Er wich einen Schritt zurück.

»Ist da jemand?«

Die Hündin knurrte immer noch.

Er hob die Hände in die Höhe. »Bitte, ich bin ein alter Mann. Nehmen Sie was Sie wollen, aber tun Sie mir nichts.«

Die Hündin drängte sich heran, wie um ihn zu beschützen. Er erwartete jeden Moment einen Schuß oder einen Messerstich. Aber mit einem Mal begriff er, daß niemand da war und die Hündin nur ihn anknurrte. Er begann zu beten.

Dunlap hielt sich am Armaturenbrett fest, als der Streifenwagen scharf um die Ecke bog und am Schwimmbecken vorbei die Allee hinaufraste.

Slaughter nahm das Mikrofon. »Nathan hier, Marge. Ich bin schon fast da. Sieh zu, daß die anderen Streifen sobald wie möglich hier eintreffen. Was ist mit dem Notarztwagen?«

»Ist unterwegs.«

»Na, hoffentlich.«

Dunlap blickte auf den Park, der sich vor ihm erstreckte. Als sie weiterfuhren, machte die Straße eine Biegung, und er sah auf dem Hügel das dreistöckige Herrenhaus liegen. Die letzten Sonnenstrahlen spiegelten sich in den Fensterscheiben wider. Ein kurviger Auffahrtsweg führte bis vor die Haustür, und der Eingang war mit einem von Säulen getragenen Bogen überdacht.

Slaughter bremste scharf ab und brachte den Wagen inmitten einer Staubwolke zum Stehen. Er setzte seinen Hut auf und eilte, von Dunlap gefolgt, auf den Eingang zu.

Die zwei Polizeibeamten, die dort postiert waren, wandten sich ihm zu.

»Der Bengel soll im ersten Stock sein.«

»Oder im zweiten. Sind Sie sicher, daß er überhaupt dort oben ist?«

»Das behaupten diese Leute hier.«

Dunlap sah hin und mußte sich gleich wieder abwenden. Im Türrahmen zusammengesackt kauerte ein Mann in blutverschmiertem Anzug mit aufgerissener Kehle, die er mit den Händen zu bedecken versuchte.

»Wo bleibt denn der Krankenwagen?« rief eine Frau neben ihm.

»Ist schon unterwegs. Sind Sie sicher, daß er da oben ist?«

»Mr. Cody – das hier ist Mr. Cody – sagte, daß er die Treppe hinaufgelaufen ist, als er mich kommen sah.«

»Ist das Ihr Wagen?«

Sie nickte.

»Fahren Sie ihn lieber zur Seite. Es werden bald eine Menge Autos kommen.«

Noch während er sprach, kam ein Streifenwagen die Auffahrt herauf, dahinter ein Unfallwagen mit heulender Sirene.

»Wir schaffen ihn besser hier weg. Können Sie gehen?«

Der Mann nickte und versuchte aufzustehen.

»Warten Sie, ich helfe Ihnen.« Slaughter wandte sich an die zwei Polizisten. »Laßt die Treppe nicht aus den Augen.« Er stützte den Verletzten und führte ihn behutsam die Stufen vor dem Eingang hinunter. Die beiden Sanitäter aus dem Krankenwagen liefen ihnen entgegen. Aus dem Streifenwagen waren noch mehr Polizisten gestiegen, die ebenfalls angerannt kamen.

Die Frau half Slaughter mit dem Verletzten.

»Gibt es eine Möglichkeit, aus dem zweiten Stock ins Freie zu gelangen?«

»Hinten ist ein flaches Dach, über der Dienstbotenwohnung. Aber ich kann mir nicht denken, daß er dort hinunterspringen könnte, ohne sich zu verletzen.«

»Und die Bäume um das Haus herum?«

»Daran hatte ich nicht... ich weiß wirklich nicht.«

»Die rückwärtige Seite«, befahl Slaughter den zwei Polizisten, die eben angekommen waren. »Niemand verläßt das Haus. Es ist der Junge, den wir suchen.«

»Der Junge?«

»Sorgt dafür, daß keiner das Haus verläßt. Achtet besonders auf das Dach der Dienstbotenwohnung.«

Slaughter übergab den Verletzten den beiden Sanitätern. Sie starrten auf das Blut, das an Slaughters Händen und vorne an seinem Hemd klebte. »Ein kleiner Junge hat ihn gebissen«, erklärte er den Sanitätern. »So war es doch, oder?« fragte er die Frau. Sie nickte.

»Mich gebissen«, wiederholte der Verletzte mit entstellter, bellender Stimme. Dunlap fürchtete, daß ihm wieder schlecht werden würde, und wandte den Blick ab.

Wieder ertönten Sirenen, und zwei weitere Streifenwagen fuhren vor. Slaughter ging auf sie zu.

Dunlap stand inmitten der hektischen Geschäftigkeit. Er schwitzte und seine Hände zitterten. Mein Gott, wie sehr er einen Drink nötig hatte! Es gab Augenblicke, in denen er am liebsten laut geschrien hätte. Aber das war Theater, sagte er sich. Du hast eine Story gesucht, und jetzt hast du sie. Zwar war er sich noch nicht ganz im klaren, was hier eigentlich vorging, aber es wurde immer aufregender. Wenn er auch diese Story versaute wie so viele andere – einfach aus Labilität und Unbeherrschtheit – konnte er niemandem die Schuld zuschieben außer sich selber. Du wirst deinen Drink schon kriegen. Beherrsche dich ein wenig. Für heute sind wir ja fast schon fertig. Sind wir das? Vielleicht fängt es jetzt erst so richtig an. Er sah, wie die Sanitäter den Verwundeten in den Unfallwagen hoben. Die Frau setzte sich in ihr Auto und machte den Weg frei. Slaughter stand bei den Streifenwagen und sprach mit den Polizisten, die eben angekommen waren.

Dunlap betrachtete das Haus. Das alles war etwas viel für ihn. Er wußte nicht, wie lange er noch durchhalten würde. Das Zittern wurde immer schlimmer. Er ging auf die Frau zu, die eben aus dem Auto stieg, nachdem sie es zur Seite gefahren hatte.

»Was ist das für ein Haus?« fragte er.

»Baynard Mansion.«

»Was ist denn das?«

Sie erzählte ihm von Baynard, welcher der reichste Mann in dieser Gegend gewesen war. Damals, 1890. Seine Viehherden weideten im ganzen Tal, und er hatte dieses Haus für eine Lady aus dem Süden gebaut, die er geheiratet hatte.

Sie leierte das alles mehr oder weniger automatisch herunter, als hätte sie die Geschichte schon viele Male erzählt. Dunlap hörte erstaunt zu, als sie ihm in allen Einzelheiten berichtete, wie er das Holz zum Bau des Hauses, die Möbel und sogar Büsche und Ziersträucher aus dem tiefen Süden herbeischaffen ließ, nur damit sich seine Frau zu Hause fühlte. Aber dann hatte sie ihn verlassen und war in den Süden zurückgekehrt, wo sie bald darauf starb. Oder vielleicht war das gelogen, und sie war ihm ganz einfach davongelaufen.

»Keiner weiß etwas Genaues. Wir haben alles versucht, eine Todesurkunde aufzustöbern, aber ohne Erfolg. Sie hatte wohl ihre Gründe, einfach zu verschwinden. Er war fast nie zu Hause, immer geschäftlich unterwegs, schließlich wurde er sogar zum Senator gewählt. Es gab auch Gerüchte über gewisse Partys oben im zweiten Stock. Aber er erzählte allen, sie sei gestorben, und niemand widersprach ihm; dann kam er zurück und hat das Haus nie wieder verlassen.«

Dunlap erfuhr, die Leute hätten getuschelt, daß er tagelang ziellos im Hause herumwanderte. Nach offizieller Version erlag er einem Herzschlag, aber es wurde allgemein angenommen, er habe sich zu Tode getrunken. Und dann war da noch ein Gerücht – das Gerücht, er habe sie ermordet. Als sie ihm mitteilte, sie wolle ihn verlassen, habe er sie, jähzornig und arrogant, wie er war, in einem Tobsuchtsanfall erschlagen. Dann habe er die Leiche versteckt und sei vor Gram dahingesiecht. Schließlich soll er Selbstmord begangen haben, was von der Familie vertuscht wurde.

Aber das sind alles nur Gerüchte. Nichts konnte jemals bewiesen werden, obgleich man in den letzten Jahren noch einmal nach ihrer Leiche gesucht hat. Ohne jeden Erfolg.

»Aber das war 1890. Woher wissen *SIE* denn so genau darüber Bescheid?«

»Ich gehöre dem ›Historischen Forschungsverband Potter's Field‹ an.«

»Ich verstehe immer noch nicht.«

Sie erklärte ihm: »Das Haus ist nicht bewohnt. Baynard hatte zwei Kinder. Sie sollten später den Landsitz bewirtschaften und wurden entsprechend erzogen. Sie hatten auch Kinder, und die überließen den Besitz dem Staat, weil sie die hohen Steuern nicht aufbringen konnten. Sie sind keine reichen Leute mehr. Sie wohnen in Mietshäusern am Fuße des Hügels neben dem Schwimmbad. Unsere Gesellschaft hat das Haus restauriert und wieder so hergerichtet, wie es früher war. Die Wasserleitungen stammen noch aus dem Jahre 1890. Elektrischen Strom gibt es nicht. Wenn man sich nachts dort aufhält, braucht man Kerzen oder Petroleumlampen.«

Das ist ja großartig, dachte Dunlap. Alles, was uns jetzt noch fehlt, ist ein Gewitter.

Nun, ein Gewitter würde kaum aufziehen, aber der Sonnenuntergang tat es auch. Die Sonne war schon fast hinter den Bergen verschwunden. Bald würde es völlig dunkel sein, bis auf ein paar Taschenlampen und Autoscheinwerfer, vielleicht auch noch einige Kerzen oder Petroleumlampen. Und so wollten sie das ganze Haus nach dem kleinen Jungen absuchen! Die Haare sträubten sich ihm im Nacken, als die Frau ihn unvermittelt fragte: »Wessen Kind ist das eigentlich?«

»Ich weiß nicht.«

Müde und erschöpft ging er auf Slaughter zu, der noch immer mit seinen Leuten sprach.

»Wir brauchen Netze«, sagte Slaughter.

»Netze?«

Dunlap erkannte Rettig. Neben ihm stand der junge Polizist, der heute früh mit ihm zu Slaughter gefahren war. Es erschien Dunlap, als sei das eine Ewigkeit her.

»Sind Sie schwerhörig? Netze. Oder sollen wir ihn niederknüppeln? Oder vielleicht erschießen?«

»Ich weiß nicht, wo ich Netze auftreiben soll.«

»Probieren Sie es mal in einem Sportgeschäft. Oder im Zoo unten im Park. Rettig, Sie übernehmen das. Alle anderen sichern das Haus von allen Seiten ab. Vorwärts!«

Die Männer starrten ihn einen Augenblick lang an. Dann drehten sie sich um und liefen auf das Haus zu.

»Halt«, befahl Slaughter unvermittelt.

Sie blieben stehen und drehten sich um.

»Geben Sie diesem Herrn hier Ihre Autoschlüssel. Ich will das Gebäude mit Scheinwerfern anstrahlen lassen.«

Sie blickten jetzt alle Dunlap an, der so etwas nicht erwartet hatte. Instinktiv hielt er die Hand auf. Einer der Beamten gab ihm einen Schlüsselbund. Er hatte ihn eben aus der Hosentasche genommen und er fühlte sich noch ganz warm an. Dunlap wartete auf die Schlüssel der anderen, aber dann fiel ihm ein, daß Rettig einen Wagen nehmen würde. Außerdem waren die Zündschlüssel der Streifenwagen alle identisch.

Der dritte Wagen war der von Slaughter, und den vierten und fünften hatten die Beamten gefahren, die jetzt das Haus bewachten.

Immer noch unsicher, wartete er ab, bis die drei Polizisten ihren Posten rechts und links vom Haus eingenommen hatten. Jetzt drückte ihm Slaughter ebenfalls einen Schlüsselbund in die Hand.

»Verstehst du, was du zu tun hast?«

»Ich glaube, ja. Ich stelle die Autos so auf, daß die Scheinwerfer aufs Haus gerichtet sind.«

»Ja. Und laß die Motoren laufen, damit die Batterien nicht leer werden. Am besten nimmst du die schwenkbaren Scheinwerfer neben den Seitenspiegeln.«

»Was ist mit dem Auto von dieser Frau?«

»Gute Idee.«

Dunlap nickte und rannte auf die Streifenwagen zu. Slaughters Wagen erkannte er, und Rettig fuhr eben mit aufheulender Sirene die Auffahrt hinunter. Er stieg in den nächsten Wagen und ließ den Motor an. Dabei kam ihm zu Bewußtsein, daß ihm Slaughter diese Aufgabe, die jeder andere hätte erledigen können, nur übertragen hatte, um ihn abzulenken.

Und es half tatsächlich. Ohne Zweifel. Sein Interesse war geweckt, und er kümmerte sich nicht mehr um das Sodbrennen, das ihn seit Stunden plagte. Er war froh, etwas tun zu können, und fuhr den Wagen an eine Stelle, von wo aus die Scheinwerfer seines Erachtens den größten Effekt haben würden. Nach einigem Suchen fand er den richtigen Schalter; das Scheinwerferlicht überflutete die rechte Seite des Hauses fast bis zum zweiten Stock hinauf.

Danach nahm er Slaughters Wagen und stellte ihn so auf, daß er die linke Hausseite beleuchtete. Die Frau hatte ihm zugesehen, setzte sich jetzt unaufgefordert in ihren Wagen und brachte ihn in eine Position, daß die Scheinwerfer auf die Eingangstür gerichtet waren. Die Sonne war inzwischen hinter den Bergen verschwunden und der Park in graues Dämmerlicht gehüllt. Nur das Haus war hell beleuchtet; die Fenster spiegelten das Scheinwerferlicht wider, und die Leute, die den Jungen suchten, brauchten nicht mehr im Dunkeln herumzutappen.

Dunlap hörte ein Auto kommen. Zunächst dachte er, es sei noch ein Streifenwagen, doch fuhr er ohne Blaulicht. Als der Wagen neben ihm anhielt, erkannte er den Mann und die Frau. O mein Gott, nein!

Sie stiegen aus. »Wo ist Slaughter?«

»Ich weiß nicht genau.«

In diesem Augenblick kam Slaughter aus dem Haus und blieb im grellen Scheinwerferlicht vor dem Eingang stehen. Er starrte die beiden ungläubig an und ging langsam auf sie zu.

Sie rannten ihm entgegen.

»Sie hätten nicht herkommen sollen.« Dunlap sah, daß er wütend war. »Woher wußten Sie...?«

»Unser Nachbar hat ein Funkgerät mit Polizeifrequenz. Haben Sie ihn gefunden?«

Slaughter deutete auf die oberen Stockwerke.

»Man hat mir berichtet, daß er dort oben ist. Gehen Sie bitte jetzt nach Hause und warten Sie, bis Sie von mir hören.«

Dunlap hatte den Eindruck, daß Slaughter um Jahre gealtert war. Er hatte dunkle Ringe unter den Augen, und seine Wangen hingen schlaff herab. Nein, er war nicht wütend. Er hatte Angst.

»Warum sollte er sich denn hier verstecken?« fragte die Mutter. »Lassen Sie mich hinaufgehen und mit ihm reden.«

»Nein, lieber nicht.« Slaughter scharrte mit dem Stiefel im Sand. »Lassen Sie mich das machen.«

»Sie haben doch gehört, was meine Frau eben gesagt hat. Sie geht hinauf.«

»Das kann ich nicht zulassen.«

»Da irren Sie sich aber.«

Sie machten Anstalten, in das Haus zu gehen. Slaughter verstellte ihnen den Weg.

»Die ganzen Scheinwerfer und die Polizeiautos«, sagte der Vater. »Sie ängstigen den Jungen ja zu Tode!«

»Ich wollte Sie nicht beunruhigen«, sagte Slaughter, »aber offenbar wissen Sie noch nicht alles. Ihr Sohn hat wieder jemanden angegriffen. Diesmal einen Mann. Der Mann ist halb tot.«

Die Mutter starrte ihn mit offenem Mund an. »Mein Gott!«

Der Vater brachte vor Entsetzen kein Wort heraus.

»Das Opfer liegt dort drüben im Krankenwagen«, fügte Slaughter hinzu. »Sehen Sie sich den Mann ruhig an. Dann wird Ihnen klar werden, warum ich Sie nicht hineinlassen kann.«

Sie wandten sich in die Richtung um, in die Slaughter wies. Die beiden Sanitäter stiegen gerade hinten aus dem Unfallwagen und schlossen die Türen.

»Wir haben getan, was wir konnten«, rief einer.

Slaughter nickte ihnen zu, als sie vorne in den Wagen sprangen. Der Motor heulte auf, der Wagen wendete mit quietschenden Reifen und raste mit eingeschalteter Sirene die Auffahrt hinunter.

Dunlap blickte ihnen nach, bis sie außer Sicht waren. Dann drehte er sich um und sah, daß die Frau in Tränen ausgebrochen war.

»Ich bitte Sie«, sagte Slaughter. »Sie sollten jetzt lieber gehen.«

»Ich will aber hierbleiben.«

Slaughter hob die Arme und ließ sie wieder fallen. »Dann bleiben Sie wenigstens im Auto. Wenn Sie helfen wollen, dann leuchten Sie mit den Scheinwerfern das Haus an. Und bitte stehen Sie uns nicht im Weg herum. Ich verspreche Ihnen, daß wir für seine Sicherheit sorgen.«

Der Mann legte den Arm um seine schluchzende Frau. Er nickte und führte sie langsam zum Auto zurück.

Und dann hörten sie es. Alle hörten es. Alle fuhren herum und starrten auf die Fenster des oberen Stockwerks – die Mutter, der Vater, Slaughter, die Polizisten vor dem Haus.

Drinnen, irgendwo im oberen Stockwerk, war ein durchdringendes Heulen zu hören. Es klang wie ein Kojote oder ein Hund oder ein Wolf in den Bergen. Nur noch schlimmer.

Ein heiseres, hohles, klagendes Heulen, an- und wieder abschwellend.

Es wiederholte sich noch zweimal, und Dunlap spürte, wie ihm ein kalter Schauer den Rücken hinunterlief. Dann war alles wieder still, bis auf das leise Brummen der Motoren.

»Was, zum Teufel, war denn das?« fragte einer der Polizisten seinen Kollegen.

»Ich bin nicht sicher, daß ich es wissen möchte«, erwiderte dieser.

Slaughter und Dunlap rannten auf die Eingangstür zu.

## *Kapitel 51*

ES zerrte die Leiche an den Fußgelenken quer durch die Küche. Auf der Treppe schlug der Kopf auf die Stufen auf. Als ES den Keller erreichte, war ES froh über die Dunkelheit, die dort herrschte. Den Modergeruch tief einatmend, zog ES den Toten in die Ecke hinüber, wo bereits zwei Leichen nebeneinander ausgestreckt lagen, ein Mann und eine Frau. ES legte die dritte Leiche neben die Frau, atmete gierig den Blutgeruch ein und starrte die zerfleischten Gesichter und Hälse der Opfer und das Messer an, das noch im Leib der zweiten männlichen Leiche steckte. Dann knurrte ES ohne jeden Grund und wischte sich die Hände am Kleid ab. Ja, so war es besser. Jetzt brauchte ES nicht mehr hinauszugehen, und bald würde es Nacht werden. Benommen ließ ES sich in der Ecke neben dem zweiten Mann niedersinken. ES tauchte den Finger in das Blut und leckte ihn ab. Dabei kratzte ES sich den brennenden, juckenden Arm, wo die Katze ES gestern gebissen hatte.

Accum riß die Hintertür zur Hundeklinik auf und betrat das Labor. Der Hund lag auf einer Plastikdecke auf dem Operationstisch. Dr. Owens, in Laborkittel und mit einem Mundschutz, stand daneben.

Owens wandte sich zu ihm um. Ohne Gruß sagte er: »Der Hund war schon tot, bevor ich ihn hierher brachte.«

Accum starrte ihn entsetzt an.

»Aber, verdammt noch mal, ich habe ihn noch im aktiven Stadium gesehen. Und zwei Stunden später ist er tot? Das Stadium der Paralyse dauert doch bedeutend länger.«

»Vielleicht. Ja, Sie haben recht. Es könnte auch etwas anderes sein. Holen Sie sich doch eine Maske und einen Kittel aus dem Schrank da drüben.«

Accum holte sich das Nötige und streifte sich auch ein Paar Gummihandschuhe über. Er trat an den Operationstisch in den Schein der summenden Deckenbeleuchtung.

»Nehmen wir ihm erst mal dieses Halsband ab.« Owen schnallte es auf und betrachtete die Batterie, die daran befestigt war. »Dieses Schwein möchte ich gerne mal in die Hände kriegen.« Er legte das Halsband zur Seite. »Sie sollten mal die Leute sehen, die manchmal herkommen und verlangen, daß ich ihren Hund stumm mache, ihm die Kehle operiere und die Stimmbänder durchschneide. Am liebsten würde ich das bei denen selbst machen. Dann würden sie wenigstens nicht soviel quatschen.« Owens Gesicht über der Maske war rot angelaufen. Er schüttelte den Kopf. »Also los, bringen wir es hinter uns. Wollen Sie schneiden oder soll ich? Sie haben ja fast schon einen legendären Ruf, was Obduktionen betrifft.«

»Nein, danke für das Angebot, aber schließlich verstehen Sie Ihr Geschäft. Ich bin nur hier, um zu helfen.«

»Dann geben Sie mir bitte mal ein Skalpell.«

Mit vier geübten Schnitten löste er die Kopfhaut ab. Dann nahm er den Bohrer und schaltete ihn ein. Er bohrte vier Löcher an den äußeren Ecken der Schädeldecke. Jetzt die elektrische Säge. Geschickt führte er die surrende Klinge von einem Loch zum anderen. Flink, vorsichtig, nicht zu tief. Als er fertig war, hob er die Schädeldecke ab.

»Nun ja, das Gehirn ist angeschwollen und verfärbt. Sehen Sie sich mal die rötliche Färbung an. Das könnte ein Hinweis sein. Andererseits sieht es bei Staupe auch manchmal so aus. Ich muß das Hirn herausnehmen und sezieren.«

Accum reichte ihm das Skalpell, dann eine Pinzette, und nach wenigen Sekunden lag das Gehirn in einer Glasschale.

»Das Ammonshorn?«

»Richtig.« Owens schnitt den Teil heraus, den er haben wollte. »Sie können die mikroskopische Untersuchung machen, wenn Sie wollen.«

»In Sektionen?«

»Nein, das dauert zu lange. Nur Abdrücke. Die zeigen uns auch, was wir sehen wollen.«

Accum legte ein wenig Hirngewebe auf ein Glasplättchen, verteilte es gleichmäßig und blickte sich suchend um.

»Da drüben neben dem Glasschrank.«

Das Mikroskop stand in einem Holzkasten, daneben eine Dose mit einem Kontrastmittel. Accum träufelte ein wenig Kontrastfarbe auf die Gewebeprobe, schob das Glasplättchen unter das Mikroskop und blickte durch die Linsen.

»Sehen Sie etwas. Negri-Körperchen?«

Accum starrte stumm durch die Linsen.

»Was ist denn? Sie müßten sie sehen.«

Accum blickte auf und schüttelte den Kopf. »Sehen Sie sich das lieber mal selbst an.«

»Soll das heißen, daß Sie nichts gesehen haben und wir jetzt noch alle anderen Tests vornehmen müssen?«

»Es heißt nur, daß Sie es sich ansehen sollen.«

Was sie suchten, waren Hinweise auf die Anwesenheit von Negri-Körperchen, winzigen runden – manchmal auch ovalen – Teilchen im Protoplasma der Nervenzellen in jenem Teil des Gehirns, das Ammonshorn genannt wird. Ihr Vorhandensein war ein sicherer Beweis für Tollwut.

»Ich verstehe das nicht. Irgend etwas stimmt da nicht. So sollten die Dinger doch nicht aussehen.«

Accum verstand, was er meinte. Er beobachtete, wie Owens nochmals ins Mikroskop blickte. Die Körperchen, die er gesehen hatte, waren weder rund noch oval. Sie waren länglich mit einer Einbuchtung an der Seite.

»Diese verdammten Dinger sehen ja aus wie Erdnüsse«, sagte Owens. »Was soll denn das heißen?«

»Vielleicht ist es ein verwandter Virus?«

»Was für einer denn? Können Sie mir das sagen?«

»Ich weiß es nicht.«

»Natürlich wissen Sie es nicht. Und ich auch nicht. Tollwut ist eine Krankheit, die ich mit absoluter Sicherheit erkenne. Ich gehe jede Wette ein, daß diese Dinger hier in keinem Lehrbuch abgebildet sind.«

»Dann müssen wir den Antikörpertest machen.«

»Das dauert mehrere Stunden. Und der Mäusetest dauert mindestens eine Woche. Ich will aber so schnell wie möglich wissen, was das hier zu bedeuten hat.«

»Vorläufig müssen wir annehmen, daß es Tollwut ist. Oder ein Virus, der die gleichen Symptome hervorruft.«

»Das wäre ja alles gut und schön, wenn niemand der Infektionsgefahr ausgesetzt gewesen wäre. Aber was ist mit dem Besitzer des Hundes? Und mit Ihnen? Wenn es Tollwut wäre, müßten Sie beide sofort eine Spritze bekommen. Aber wir wissen ja nicht, ob die überhaupt etwas nützen würde.«

Sie starrten einander an. Accum betastete die Maske über seinen geschwollenen Lippen. Er hatte ganz die Spritze vergessen, beziehungsweise – um ehrlich zu sein – er hatte den Gedanken verdrängt. »Ich lasse mir auf jeden Fall eine Spritze geben«, sagte er.

»Aber wenn sie bei diesem Virus nicht wirkt? Wenn Sie allergisch darauf reagieren?«

»Falls ich wirklich infiziert sein sollte, bin ich sowieso bald tot. Dann spielt das keine Rolle mehr.«

Es klang fast komisch, aber keiner der beiden lachte. Jetzt erinnerte sich Accum an etwas, was er gänzlich vergessen hatte.

»Er hat gesagt, daß der Hund geimpft worden ist.«

»Wer?«

»Der Besitzer. Gleich zu Anfang hat er mir gesagt, daß der Hund gegen Tollwut geimpft ist. Jetzt fällt es mir wieder ein.«

»Wie heißt der Mann?«

Accum sagte es ihm.

»Wir sind die einzige Hundeklinik weit und breit. Also müßten wir die Akte dahaben. Versuchen Sie es noch mal mit dem Mikroskop. Vergewissern Sie sich, daß uns kein Fehler unterlaufen ist. Ich bin in ein paar Minuten wieder da.«

Accum tat wie geheißen. Mit zitternden Knien trat er an das Mikroskop und betrachtete nochmals jedes einzelne Glasplättchen. Überall das gleiche. Jetzt bekam er es wirklich mit der Angst zu tun.

Owens stieß die Tür so heftig auf, daß Accum zusammenzuckte.

»Es stimmt. Der Hund ist fünf Jahre alt. Er wurde als Welpe geimpft und bekam jedes Jahr seine Wiederholungsimpfung.«

»Könnte es von den Wiederholungsimpfungen kommen? Verunreinigter Impfstoff oder so etwas?«

»Ich weiß es nicht, aber ich werde es herausfinden, verdammt noch mal.«

»Auch wenn der Impfstoff in Ordnung war... könnte es sein, daß der Hund so schwach war, daß er sich daran mit Tollwut infizierte?«

»Ein sehr schwacher Hund... vielleicht. Aber nicht sehr wahrscheinlich. Das passiert vielleicht bei einem von hunderttausend. Was ich nicht begreife ist, wie der Impfstoff diese Gebilde produzieren könnte, die wir unter dem Mikroskop gesehen haben.«

»Ich muß eben mal jemanden anrufen.«

Er nahm den Hörer ab und wählte eine Nummer. Marge meldete sich.

»Ich muß Nathan dringend sprechen.«

»Er sucht Sie überall.«

»Was?«

Als sie ihm erzählte, was inzwischen geschehen war, wurde ihm noch übler.

»Bin schon unterwegs.«

Er legte den Hörer auf und wandte sich zu Owens um. »Führen Sie die übrigen Untersuchungen durch, Antikörpertest, Fluoroskop. Ich komme zurück, sobald ich kann.«

»Was ist denn los?«

Für Erklärungen blieb keine Zeit. Accum riß sich Kittel, Handschuhe und Maske herunter. Dann stieß er die Tür auf und rannte in die Dunkelheit hinaus.

## *Kapitel 53*

ES heulte und heulte.

»Was ist denn hier los?«

Eine Gruppe Nachbarn stand auf dem Gehsteig und starrte das Haus an.

»Das geht schon seit ein paar Stunden so.«

»Kann man denn nichts dagegen unternehmen?«

»Was ist denn mit dem alten Herrn? Es ist schließlich sein Hund.«

»Er ist doch blind.«

»Das meine ich ja. Es muß ihm etwas zugestoßen sein.«

Sie gingen den Gehsteig hinauf auf das Haus zu.

»Ich kenne ihn kaum. Ich begegne ihm nur manchmal auf der Straße.«

»Aber irgend jemand muß sich darum kümmern.«

Unwillig seufzend stieg er die Stufen hinauf. Das Heulen da drin gefiel ihm absolut nicht. Vielleicht war der Alte gestorben. Vielleicht...

Er klopfte an die Tür. Das Heulen hörte auf. Er wandte sich zu den anderen Nachbarn um, die hinter ihm standen.

»Na los. Klopf noch mal.«

Er tat es, bekam jedoch keine Antwort.

»Ist jemand zu Hause?«

Er drückte auf die Klinke, aber die Tür war verschlossen. Dann stieg er auf die Veranda und blickte durchs Fenster. Der Hund sprang ihn durchs Fenster hindurch an.

## *Kapitel 54*

»Mein Gott, wann hört denn diese Heulerei endlich auf!«

Die Männer standen im Scheinwerferlicht, das Netz vor sich ausgebreitet. »Was sollen wir tun, wenn er uns angreift?«

»Seht nur zu, daß er nicht verletzt wird«, sagte Slaughter. »Werft ihm das Netz über den Kopf. Dann habt ihr ihn, und das Problem ist gelöst.«

Er blickte Dunlap an und hoffte, daß Dunlap verstand, wie klar und umsichtig jede einzelne seiner Anweisungen war. Wenn etwas schiefging, wollte er in der Zeitung kein Wort über die Brutalität der Polizei lesen. Er hatte seinen Leuten unmißverständlich klargemacht, daß sie den Jungen lediglich einfangen sollten. Slaughter blinzelte im Licht des Scheinwerfers, der auf die Eingangstür gerichtet war. Er sah, daß die Eltern des Jungen immer noch nicht in ihrem Auto saßen, wie er angeordnet hatte. Er sah die Frau vom Denkmalschutzverband, die zusätzlichen Streifenwagen, die eben erst angekommen waren, und die Lichter eines weiteren Polizeifahrzeuges, das gerade die Auffahrt heraufkam.

»So, wir haben jetzt genügend Leute. Fangen wir an.«

Aber die Lichter in der Auffahrt gehörten nicht zu einem Polizeifahrzeug. Slaughter erkannte jetzt den Wagen. »Augenblick noch«, sagte er und stieg die Stufen hinunter. Accum sprang aus dem Wagen und eilte auf ihn zu.

»Wo waren Sie denn nur? Ich habe Sie überall...« Dann sah er das blutverschmierte Hemd und die aufgeschlagenen Lippen. »Was ist denn mit Ihnen passiert?«

»Das tut jetzt nichts zur Sache«, keuchte Accum. »Wir dürfen keine Zeit verlieren. Ich weiß, daß es sich um einen Virus handelt, aber ich weiß nicht, ob es Tollwut ist.«

»Wäre ein anderer Virus ebensoschlimm?«

»Vielleicht sogar noch schlimmer.« Er holte tief Atem. »Er scheint viel schneller zu wirken. Wir haben einen Hund, der das erste Stadium der Viruserkrankung viel schneller durchlaufen hat, als es sonst bei Tollwut der Fall ist. Wir sind noch nicht mit den Untersuchungen fertig.«

»Was sagen Sie zu dem Jungen da oben?«

Accum zuckte zusammen, als er das gräßliche Heulen hörte. »Das soll ein Kind sein?« Er verzog ungläubig das Gesicht.

»Ich muß es annehmen. Es könnte ein streunender Hund sein, aber dafür haben wir keinerlei Anhaltspunkte.«

»Als ich noch studierte... Aber die anderen Symptome stimmten nicht mit diesen hier überein. Ein Mensch, der Tollwut hat, kann unter gewissen Umständen aggressiv werden, sogar bellen und nach jemandem schnappen.«

»Bellen?«

»Tollwut zerstört das Nervensystem. Die Halsmuskeln ziehen sich zusammen. Der Kranke versucht zu sprechen, aber es hört sich an wie Gebell.«

»Aber der hier heult wie ein Kojote.«

»Genau das meine ich ja. Die Symptome sind nicht die gleichen. Das hier hört sich an wie ein Tier. Außerdem habe ich noch nie gehört, daß ein Tollwutkranker jemanden anfiel. Gewiß, ich habe von solchen Fällen gelesen, bin aber noch nie einem Arzt begegnet, der so etwas tatsächlich erlebt hat.«

»Aber die Eltern behaupten, daß der Junge gar nicht gebissen wurde.«

»Und ich habe gerade einen Hund seziert, der regelmäßig geimpft wurde und dann an Tollwut starb.«

Das Heulen hatte wieder begonnen. Sie blickten auf und sahen den Mond, der fast voll war, hinter den Bergen aufsteigen. »Ach ja, der Mond«, sagte Accum. »Daran hätte ich denken sollen.«

»Ich kann nicht ganz folgen.«

»Nun ja, wenigstens ein Symptom, das mit meinen Erfahrungen übereinstimmt. Tollwutopfer meiden das Licht. Ihre

Augen werden äußerst lichtempfindlich. Sie verkriechen sich in der Dunkelheit. Und wenn der Mond aufgeht, reagieren sie entsprechend.«

»Und dann heulen sie?«

»Tollwütige Hunde heulen in der Regel und in diesem Falle eben ein kleiner Junge.«

»Die Eltern sagen, er hat sich heute früh an einem Stück Glas die Hand aufgeschnitten.«

»Dann ist es zu früh. Es dauert wenigstens eine Woche, bis der Tollwutvirus sich bemerkbar macht. Aber wenn dieser spezielle Virus schneller wirkt, und wenn das Stück Glas von einem infizierten Tier beleckt worden war, würde das vielleicht genügen. Auf jeden Fall möchte ich die Schnittwunde sehen, sobald Sie ihn haben.«

Das Heulen wurde immer lauter.

»Das klingt ja wie der Wahnsinn in Person«, sagte Slaughter.

»In früheren Zeiten nannte man es die Mondkrankheit oder Mondwahnsinn.«

Aber Slaughter wollte nicht mehr darüber sprechen. »Ich muß jetzt zu ihm hinein«, sagte er und ging auf seine Leute zu.

»Dann hole ich meine Tasche.«

»Ja, wir werden sie brauchen«, rief Slaughter über die Schulter zurück. »Alles bereit?« fragte er, als er bei den Stufen vor dem Eingang ankam.

Die Beamten nickten nervös.

»Behaltet eure Handschuhe an. Rettig, Sie halten das Netz an dieser Seite. Ihr drei am anderen Ende und in der Mitte. Und nicht vergessen: Der Junge darf nicht zu Schaden kommen.«

Slaughter wandte den Kopf, um sich zu vergewissern, daß auch Dunlap seine Anweisung gehört hatte. Sie betraten das Haus, und Dunlap folgte ihnen.

»Du bleibst draußen.«

»Ich will aber mit dabei sein.«

»Ich kann mich nicht damit aufhalten, dich zu beschützen.«

»Ich werde schon aufpassen.«

»Und wie du aufpassen wirst. Darum bleibst du auch hier draußen.«

Dunlap starrte ihn wortlos an. Slaughter überlegte. Schließlich waren sie Freunde.

»Also gut. Ich gehe das Risiko ein. Aber wenn du uns irgendwie störst, fliegst du raus.«

»Mehr verlange ich nicht.«

Slaughter betrachtete ihn nachdenklich. Dann wandte er sich Accum zu, der mit seiner Arzttasche ankam. »Nehmen Sie diese Handschuhe. Sie werden sie brauchen.«

»Aber ich doch auch!« rief Dunlap.

»Du wirst gar nicht nahe genug herankommen, um sie zu brauchen.«

Sie gingen durch die riesige Eingangshalle auf die Wendeltreppe zu, die Männer mit dem ausgebreiteten Netz voran.

»Stablampen bereit?«

Die Männer nickten stumm, schalteten ihre Lampen an und leuchteten die Treppe ab. Sie atmeten schwer und rochen nach Schweiß.

Was ist das wohl für ein eigenartiger Verein, wenn die nicht einmal das Haus an das Stromnetz anschließen? dachte Slaughter. Aber er wußte keine Antwort auf diese Frage. »Also los!« rief er.

## *Kapitel 55*

ES wartete. ES war bis zum obersten Treppenabsatz hinaufgekrochen. Jetzt hörte ES ihre Schritte und ihr Geflüster und sah die Strahlen der vielen Stablampen. Noch waren sie ziemlich weit unten, aber irgendwann würden sie heraufkommen. Fauchend blickte ES sich nach einem Versteck um. Hier oben waren keine Zimmer mehr, nur diese große, leere Fläche, die sich von einem Ende zum anderen erstreckte. Die Mutter hatte das mal erklärt, aber ES entsann sich nicht mehr an Einzelheiten. An den Ecken waren Vorsprünge mit Nischen dahinter, aber dort würde man zuerst suchen. ES brauchte ein besseres Versteck. Und dann fand ES, was ES suchte. Ein großartiges Versteck, von dem aus ES auch angreifen konnte, wenn es nötig war. ES kroch auf das Versteck zu, die Augen auf den matten Schein gerichtet, der kalt und silbrig durch das Fenster auf den spiegelglatten Fußboden fiel. ES konnte sich nicht mehr beherrschen und heulte laut auf, konnte nicht aufhören zu heulen, war machtlos gegen diesen Zwang. Endlich war das Bedürfnis zu jaulen befriedigt, und ES flüchtete sich in das Versteck. Hier war es dunkel und angenehm, und ES fühlte sich ruhig und sicher. ES schloß die Augen, um sie nach dem kalten Glanz, der durchs Fenster gefallen war, sich erholen zu lassen. Obgleich ES sich in dem neuen Versteck wohl fühlte, ging sein Atem schnell. ES leckte sich die Reste des Blutes von den Lippen. ES hatte sich an den Salzgeschmack gewöhnt und wollte jetzt sogar noch mehr davon. Doch bei der Erinnerung, daß das Blut flüssig gewesen war, wurde ihm wieder übel, und ES begann zu heulen.

## *Kapitel 56*

Auf dem zweiten Treppenabsatz blieben sie stehen.

»Er ist oben im zweiten Stock«, sagte einer.

»Möglich«, erwiderte Slaughter.

»Aber Sie haben ihn doch selbst heulen hören.«

»Wir wissen nicht, ob nicht auch noch ein Hund da oben ist. Wir werden plangemäß vorgehen. Gordon, da du es kaum erwarten kannst, leuchte doch mal die Treppe hinauf. Wenn du eine Bewegung siehst, geniere dich nicht zu schreien.«

»Keine Sorge. Wenn ich etwas sehe, schreie ich mir die Lunge aus dem Leib.«

Slaughter musterte ihn. »Wäre es dir lieber, wenn du nicht mitgekommen wärest?«

»Ich möchte es um nichts in der Welt versäumen.«

»Dann mußt du aber die Story verdammt nötig haben.«

»Du hast keine Vorstellung, wie sehr.«

Slaughter sah, wie die Stablampe in Dunlaps Hand zitterte.

»Suff oder die Nerven?«

»Weiß ich selber nicht.«

Slaughter nahm ihm die Lampe ab. »Tut mir leid. Die Sache ist zu wichtig, als daß ich irgendeine Panne riskieren könnte. Nehmen Sie die Lampe.« Er gab Accum die Lampe. »Machen Sie genau das, was ich Dunlap gesagt habe.« Dann zu Dunlap: »Du bist mir doch nicht böse?«

Dunlap zuckte mit den Schultern. Slaughter hatte jetzt keine Zeit, ihn zu besänftigen. Er wandte sich zu seinen Leuten. »Okay, wir durchsuchen jetzt sämtliche Zimmer in diesem Stockwerk. Ich glaube zwar nicht, daß wir ihn hier finden, aber auf Vermutungen will ich mich nicht verlassen.«

Das Netz vor sich ausgebreitet, tasteten sie sich im Dunkeln vorwärts bis zu der Stelle, wo sich zu beiden Seiten des Ganges Türen befanden. Dort blieben sie stehen und blickten Slaughter fragend an.

»Nehmt die linke Tür. Ich bleibe hier draußen und passe auf die andere Seite auf.«

Im ersten Zimmer links fanden sie nichts. Mit ihren Stablampen leuchteten sie jeden Winkel ab und durchsuchten die Schränke. Nichts. Es war lediglich ein altmodisches Schlafzimmer mit einem Himmelbett und einem Moskitonetz darüber. Nachdem sie auch unter dem Bett nachgesehen hatten, durchsuchten sie systematisch sämtliche Räume in diesem Stockwerk. Noch mehr Schlafzimmer, ein Spielzimmer und ein Arbeitszimmer, das eingerichtet war wie vor hundert Jahren. Landkarten, Fotos und alte Flinten an der Wand. Ein Stuhl, der aussah, als hätte der alte Baynard persönlich eben noch darauf gesessen. Es war jedoch niemand da. Sie kamen wieder heraus und starrten auf den Treppenabsatz, von wo aus Accum mit seiner Lampe die Stufen beleuchtete.

»Wir können also davon ausgehen, daß er dort oben ist«, sagte Slaughter.

Langsam und vorsichtig, das Netz vor sich, stiegen sie die Treppe hinauf. Die Stablampen warfen wirre Lichtmuster an die Wände und an die Decke. Sie gingen geduckt und in kleinen Schritten, als erwarteten sie jeden Moment einen Angriff aus dem Dunkel. Jedoch kamen sie unversehrt auf dem letzten Treppenabsatz an und leuchteten den großen Saal im dritten Stock ab.

»Was ist denn das hier?« fragte Slaughter. Seine Stimme hallte in dem leeren Raum wider.

»Waren Sie noch nie hier?« fragte Rettig.

»Nein. Ich wollte es mir immer schon mal ansehen, hatte aber nie die Zeit dafür.«

»Das ist der Ballsaal«, erklärte ihm Rettig. »Baynards Frau kam aus dem Süden und mochte die Leute hier nicht. Sie war an Bälle und rauschende Feste gewöhnt. Baynard richtete dieses Haus ganz nach ihrem Geschmack ein, und mit dem Ballsaal hier oben gab er sich besondere Mühe. Mindestens einmal im Monat gab er ein Fest. Dazu lud er die begüterten Landbesitzer der Umgebung ein sowie die besseren Leute aus der Stadt – Abgeordnete, Senatoren und so weiter. In eleganten, weich gepolsterten Kutschen ließ er seine Gäste vom Bahnhof abholen. Das Orchester ließ er aus Denver kommen. Man tanzte und dinierte und...«

»Was ist los?« fragte Slaughter, als Rettig plötzlich abbrach.

Die Strahlen der Stablampen tanzten über das polierte Parkett. Slaughter spürte, wie sich sein Magen zusammenkrampfte.

»Mein Großvater hat mir das alles erzählt«, sagte Rettig, »aber ich weiß nicht, wieviel davon wahr ist. Die Feste sollen oftmals etwas... ungewöhnlich gewesen sein.«

»Was soll das heißen?«

»Sehen Sie den Balkon dort oben? Dort spielte das Orchester. Die Holzverkleidung ist so hoch, daß die Musiker nicht viel von dem sehen konnten, was hier unten vorging. In den Ecken und an den Seiten können Sie die Vorsprünge von Trennwänden sehen.«

»Ja. Dreieckige Nischen.«

»Richtig. Sehen Sie die Polsterbänke an den Seiten?«

»Was hat es damit auf sich?«

»Vielleicht sind es nur Gerüchte. Mein Großvater erzählte, daß hier Partnertausch praktiziert wurde. Man zog sich mit der Frau eines anderen in eine der Nischen zurück. Außerdem gab es Geheimtüren, durch die man diskret verschwinden konnte.«

»Wußte er das mit Bestimmtheit?«

»Er war nie eingeladen. Und eine Geheimtür hat man auch nicht gefunden.«

»Dann sind es eben nur Gerüchte, wie Sie schon sagten. Ich meine, irgend jemand hätte doch bestimmt etwas darüber erzählt.«

»Und wäre nie wieder eingeladen worden.«

»Aber warum sollte Baynards Frau sich an so etwas beteiligen? Wie Sie sagten, kam sie doch aus gutem Hause.«

»Ja, aber sie hatte keinen sehr guten Ruf. Baynard mußte sich ihr fügen und das alles mitmachen. Um sie überhaupt halten zu können. Mit der Zeit wurden diese Feste ziemlich orgiastisch. Sie fand einen Mann, der ihr besser gefiel als alle anderen. Man sagt, sie sei mit ihm davongelaufen. Andere behaupten, daß Baynard sie umgebracht hat. Aber ihre Leiche wurde nie gefunden.«

»Ist ja großartig. Jetzt durchsuchen wir ein Haus, in dem sich Geister und Gespenster herumtreiben. Konzentrieren Sie sich lieber auf Ihre Arbeit. Gordon, du bleibst hier bei Accum. Wir suchen jetzt diese Seite ab und gehen von hier aus weiter bis zum anderen Ende des Saales. Wenn irgend etwas an uns vorbeischlüpft, dann ruft laut. Alles fertig?«

Sie gingen auf die rechte Ecke zu und durchsuchten die dreieckige Nische. Dann klopften sie die hölzerne Vertäfelung ab, falls sich dort trotz allem eine Geheimtür befinden sollte. Danach gingen sie weiter an der Wand entlang bis zur nächsten Nische.

»Bis jetzt negativ«, stellte Slaughter fest. »Bleiben noch zwei Nischen und der Balkon. Gleich haben wir ihn. Seid vorsichtig.«

Nichts in der linken Nische. Nichts in der rechten.

»Okay. Dann ist er oben auf dem Balkon. Er muß da sein.«

Sie stiegen langsam die schmale Treppe zum Balkon hinauf, aber für vier Mann war kein Platz.

»Halt. So funktioniert das nicht«, sagte Slaughter.

Sie waren froh, daß sie nicht weiterzugehen brauchten.

»Rettig, Sie bleiben hier. Die anderen drei gehen weiter. Rettig ist direkt hinter euch.«

Rettig atmete erleichtert auf. Die anderen drei tasteten sich nervös vorwärts, ihre Stablampen auf die schmale Treppe gerichtet.

»Sollten wir nicht erst die Überdachung der Nischen absuchen?« fragte einer der Polizisten.

»Nicht nötig. Wie sollte er denn dort hinaufgekommen sein?«

In diesem Augenblick, als alle Blicke auf Slaughter gerichtet waren, passierte es. Ein wütendes Knurren und dann eine vorbeistürzende Gestalt. Sie war vom Balkon gesprungen und gegen Rettig geprallt. Im nächsten Augenblick herrschte ein wüstes Durcheinander. Alles brüllte und drängelte. Mehrere Männer stürzten zu Boden. Slaughter hörte das Knurren und Rettigs Schreie. Rettig richtete sich mühsam auf. Das Ding hing an seinem Hals. Dann wurde er durch das Gewicht wieder umgeworfen und krachte gegen die morsche Holzwand der letzten Nische. Mehrere Männer rannten mit dem Netz auf ihn zu.

»Wo ist er?«

»Hier, ich habe ihn!«

Rettig hörte nicht auf zu schreien. Drei Männer schwangen das Netz über die Polsterbank, wo er im Licht der Stablampen mit dem Angreifer rang.

»Herrgott, so packt ihn doch«, brüllte Rettig und versetzte der Gestalt einen Tritt, daß sie zu Boden geschleudert wurde, sie knurrte immer noch.

Sie warfen das Netz über den Jungen. Jetzt hatten sie ihn. Je mehr er mit Armen und Beinen um sich schlug, um so mehr verstrickte er sich in den Maschen des Netzes. Slaughter drängte sich nach vorn und sah zu, wie sie ihn einwickelten. Hilflos fletschte er die Zähne und knurrte sie an.

Accum war herbeigeeilt, setzte seine Tasche ab und holte eine Spritze heraus.

»Halten Sie ihn fest.«

»Sie glauben doch nicht etwa, daß wir ihn jetzt wieder loslassen!«

Accum hatte ein Fläschchen in der Hand, steckte die Injektionsnadel durch den Gummistöpsel und zog die Spritze auf. Beim Licht einer Stablampe drückte er leicht auf den Bolzen und ließ ein wenig Flüssigkeit herausspritzen. Dann blickte er Slaughter an. »Ziehen Sie ihm den Ärmel hoch.«

»Machen Sie keine Witze. Doch nicht in dem Netz. Er ist viel zu fest verschnürt.«

»Dann reißen Sie ihm ein Loch ins Hemd. Ich brauche ein Stück entblößte Haut.«

Slaughter griff durch die Maschen und riß ihm den Ärmel auf. Er beeilte sich, aus Angst, der Junge würde zuschnappen.

Accum betupfte die Haut mit Alkohol und beugte sich vor, um ihm die Injektion zu verabreichen. Ein kurzes Aufjaulen, und Accum erhob sich wieder. »Etwa eine Minute wird es dauern.«

»Was sind denn das für Ziegelsteine?« fragte jemand. Slaughter fuhr irritiert herum. Es war alles zuviel auf einmal.

»Ich weiß nicht...«

Rettig hatte bei seinem Sturz die Verkleidung der Nische aufgebrochen. Dahinter kam eine Ziegelwand zum Vorschein. Er blickte Rettig an, der auf der Polsterbank zusammengesunken war und mit beiden Händen seinen Hals umklammerte.

»Alles in Ordnung? Hat er Sie nicht gebissen?«

Rettig betastete sich am ganzen Körper. Er keuchte und schluckte krampfhaft. Dann wischte er sich mit der Hand über den Mund und nickte. »Es hat mir wohl nur den Atem verschlagen.« Er versuchte aufzustehen, sank aber wieder auf die Polsterbank zurück. »Gleich geht es wieder. Von was für Ziegeln sprachen Sie da eben?«

»Da hinter Ihnen.«

Immer noch schwer atmend drehte Rettig sich um. »Davon weiß ich gar nichts.« Er schien noch Schwierigkeiten beim Sprechen zu haben. »Ich glaube nicht, daß die ursprünglich hier eingebaut waren.«

Slaughter brauchte ihm keine weiteren Fragen zu stellen. Rettig klopfte aufgeregt die Wand ab. »Hier klingt es anders als an den übrigen Stellen.«

»Und was bedeutet das?« fragte einer der Männer.

»Baynards Frau. Ich glaube, wir wissen jetzt, was mit ihr geschehen ist.«

Alle schwiegen.

Plötzlich stand Dunlap neben Slaughter. Beide betrachteten den kleinen Jungen, der inzwischen das Bewußtsein verloren hatte.

»Soviel Theater wegen einem kleinen Kind«, sagte Slaughter. »Ich hätte nicht gedacht, daß er noch so klein ist.«

Alle standen herum und starrten den Jungen an.

»Wir sollten ihn jetzt besser ins Krankenhaus bringen«, meinte Accum. »Sie auch, Slaughter. Und Sie auch, Rettig. Ich will Sie beide gründlich untersuchen.«

»Ich bin überhaupt nicht in Berührung mit ihm gekommen«, erklärte Slaughter.

»Aber mit der Katze. Wenn dieser Virus tatsächlich eine ähnliche Wirkung hat wie Tollwut, müssen Sie schleunigst eine Spritze bekommen, und später noch mehr. Was mit Ihnen ist, Rettig, weiß ich noch nicht. Wenn Sie nicht gebissen worden sind, wird es wohl keine Probleme geben.«

»Aber ich bin doch auch nicht gebissen worden«, beharrte Slaughter. »Das war doch bloß ein Kratzer.«

»Wollen Sie dieses Risiko eingehen?«

Slaughter schüttelte den Kopf.

»Na eben. Keine Sorge, Sie sind in guter Gesellschaft. Ich brauche auch eine Spritze.«

»Aber Sie wurden doch auch nicht gebissen.«

»Nein. Aber mit dieser aufgeschlagenen Lippe darf ich auch kein Risiko eingehen. Kommen Sie. Der Junge kann jetzt keinen Schaden mehr anrichten. Ihre Leute sollen ihn abtransportieren. Aber sie sollten ihn nicht am Kopf berühren.«

Alle blickten Slaughter an, der zustimmend nickte. Einer der Männer packte den Jungen an den Beinen, ein anderer faßte ihn an den Schultern. Dann hoben sie ihn hoch.

»Mein Gott, der wiegt ja überhaupt nichts.«

»Das sagte ich ja. Soviel Theater wegen eines kleinen Jungen. Das bringt einen...«

Angewidert sah er zu, wie die Leute den Jungen zur Treppe trugen. »Jemand soll das Stück Netz aufheben, das hinten nachschleift, sonst stolpert noch jemand.«

Slaughter ging voran und leuchtete ihnen. Am zweiten Treppenabsatz hörten sie das Summen der Motoren vor dem Haus und sahen die Scheinwerfer. Vor der offenen Eingangstür standen die Eltern des Jungen und die Frau vom Denkmalschutzverband.

»Rettig, berichten Sie dieser Frau, was wir da oben gefunden haben. Diese Ziegelsteine können alles mögliche bedeuten. Wahrscheinlich gar nichts.«

»Das glauben Sie doch selber nicht.«

»Ich glaube gar nichts. Aber sie sollte Bescheid wissen, daß wir die Wand beschädigt haben.«

Sie gelangten ins Freie. Die Eltern des Jungen rannten auf sie zu. »Ist er...«

»Ich habe ihm ein Beruhigungsmittel gespritzt«, erklärte Accum. »Unter diesen Umständen hat er noch mal Glück gehabt. Halten Sie sich von ihm fern, damit Sie sich nicht anstecken. Sie können ihn später im Krankenhaus besuchen.«

Sie sahen nicht sehr überzeugt aus.

»Nur eine Vorsichtsmaßnahme«, sagte Slaughter. »Wir wissen noch nicht, um welche Krankheit es sich handelt. Legt ihn auf den Rücksitz meines Wagens«, wies er seine Leute an.

»Auf eine Decke«, ergänzte Accum. »Die lassen wir dann im Krankenhaus verbrennen.«

»Müssen wir derartig vorsichtig sein?« fragte Slaughter.

Accum blickte ihn nur an.

»Ich hole eine Decke aus meinem Wagen«, sagte der Vater und eilte davon.

Sie trugen den Jungen zu dem Streifenwagen. Slaughter öffnete die hintere Tür, und der Vater breitete die Decke auf dem Rücksitz aus.

»Ich danke Ihnen«, sagte Slaughter. »Ich weiß wie schwer...«, er blickte auf die Mutter, die weinend neben dem Wagen stand. »Es ist schwer für uns alle.«

Sie legten den Jungen in den Wagen. Accum lehnte sich hinein, um noch mal nach dem Rechten zu sehen. Er blieb eine ganze Weile über den Jungen gebeugt. Als er sich wieder aufrichtete, konnte Slaughter sogar in der Dunkelheit sehen, wie blaß er plötzlich war.

»Ich muß mit Ihnen sprechen«, sagte Accum.

»Was ist denn?«

»Gehn wir da rüber.«

Slaughter blickte ihm nach, als er auf den Wald zuging. Er zögerte einen Augenblick und folgte ihm dann.

»Was ist denn los?«

»...ich habe ihn umgebracht.«

»Was?«

»Ich hätte daran denken müssen.« Accum wischte sich mit seinem Taschentuch übers Gesicht.

»Verdammt noch mal, reden Sie doch so, daß man versteht, was Sie meinen.«

»Das Beruhigungsmittel. Ich hätte daran denken müssen. Der Hund, den ich gefunden habe. Ich habe einen Tierarzt gerufen, und der warf nur einen Blick auf den Hund und spritzte ihm ein Beruhigungsmittel.«

»Na und? Was hat das...«

»Der Hund war bereits gelähmt. Das Beruhigungsmittel hat genügt, ihn umzubringen. Der Junge da hinten auf Ihrem Rücksitz atmet nicht mehr.«

»O mein Gott!«

»Verstehen Sie. Dieser Virus ist mir nicht bekannt, aber er wirkt verdammt schnell. Vielleicht stand der Junge kurz vor dem Stadium der Paralyse, und das Mittel war zu stark für ihn. Es verlangsamte seine Körperfunktionen derart, daß es ihn tötete.«

»Aber Sie können sich doch nicht selbst die Schuld...«

»Und ob ich kann! Ich hätte aufpassen sollen. *ICH HABE IHN UMGEBRACHT!*« sagte Accum mit heiserer Stimme. Er hatte die Augen geschlossen und zitterte am ganzen Körper.

Slaughter sah, wie der Vater sich ins Auto beugte.

»Ich kann... Irgend etwas stimmt hier nicht«, sagte der Vater.

Die Mutter brach wieder in Tränen aus, und der Vater kletterte in den Streifenwagen. Slaughter sah zu, wie seine Leute sich zur Abfahrt bereitmachten. Er sah, wie die Frau vom Denkmalschutzverband, mit der Rettig sich unterhielt, sich umdrehte und aufgeregt ins Haus lief. Neben ihm stand Accum, für den gerade eine Welt zusammengebrochen war. Irgendeine Kreatur unten im Park heulte den Vollmond an. Dunlap machte mit seiner Kamera Aufnahmen. Slaughter hatte nicht mehr die Kraft, sich darüber zu ärgern. Er ließ ihn gewähren. Das Blitzlicht tauchte die Szene in blendende Helligkeit.

# BUCH ZWEI

*Kapitel 57*

Er war betrunken. Erst kurz vor eins war er nach Hause gekommen und hatte sich gerade noch die Zeit genommen, nach seinen Pferden zu sehen. Dann war er ins Haus gegangen. Bis jetzt war er noch nicht dazu gekommen aufzuräumen. Auf der Veranda lagen leere Bierdosen herum, und in der Kühlbox war nur noch lauwarmes Wasser. Zuviel war inzwischen geschehen. Aber auch jetzt nahm er sich nicht die Zeit, ein wenig Ordnung zu machen. Er starrte eine Weile in die Dunkelheit hinaus und machte dann im Haus das Licht an. Er blickte nachdenklich auf die zweite Kühlbox in der Küche und ging dann an den Schrank, wo er den Bourbon verwahrte. Er trank fast nie davon, aber heute war eine Ausnahme. Mein Gott, was für einen Tag er hinter sich hatte! Fast hätte er auf ein Glas verzichtet und einfach die Flasche an den Mund gesetzt, aber eine solche Schwäche durfte er sich nicht erlauben. Er öffnete die Flasche, nahm sich ein Glas, holte ein paar Eiswürfel aus dem Gefrierfach und goß das Glas voll. In drei Schlucken stürzte er etwa ein Drittel davon hinunter.

Es war ein regelrechter Schock. Er stützte sich mit beiden Händen auf den Rand des Spülbeckens und wartete darauf, daß das Brennen nachließ. Sein Magen krampfte sich zusammen und erinnerte ihn daran, daß er seit dem frühen Morgen nichts mehr gegessen hatte. Es war ihm, als müsse er sich übergeben, aber dann ließen die Krämpfe nach, und er atmete wieder freier.

Er blieb noch einen Moment über das Becken gebeugt stehen. Dann goß er etwas Wasser in seinen Bourbon und ging in das Wohnzimmr, in dem die Vorhänge zugezogen waren. Vorhin hatte er versucht, Marge zu erreichen, aber sie war weder auf dem Revier noch zu Hause. Er war versucht, es jetzt noch mal zu probieren, aber es war schon zu spät, und er wollte sie nicht wecken. Aber er brauchte jemanden, mit dem er sich aussprechen konnte. Das Weinen der Eltern klang ihm noch in den Ohren. Der Vater hatte ihn beschimpft und gesagt, er hätte ihn davor gewarnt, Gewalt anzuwenden, nur um einen kleinen Jungen einzufangen. Die Auseinandersetzung mit dem Vater war wirklich schlimm gewesen.

»Nein, Sie können nicht hineingehen, Sie dürfen ihn nicht berühren.«

»Er ist mein Sohn.«

»Das ändert nichts. Sie könnten sich immer noch anstekken. Vielleicht ist auch Ihre Frau von dem Biß infiziert.«

Schließlich mußten zwei Männer den Vater festhalten, damit er nicht gewaltsam zu seinem toten Sohn in den Streifenwagen eindrang. Und Dunlap hatte die ganze Zeit über Aufnahmen gemacht. Herrgott, was für ein Durcheinander! Das reinste Chaos. Als er sich dann endlich entschloß, ein ernstes Wort mit Dunlap zu reden, war der verschwunden. Sein ehemaliger Freund war schlau genug gewesen, sich aus dem Staub zu machen, solange es noch möglich war. Wahrscheinlich hatte er befürchtet, daß man den Film beschlagnahmen würde. Slaughter wußte selber nicht, ob er ihm die Kamera aus der Hand gerissen hätte, wenn Dunlap noch dagewesen wäre. Er war so geschockt gewesen, daß er auch vor Gewaltanwendung nicht zurückgeschreckt wäre. Jetzt war er froh, daß er sich nicht an Dunlap abreagiert hatte. Als er nach ihm gesucht hatte, war ohnehin nichts mehr los gewesen. Die Mutter und den Vater hatte man nach Hause gebracht. Accum war mit dem Toten ins Leichenschauhaus gefahren. Die Polizei hatte das Herrenhaus bis zum Morgen abgeschlossen; man wollte am nächsten Tag weitere Nachforschungen anstellen. Er selbst war im Dunkeln neben seinem Streifenwagen gestanden, hatte das Haus angestarrt und unten im Park ein Heulen gehört. Aber er war zu erschöpft gewesen – ganz zu schweigen davon, daß er Angst gehabt hatte –, um der Sache nachzugehen. Für diese Nacht hatte er genug, und er vermutete, daß bald noch viel mehr auf ihn zukommen würde. Jetzt wollte er sich nur noch betäuben.

Aber nicht allzusehr. Am Morgen würde er zahlreiche Gespräche zu führen haben, bei denen er einen klaren Kopf brauchte. Dunlap, Parsons, Accum, der Stadtrat. Gott weiß wer noch. Er fragte sich, wie er mit all dem fertig werden sollte. Er war sicher, daß der Stadtrat seinen Rücktritt verlangen würde. Auch Accum würde vermutlich seine Stellung verlieren. Nicht nur seine Stellung – seine Zulassung als Arzt. Sie hatten sich beide Fahrlässigkeit zuschulden kommen lassen. Der Vater des Jungen würde sie ganz bestimmt verklagen.

Slaughter wünschte jetzt, er hätte es nicht zugelassen, daß Accum mitgefahren war. »Sehen Sie denn nicht ein, daß ich Einzelheiten über die Todesursache wissen muß?« hatte Accum gebettelt. Was für einen Unterschied machte das jetzt noch? Der Junge war tot. Es blieb ihnen keine Zeit, jemand anderen heranzuziehen. Sie mußten sofort herausfinden, was es mit diesem Virus auf sich hatte.

Slaughter trank seinen Bourbon und hoffte, daß Accum eine andere Todesursache feststellen würde. Vielleicht war es gar nicht das Beruhigungsmittel gewesen.

Aber würde der Stadtrat ihm das abnehmen?

Oder du selber, dachte er. Würdest *DU* ihm glauben? Hast du so viel Vertrauen zu ihm?

Ja, dachte er. Ich vertraue ihm. Das Telefon klingelte. Als er die Hand nach dem Hörer ausstreckte, dachte er, es sei Marge. Aber niemand meldete sich.

»Wer ist dort?« fragte er mehrmals, aber niemand antwortete. Accum? Oder der Vater? »Hallo, ist dort jemand?«

Er legte den Hörer auf, was er ohnehin getan hätte, denn draußen wurden plötzlich die Pferde unruhig. Sie wieherten und schnaubten ängstlich. Er hörte, wie sie auf der Koppel hinter dem Stall hin und her galoppierten. Slaughter stellte sein Glas hin und stand auf. Er war von dem Bourbon etwas benommen und wartete, bis sein Kopf etwas klarer wurde, ehe er zur Tür ging. Er hatte das Licht auf der Veranda ausgemacht, als er gekommen war, aber jetzt schaltete er es wieder ein und trat ins Freie. Er blieb stehen, blickte sich um und ging dann langsam auf den Stall zu. Irgend etwas war anders als sonst, und dann fiel ihm auf, daß er keine Mücken summen hörte. Sonst waren immer welche da, auch vorhin, als er den Wagen geparkt und nach den Pferden gesehen hatte.

Aber jetzt herrschte Totenstille, außer dem aufgeregten Wiehern der Pferde, und er wünschte, er hätte sein Gewehr mitgenommen. Allerdings hatte er seinen Revolver bei sich, und damit konnte er jedes Ziel treffen, sobald er es im Dunkeln zu Gesicht bekam. Wahrscheinlich würde er die Waffe gar nicht brauchen. Manchmal verhielten sich die Pferde so, wenn eine Schlange in der Nähe war oder ein Kojote durch das trockene Bachbett hinter dem Stall schlich. Meistens brauchte er ihnen nur beruhigend zuzureden oder mit seiner Taschenlampe die Büsche anzuleuchten, um das Tier zu verscheuchen. Aber unter dem Einfluß des Bourbon hatte er die Lampe im Hause liegenlassen. Er war sich nicht sicher, ob er allein mit dem Problem fertig werden konnte. Nach allem, was passiert war, konnte auch das hier etwas von Bedeutung sein.

Trotz des hellen Mondlichtes schaltete er die Scheinwerfer ein, die draußen an den Stallwänden angebracht waren. Die auf der einen Seite beleuchteten das offene Feld hinter dem Stall und das ausgetrocknete Bachbett, die auf der anderen strahlten das Haus an. Seine Augen schmerzten einen Augenblick lang von dem plötzlichen grellen Licht, als er die Pferde beobachtete, die ängstlich wiehernd nach rechts liefen, dort vor etwas zurückscheuten und in die entgegengesetzte Richtung davongaloppierten. Es kam ihm so vor, als fühlten sie sich von beiden Seiten her bedroht. Obgleich sie sich in einiger Entfernung befanden, sah er ihre wild rollenden Augen und bebenden Nüstern.

»Was, zum Teufel, ist denn los?«

Er hatte laut gesprochen und erschrak vor seiner eigenen Stimme. Noch nie waren seine Pferde so in Panik gewesen. Wenn etwas sie beunruhigte, pflegten sie kurz zurückzuscheuen und sich auf die andere Seite des Feldes zu verziehen. Jetzt aber rasten sie in panischer Angst umher, völlig verstört, schnaubend und mit den Hinterbeinen ausschlagend. Er wollte gerade über den Zaun klettern, um zu ihnen hinzugehen und sie zu beruhigen, als ihm der Gedanke kam, die Pferde könnten ebenfalls infiziert sein. Ihr ungewöhnliches Verhalten war möglicherweise ein Symptom dafür. Er durfte es nicht riskieren, ihnen nahe zu kommen.

Aber was sollte er tun? Vielleicht war es wirklich nur ein harmloses Tier, das sie erschreckt hatte. Hoffentlich. Er liebte seine Pferde, und es wäre ihm schrecklich gewesen, sie erschießen zu müssen. Also los! Worauf wartest du noch? Er mußte sich eingestehen, daß er Angst hatte. Aber er riß sich zusammen, zog seinen Revolver und zwang sich, am Zaun entlang auf das Bachbett zuzugehen.

Die Scheinwerfer beleuchteten das Grundstück auf fünfzig Meter hinter dem Stall. Den roten Lehmboden, die Büsche am Hang und die Bäume am Rande des Feldes. Einmal blickte er besorgt hinter sich, um sich zu vergewissern, daß hinter der Stallwand nichts auf ihn lauerte. Diesbezüglich beruhigt schritt er langsam auf das trockene Bachbett zu.

Er konnte nichts erkennen außer dem roten Lehm, den Felsbrocken und den trockenen Zweigen, die er hineingeworfen hatte, um eine Auswaschung des Ufers zu verhindern. Trotzdem *fühlte* er, daß etwas da war. Normalerweise hätte er im Sommer keine Bedenken gehabt, das Bachbett zu durchqueren und das Gebüsch am anderen Ufer abzusuchen. Wer oder was konnte ihm schon etwas antun? Aber jetzt sah alles anders aus. In gewissem Sinne mußte er jedem Lebewesen mißtrauen. Aber er konnte seine Pferde nicht leiden sehen, er mußte sie beruhigen. Er schickte sich an, ins Bachbett hinunterzusteigen, als er das Knacken von trockenen Zweigen vernahm. Links von ihm in den Büschen am anderen Ufer, wo die Lichtgrenze der Scheinwerfer war. Er wich ein paar Schritte zurück, ging am Ufer entlang und starrte ins Dunkel. Den Revolver hielt er schußbereit in der Hand. Er war sich nicht sicher, ob die Kreatur, die das Geräusch verursacht hatte, sich von ihm weg bewegte oder näher kam. Dann hörte er noch ein Knacken, diesmal weiter entfernt, und war einigermaßen beruhigt, daß das Tier – oder was immer es war – sich zu entfernen schien. Doch dann knackte es plötzlich an mehreren Stellen gleichzeitig, also war es nicht nur ein Tier. Er blieb wie angewurzelt stehen und kämpfte mit der Versuchung, wegzulaufen und sich in Sicherheit zu bringen. Beherrsch dich! Das sind doch nur ein paar Kojoten. Wirklich? Warum stockt dir dann der Atem vor Angst? Als das Knacken wieder ertönte, diesmal ganz in der Nähe, reagierte er instinktiv. Er feuerte in die Luft und sah ein großes, katzenähnliches Wesen, das sich durch die Büsche davonmachte. Dann sah er noch eines und noch eines, und ein viertes kam direkt auf ihn zu. Er würde später selbst nicht sagen können, ob er aufschrie. Von rechts, aus dem Bachbett, kam wieder ein Geräusch und noch eines von der anderen Seite des Stalles her, und jetzt rannte er, so schnell er konnte, am Zaun entlang auf das Haus zu. Die Pferde liefen neben ihm her und schwenkten dann zur Mitte des Feldes ab. Keuchend rannte er weiter, ohne sich umzudrehen, stürzte ins Haus und schlug die Tür hinter sich zu. Dann rannte er in die Küche und schloß die Hintertür ab. Nachdem er die Fenster verriegelt und die Rolladen heruntergelassen hatte, riß er keuchend den Telefonhörer von der Gabel.

»Hallo? Eh...« meldete sich eine verschlafene Stimme.

»Rettig, hier ist Slaughter. Holen Sie Hammel ab und kommen Sie sofort her!«

»Chef? Sind Sie das? Ich...«

»Rettig, fragen Sie nicht soviel. Kommen Sie sofort her.«

»Auf die Wache? Wie spät ist es denn?«

»Zu mir nach Hause. Beeilen Sie sich. Ich brauche Sie.«

Slaughter legte auf und hörte ein durchdringendes Wiehern. Er lief ans Fenster und wollte eben die Rolladen hochziehen, als das Telefon klingelte. Dieser verdammte Rettig! Was ist denn nur los mit dem Kerl? Als er jedoch den Hörer abhob, meldete sich niemand. »Was wollen Sie denn eigentlich?« schrie er. Totenstille. Dann wieder das Amtszeichen. Draußen auf der Veranda war ein Kratzen zu hören, und jetzt wieherte nur noch eines der Pferde. Er stellte sich hinter die

Eingangstür, den Revolver schußbereit in der Hand. Auch dieses Pferd hatte jetzt aufgehört zu wiehern, und das Kratzen auf der Veranda war verstummt.

## *Kapitel 58*

Dunlap legte den Hörer auf. Er saß in seinem Zimmer, das Tonbandgerät und die Kamera vor sich auf dem Tisch, der mit Zetteln übersät war. Er hatte fast keine Zigaretten mehr. Er starrte die Whiskyflasche an, die er morgens hier stehengelassen hatte. Trotz der Qualen, die ihm seine plötzliche Abstinenz bereitete, hielt er sich an sein Gelübde, keinen Tropfen zu trinken. Das Gelübde war noch nicht alt, und es hatte schon viele solche gegeben, aber diesmal war er fest entschlossen, es nicht zu brechen. Vom Park war er zu Fuß ins Hotel zurückgekehrt. Er hatte noch zugesehen, wie die Eltern des Jungen weggefahren wurden, wie anschließend der Polizeiarzt mit dem Toten abfuhr, und hatte sich gedacht, daß Slaughter nun seine Aufmerksamkeit bald ihm zuwenden würde. Er wußte schon zuviel. Er hatte sogar Fotos gemacht – von den trauernden Eltern, von der Leiche des Jungen und von dem Polizeiarzt, der so schuldbewußt aussah, daß jedes Foto von ihm ihn von vornherein als schuldig abstempeln würde. Dunlap war sich darüber im klaren, daß er einen Vertrauensbruch begangen hatte. Slaughter würde sich verraten und bedroht fühlen, aber Dunlap konnte es nicht riskieren, sich von ihm seine Story versauen zu lassen. Seit Jahren – seit seinem ersten Aufenthalt in Potter's Field – war ihm keine so tolle Story mehr untergekommen, und wenn die Situation hier sich noch verschlimmerte, was er mit Sicherheit annahm, würde seine Reportage unter Umständen zu den besten zehn des Jahres zählen. Ein solches Comeback durfte er nicht aufs Spiel setzen. Er war den ganzen Weg gerannt, bis er wieder in seinem Hotelzimmer war. Dort hatte er eiligst seine Kamera entladen und sich nach einem geeigneten Platz umgesehen, wo er den Film verstecken konnte. Sein Zimmer wäre ein zu naheliegendes Versteck gewesen, also hatte er die Filmrolle im Korridor hinter ein Bild geklemmt. Hinter einem zweiten Bild versteckte er das Tonband. Auf dem Tonband hatte er sämtliche Gespräche aufgenommen von dem Augenblick an, als sie den Ballsaal betreten hatten, bis zum Schluß, als die verzweifelten Eltern den Leichenbeschauer der Fahrlässigkeit beschuldigten. Er hatte auch das kleinste Detail dokumentiert, und er würde das Material unter keinen Umständen wieder herausgeben. Slaughter konnte anstellen, was er wollte, er würde es nicht bekommen.

Er hatte sich in seinem Zimmer eingeschlossen, und dabei war sein Blick auf die Flasche Bourbon gefallen. Er hatte bereits den Verschluß halb aufgedreht, als er sich mit aller Willenskraft zurückhielt. Nein, auf diese Weise war er in diesem Drecknest gelandet. Seine ganze Karriere hatte er sich durch die Sauferei kaputtgemacht. Nie wieder. Diesmal würde er durchhalten. Seit dem Morgen hatte er es ohne einen Drink ausgehalten. Der erste Tag seit Jahren. Nun würde er es wohl auch noch etwas länger aushalten können. Wenigstens bis zum Morgen. Noch eine Stunde. Dann noch eine. Das war die Methode der ›Anonymen Alkoholiker‹. Stundenweise.

Obgleich er triumphierend vor sich hin lachte, zitterten seine Hände, als er die Flasche neben das Fernsehgerät stellte. Er ging den Korridor hinunter ins Badezimmer und trank etwas Leitungswasser. Dann zog er sich aus und duschte. Das heiße Wasser löste seine Verkrampfung ein wenig, aber trotzdem fühlte er sich ziemlich elend, und die Begierde nach einem Drink überwältigte ihn fast. Er zog frische Wäsche an, ohne zu wissen warum. Er sollte zu Bett gehen, aber vielleicht wäre es besser, einen Spaziergang zu machen. Statt dessen setzte er sich an den Schreibtisch und versuchte, ein Exposé aus dem Material, das er auf Film und Tonband hatte, zusammenzustellen. Er rauchte pausenlos und notierte seine Eindrücke, wie sie ihm gerade in den Sinn kamen, nur um sie überhaupt einmal zu Papier zu bringen. Seine

Hände zitterten so sehr, daß seine kurzen Notizen auch für ihn fast unleserlich waren. Vielleicht nur einen einzigen Drink? Um dich aufzumuntern, damit du fähig bist, zu arbeiten. Nein. Er wandte den Blick von der Bourbonflasche ab, zündete sich die nächste Zigarette an und schrieb weiter.

Schließlich sah er ein, daß er dringend etwas Schlaf brauchte. Er machte das Licht aus, streckte sich auf dem Bett aus und konzentrierte sich darauf, sich zu entspannen. Zuerst die Füße, dann die Beine, die Bauchmuskeln, immer weiter hinauf bis zum Kopf. Vielleicht war er noch erschöpfter, als er angenommen hatte, oder diese Übung hatte tatsächlich eine autosuggestive Wirkung, auf jeden Fall schlief er ein, noch bevor er beim Kopf angekommen war. Er erwachte nach einer halben Stunde, wie er später feststellte, und hätte in der Dunkelheit fast zu schreien begonnen, riß sich jedoch zusammen. Schweißgebadet saß er aufrecht im Bett. Dann stand er auf und machte Licht. An die Wand gelehnt rieb er sich die Stirn und beobachtete die Insekten, die durch das offene Fenster ins Zimmer flogen. Wieder war ihm im Schlaf diese Kreatur mit dem Geweih erschienen, teils Mensch, teils Hirsch, teils Katze und Gott weiß was sonst noch alles. Der groteske Bart, der seitwärts verdrehte Körper mit den drohend erhobenen Pratzen und die runden Augen, die ihn anstarrten. Es war furchterregend. Schlimmer als das – es übte eine hypnotische, fast magische Kraft aus, als warte es auf ihn, als locke es ihn zu sich. Was war nur los mit ihm? Wenn das so weiterging, würde er im Irrenhaus landen. Es war nicht länger zu ertragen.

Er mußte sich mit jemandem aussprechen, aber wen konnte er in dieser Stadt anrufen? Er rannte zum Telefon, nahm den Hörer ab und war selbst erstaunt, als er der Zentrale Slaughters Nummer nannte. Er hatte Angst, was Slaughter wohl sagen würde. Wie sollte er die Unstimmigkeit zwischen ihnen wieder aus der Welt schaffen? Als es am anderen Ende der Leitung klingelte, wollte er schon aufhängen. Da meldete sich Slaughter, aber Dunlap brachte kein Wort heraus. »Wer ist dort?« fragte Slaughter zweimal. Dunlap war wie gelähmt. »Hallo, ist dort jemand?« fragte Slaughter. Dunlap legte auf.

Das war dumm, dachte er. Was ist nur los mit dir? Aber er wußte ganz genau, was mit ihm los war, nur wollte er es nicht zugeben. Er schämte sich dessen, was er getan hatte, und bedauerte es. Was machst du nun? fragte er sich. Willst du etwa diese einmaligen Fotos und das Tonband zurückgeben? Gedenkst du vielleicht die Story zu verschenken? Natürlich nicht. Nichts dergleichen. Dieses Schamgefühl, das du verspürst, stempelt dich wieder zum Verlierer. Es ist doch nicht deine Schuld, daß der Junge gestorben ist. Du bist nur hier, um zu berichten. Schäme dich, soviel zu willst, aber die Story mußt du bringen. Deine persönlichen Gefühle sind ein Luxus, den du dir nicht leisten kannst, wenn sie dich daran hindern, deinen Lebensunterhalt zu verdienen.

Er wußte, daß er recht hatte, aber trotzdem blieb er ziemlich ratlos vor dem Telefon sitzen. Obwohl ihre Freundschaft jetzt beim Teufel war, mußte er Slaughter sprechen, ihn besänftigen und dafür sorgen, daß er an der Story bleiben konnte. Nach zehn Minuten nahm er den Hörer wieder von der Gabel und ließ sich verbinden. Diesmal klang Slaughters Stimme wütend. »Verdammt noch mal, Rettig, was ist denn in Sie gefahren. Machen Sie, daß Sie herkommen, aber schnell!« Dunlap antwortete nicht. »Was wollen Sie denn nun? So reden Sie doch!« sagte die wütende Stimme. Dunlap legte auf. Einen Mann, der so verärgert war, konnte er jetzt nicht besänftigen. Er würde bis zum Morgen warten. Dunlap zündete sich seine letzte Zigarette an, überflog noch einmal seine Notizen und tat dann etwas, was er nicht für möglich gehalten hätte. Immer noch unter dem Eindruck seines Traumes, begann er unwillkürlich, wie unter einem Zwang, die immer wiederkehrende Erscheinung zu zeichnen.

Als er fertig war, starrte er die Zeichnung fasziniert an. Er konnte den Blick nicht von den Augen dieser Kreatur abwenden. Er kämpfte mit sich selbst und gab erst nach einiger Zeit nach. Später würde er sich selbst loben, daß er so lange durchgehalten hatte, aber jetzt hatte er die Grenze seiner

Selbstbeherrschung erreicht. Schließlich hatte er bewiesen, daß er es einen ganzen Tag lang aushalten konnte. Jetzt streckte er die Hand nach dem Bourbon aus.

## *Kapitel 59*

Accum zog die Platzwunde an seiner Lippe auseinander und stach mit der Injektionsnadel hinein. Es brannte, und er spürte, wie das Serum in das Gewebe eindrang. Das Anti-Tollwutserum für Menschen wird aus dem Blut von Personen hergestellt, die gegen Tollwut geimpft sind. Es würde seinem Organismus helfen, die nötigen Abwehrstoffe zu produzieren und, in Verbindung mit zusätzlichen Medikamenten, die Infektionsgefahr verringern. Er verzog das Gesicht, als er die Nadel wieder herauszog. Er legte die Spritze weg, zog sich Hose und Unterhose herunter, nahm eine zweite Spritze und injizierte sie sich ins Gesäß. Es war ebenfalls ein Anti-Tollwutserum, und jetzt würde er für weitere vierundzwanzig Stunden keine Spritze mehr brauchen. Aber dieser Gedanke tröstete ihn kaum darüber hinweg, daß morgen die zusätzliche Behandlung beginnen würde. Kein Anti-Tollwutserum mehr, sondern ein Impfstoff, der von einem Engländer namens Semple entwickelt worden war. Keiner, der diese Art von Spritzen je bekommen hat, erinnert sich gern daran. Es waren Tollwutviren, die aus dem Gehirn von Kaninchen, Mäusen und Ratten entnommen und dann durch Inkubation in Karbolsäure abgetötet wurden. Die abgestorbenen Zellen trugen dazu bei, den Körper gegen Tollwut immun zu machen. Leider waren für eine erfolgreiche Behandlung mehrere Spritzen erforderlich. Das absolute Minimum waren vierzehn. Viele Ärzte verabreichten vorsichtshalber einundzwanzig. Eine Spritze täglich wurde in die Bauchmuskulatur injiziert, in kreisförmiger Reihenfolge, da die Injektion sehr schmerzhaft war und die Bauchmuskeln immer empfindlicher wurden. Die ersten waren noch auszuhalten, aber die letzten taten dermaßen weh, daß Accum nicht gern daran dachte.

Er hatte jedoch keine andere Wahl. Er war indirekt einer Infektion ausgesetzt gewesen, und wenn er sich wirklich angesteckt hatte, würde er ohne geeignete Behandlung daran sterben. Es gab nur zwei Präzedenzfälle, in denen Personen die Tollwutkrankheit ohne Behandlung überlebt hatten, und man war nicht einmal sicher, daß es tatsächlich Tollwut gewesen war, da es sich den Symptomen nach auch um eine Gehirnentzündung handeln konnte. Und auch wenn diese Behandlung durchgeführt wurde, bestand noch Lebensgefahr, aber das Risiko war verhältnismäßig gering, und es blieb ihm einfach nichts anderes übrig. Allergische Reaktionen wie Fieber oder Lähmungserscheinungen, die in seltenen Fällen auftraten, waren immer noch besser als der sichere Tod, sagte sich Accum. Dennoch trugen diese Überlegungen nur wenig dazu bei, seine Besorgnis zu verringern. Der Hund war trotz vorbeugender Impfung eingegangen.

Auch konnten sie ihn nicht von seinen Gewissensqualen ablenken. Er mußte an die Leiche des kleinen Jungen auf dem Obduktionstisch im Leichenschauhaus denken und daran, daß er das Risiko hätte einkalkulieren müssen, als er ihm ein Beruhigungsmittel gab. Die armen Eltern! Wie konnte er sich von dieser furchtbaren Schuld wieder reinwaschen? Die Schreie der Mutter klangen ihm noch immer in den Ohren. Nun gut, er würde alles über diesen Virus herausfinden. Er würde ihn besser kennenlernen als je einen Virus zuvor. Er hatte sich als Pathologe einen Namen gemacht. Drüben an der Ostküste, bevor er den Nervenzusammenbruch hatte. Nun konnte er beweisen, was für ein Experte er war. Jawohl. Du glaubst, daß du alles kannst. Also los. Hier hast du eine Gelegenheit, es zu beweisen.

Er zog sich die Hosen hoch, schnallte den Gürtel zu, und machte sich auf den Weg. In Gedanken war er schon bei den Versuchen, die er machen wollte. Owens war auch schon unterwegs, um das Gehirn des toten Hundes zu bringen, das sie mit dem Befund der Obduktion vergleichen würden. Inzwischen würde er den einfachen Test für Negri-Körperchen machen. Anschließend einen etwas spezifischeren Versuch, bei dem ein Gehirnabstrich mit fluoreszierendem Anti-Tollwutserum beträufelt und unter einem Ultraviolettmikroskop untersucht wurde. Um die Symptome, die der Virus hervorrief, zu beobachten, würde er außerdem einem halben Dutzend neugeborener Mäuse Gehirnpartikel des Toten injizieren. Er wollte sogar unter dem Elektronenmikroskop Aufnahmen von dem Virus machen. Was immer es sein mochte, er würde es finden. Bei der Obduktion der Leiche würde er feststellen, warum die Lähmungserscheinungen schon so bald aufgetreten waren und sich durch Beruhigungsmittel noch verschlimmert hatten.

Als er den Korridor hinunterging, bemerkte er, wie die Schwestern ihn anstarrten. Die Neuigkeit hatte sich mit Windeseile verbreitet. Neugierig blickten sie dem Mann nach, durch dessen Irrtum ein Patient verstorben war. Nimm dich zusammen, sagte er sich. Vielleicht hatten sie nur Angst vor etwas, das sie nicht verstanden. Oder vielleicht hatte sein grimmiger Gesichtsausdruck sie erschreckt. Nun gut, er hatte nicht die Absicht, sie zur Rede zu stellen, aber sie sollten ihm lieber aus dem Weg gehen.

Er kam an die Tür, die ins Kellergeschoß führte und überlegte, wer alles Spritzen bekommen mußte. Die Mutter des Jungen, der Mann, den er gebissen hatte, der Hundebesitzer und natürlich auch Slaughter. Es gab soviel zu tun, für das er noch nicht die Zeit gefunden hatte. Und er brauchte dringend ein paar Stunden Schlaf. Und Essen. Er hatte seit heute früh nichts mehr gegessen. Nun gut, er würde alles erledigen. Wenn Owens ihm assistierte, würde er auch die Zeit finden, all diese Leute herzubestellen, damit sie ihre Injektionen bekamen. Was jedoch wichtiger als alles andere war – er wollte herausfinden, woran der Junge gestorben war.

Er kam unten an und ging ins Vorzimmer. Dort wusch er sich die Hände, schlüpfte in einen Laborkittel und zog sich Gesichtsmaske und Gummihandschuhe über. Um auch das kleinste Risiko auszuschalten, streifte er sich Schutzbezüge über die Schuhe. Dann betrat er den Obduktionsraum.

Grün gekachelte Wände, fluoreszierende Lampen an der Decke, Becken aus rostfreiem Stahl und drei gerillte Obduktionstische. Sein Blick fiel auf den dritten Tisch, auf dem eine kleine, mit einem Laken zugedeckte Gestalt lag. Mit langsamen, aber festen Schritten ging er darauf zu und atmete den Dunst ein, der sich auf der Innenseite seines Mundschutzes gebildet hatte. Nach kurzem Zögern zog er vorsichtig das Leichentuch weg und blickte auf den schmächtigen kleinen Körper des toten Kindes. So klein und so übel zugerichtet nach allem, was es durchgemacht hatte. Verkrustetes Blut klebte an den geschwollenen, aufgeplatzten Lippen, die leicht geöffnet waren, so daß man die beschädigten Vorderzähne sehen konnte. Trotzdem sah das blasse, blonde Wesen aus wie ein unschuldiges Engelchen. Es war das erste Mal, daß Accum einen Toten obduzierte, den er behandelt hatte. Er hatte nie Patienten gehabt. Der Grund, warum er Leichenbeschauer geworden war, bestand darin, daß er den Lebenden gegenüber keine Verpflichtungen übernehmen und keine Verantwortung tragen wollte. Jetzt konnte er nur sich selbst die Schuld zuschieben. Jetzt *hatte* er die Verantwortung zu tragen. Er beugte sich vor, um den Ansatzpunkt für das Skalpell auszusuchen, als sich die Augen des toten Kindes öffneten und ihn anstarrten. Aber in diesen Augen lag keine kindliche Unschuld mehr. Sie waren alt und hinterhältig und starrten ihn wütend an. Accum fuhr entsetzt zurück und hätte fast aufgeschrien. Der Junge richtete sich langsam auf, fletschte die Zähne und setzte zum Sprung an. Accum mußte daran denken, was mit dem alten Doc Markle passiert war. Als der Junge ihn ansprang, streckte Accum instinktiv die Hand zur Abwehr aus, aber die Hand hielt das Skalpell, das jetzt tief in den nackten Leib des Jungen eindrang. Blut spritzte heraus.

## Kapitel 60

Marge hatte auf der Polizeiwache den Dienst versehen, bis in dem Herrenhaus alles vorbei war. Alles, was sie tun konnte, um den Männern zu helfen, war, einen männlichen Kollegen bei der Nachtschicht am Sprechfunkgerät abzulösen, weil Nathan jeden einzelnen Mann dringend brauchte. Auf diese Weise erfuhr sie nach und nach über Funk alles, was sich ereignet hatte, und mußte sich mühsam beherrschen, um nicht in Tränen auszubrechen. Nathan war mit niemandem gedient, der anfing zu heulen, wenn er am nötigsten gebraucht wurde. Trotzdem gelang es ihr nicht, die Tränen zurückzuhalten, und sie wischte sich hin und wieder die Augen, während sie vor dem Funkgerät saß und Meldungen entgegennahm oder übermittelte. Sie kannte die Eltern des Jungen. Sie war mit ihnen zur Schule gegangen. Sie wohnten ganz in der Nähe ihres Hauses, und Marge war oft bei ihnen zu Besuch gewesen und hatte dem Jungen hin und wieder ein kleines Geschenk mitgebracht. Jetzt war der Junge tot, und sie weinte. Als der Mann, den sie abgelöst hatte, zurückkam, um seinen Dienst am Funkgerät wieder aufzunehmen, weinte sie immer noch, und er setzte sich zu ihr, bis sie sich soweit beruhigt hatte, daß sie sich ans Steuer setzen konnte, um nach Hause zu fahren. »Sie brauchen nur ein bißchen Schlaf«, sagte er zu ihr, aber beide wußten, daß es damit allein nicht getan war. Viele Leute würden heute eine schlaflose Nacht verbringen. Sie dankte ihrem Kollegen und wandte sich zum Gehen. Besorgt fragte er sie, ob er sie hinausbegleiten solle, aber sie wollte nicht, daß das Funkgerät auch nur eine Minute lang unbesetzt blieb, und lehnte dankend ab. In den fünf Jahren, seit sie bei Nathan war, hatte sie gelernt, sich zu beherrschen.

Sie ging auf den Parkplatz hinter der Polizeiwache, sah auf dem Rücksitz ihres Wagens nach, ob alles in Ordnung war, und setzte sich ans Steuer. Normalerweise war am Samstag gegen Mitternacht viel Verkehr, besonders in der Nähe der Kneipen im Stadtzentrum, wo die jungen Landarbeiter aus der Umgebung an Wochenenden Unterhaltung suchten. Es überraschte Marge nicht, daß die Straßen heute fast menschenleer waren. Lediglich ein paar alte PKWs und Lieferwagen waren zu sehen und einige Männer, die vor einer Kneipe standen und Dosenbier tranken. Aber im Vergleich mit normalen Wochenenden war es ungewöhnlich ruhig, und es sah ganz so aus, als hätten sich die Neuigkeiten schon in der ganzen Stadt herumgesprochen. Aber nicht nur die Stadt selbst war betroffen, sondern auch die nähere Umgebung. Den ganzen Tag über hatte sie Meldungen entgegengenommen, daß Raubtiere Rinder gerissen hatten, und sie nahm an, daß die meisten Bauern und Viehzüchter daheim geblieben waren, um ihre Herden zu bewachen. In den Häusern der Vorstadt sah sie noch viele Lichter brennen, was um diese Nachtzeit ebenfalls ungewöhnlich war. Sie bedauerte, daß sie keine Gelegenheit gehabt hatte, mit Nathan zu sprechen, aber er war zu beschäftigt gewesen. Dennoch, sie wollte jetzt nicht allein zu Hause herumsitzen. Ihr fielen die Eltern des Jungen ein, und als sie zu ihrem Haus kam, fuhr sie daran vorbei und noch zwei Querstraßen weiter. Wenn noch Licht war, würde sie hineingehen und sie ein wenig zu trösten versuchen.

Die Lichter brannten überall im Hause, an der Vorder- und an der Rückfront, und sie sah das Auto sowie den Klempnerwagen des Vaters vor der Tür stehen. Beide Eltern mußten also zu Hause sein. Sie parkte ihren Wagen und überlegte, ob sie nicht vielleicht stören würde. Aber nun war sie schon einmal da und sah es auch als ihre Pflicht an, den Leuten beizustehen. Sie schloß ihren Wagen ab und ging auf den Eingang zu. Die Grillen zirpten im Vorgarten. Sie blickte zu den erleuchteten Fenstern hinauf. Es sah fast aus, als sei Besuch da. Dann hörte sie plötzlich laute Stimmen. Zwei Männer, die sich anbrüllten. Gleich darauf ertönte ein Schrei. Die Grillen verstummten, und ein Mann kam aus dem Haus auf sie zugelaufen. Sie kannte ihn. Es war ein Nachbar. Er blieb stehen und starrte sie fassungslos an.

»Mein Gott, sie ist verrückt geworden!«

»Was?«

Jetzt hörte sie das wütende Knurren und wäre am liebsten davongelaufen, zwang sich jedoch, Schritt für Schritt weiterzugehen. In diesem Augenblick zerbarst das Fenster zur Veranda. Zwei Menschen rangen verzweifelt miteinander und fielen schließlich durch die gezackten Ränder des zerbrochenen Fensters. Voll Entsetzen sah sie, daß es die Eltern des Jungen waren. Der Vater schrie, und die Mutter lag knurrend, beißend und kratzend auf ihm. Marge erstarrte einen Augenblick lang, dann lief sie die Stufen zur Veranda hinauf.

»So helfen Sie mir doch!« rief sie dem Nachbarn zu. »Wir müssen sie festhalten.«

»Aber sie ist doch wahnsinnig!«

Marge erinnerte sich später, daß sie in diesem Augenblick an Nathan gedacht und sich gewünscht hatte, er würde sagen, sie habe richtig gehandelt in einer Situation, in der jede Sekunde zählte. Sie gab dem Nachbarn, der hinter ihr stand, einen Stoß und rief: »Holen Sie Hilfe!« Dann sah sie sich nach einem Gegenstand um, mit dem sie die Frau überwältigen konnte. Sie konnte nichts Geeignetes finden, und es schien ihr nichts übrig zu bleiben, als die Frau zu packen und von dem schreienden Mann wegzuziehen, aber dann wäre zweifellos auch sie gebissen worden. Dann sah sie etwas. Wahrscheinlich hatte Warren an dem Tag, bevor er starb, noch damit gespielt. Alles in ihr sträubte sich dagegen, das Ding anzufassen, aber die Schreie des Vaters waren nicht mehr zu ertragen. Sie dachte daran, was Nathan an ihrer Stelle wohl getan hätte. Dann packte sie den Baseballschläger, schwang ihn durch die Luft und schlug zu.

## *Kapitel 61*

Slaughter wartete, bis sie mit ihren schwenkbaren Scheinwerfern den Hof abgeleuchtet hatten. Dann trat er auf die Veranda hinaus.

»Was ist denn los?« rief Rettig ihm zu.

»Das möchte ich selbst gerne wissen.«

Die beiden starrten ihn verständnislos an. Sie trugen Jeans und Sporthemden und hatten ihre Revolver umgeschnallt. Als sie sahen, daß Slaughter seinen Revolver in der Hand hielt, zogen sie ebenfalls ihre Waffen. Slaughter deutete auf den Zaun.

»Leuchten Sie dort hinüber.«

Der Lichtstrahl fiel jetzt auf den Zaun und das freie Feld dahinter.

»Ich verstehe überhaupt nichts«, sagte Rettig.

»Halten Sie sich den Rücken frei. Dort draußen war etwas. Es kam sogar auf die Veranda.«

Slaughter stieg über den Zaun und knipste seine Stablampe an. Sie folgten seinem Beispiel, und zu dritt begannen sie, den Acker abzusuchen.

»Auf die Veranda?« fragte Rettig.

»Richtig.« Es war Slaughter peinlich, zugeben zu müssen, daß er vor lauter Angst davongelaufen war und nur einen Schuß in die Luft abgegeben hatte, bevor er die Nerven verloren und sich im Haus eingeschlossen hatte. Jetzt, da ihm die zwei zu Hilfe gekommen waren, fühlte er sich etwas sicherer, konnte jedoch ein gewisses Angstgefühl immer noch nicht loswerden und wäre froh gewesen, wenn sie nicht so viele Fragen gestellt hätten.

»Aber was ist es denn eigentlich?« fragte Rettig nochmals.

»Ich habe Ihnen doch gesagt, ich weiß es nicht. Ich habe es nicht genau gesehen.«

»Aber es war doch auf Ihrer Veranda.«

»Ich habe gerade mit Ihnen telefoniert, als ich es hörte. Als ich dann nachsah, war es weg.«

Dann fand Slaughter, was er gesucht hatte und wünschte, er hätte sich geirrt. Dann hätten sie ihn ruhig für einen Feigling halten können. Aber im Schein seiner Lampe sah er deutlich die toten Pferde und lief durch das spärliche Gras auf sie zu. Die Kadaver waren völlig verstümmelt.

»Verdammt noch mal, hier war wirklich etwas«, sagte Rettig. »Mein Gott, Chef, das tut mir echt leid.«

»Meine Pferde. Sie waren alles, was ich...«

Er ging auf das ausgetrocknete Bachbett zu. »Drei habe ich dort drüben in den Büschen gehört, und noch zwei neben dem Stall.«

»Moment mal, Chef.«

Rettig legte ihm die Hand auf die Schulter. Slaughter schüttelte sie ab. »Diese gottverdammten...«

*»So warten Sie doch!* Wir wissen doch nicht einmal, womit wir es zu tun haben. Sie sagten, es waren fünf?«

»Es sah aus wie eine Wildkatze.«

Die Männer starrten ihn ungläubig an.

»Und Sie wollen *fünf* davon gesehen haben?«

»Ich weiß, das klingt sehr unwahrscheinlich. Wildkatzen jagen nicht in Rudeln, aber es ist alles möglich.«

»Wenn wir etwas unternehmen wollen, brauchen wir Hilfe und besseres Licht«, sagte Rettig.

»Wollen Sie etwa warten, bis die Sonne aufgeht? Bis dahin sind die längst weg.«

»Dann kann jemand die Spuren verfolgen.«

»Wer denn? Es bleibt uns doch keine Zeit dafür.«

»Tut mir leid, Chef. Ich gehe nicht weiter.«

Slaughter starrte Rettig an. Dann wandte er sich zu Hammel.

»Und Sie?«

Hammel zuckte mit den Schultern.

»Sie sind ja plötzlich so schweigsam«, sagte Slaughter.

»Ich schaue nur zu, um etwas zu lernen.«

»Das hätte ich mir denken können.«

Er blickte über das Bachbett hinweg auf die andere Seite. Sogar bei Vollmond und mit Stablampen war in dem Gestrüpp nicht viel zu erkennen. Sein Ärger schlug wieder in Furcht um.

»Okay. Sie haben recht. Es wäre eine Dummheit, dort hineinzugehen. Wenn ich daran denke, wie die Pferde zugerichtet sind...«

»Keine Sorge. Wir kriegen die Viecher schon. Aber nicht jetzt.«

Er mußte hier weg.

»Was ist mit den Pferden?«

»Die lassen wir hier. Es macht keinen Unterschied mehr.«

Als er über den Zaun stieg, hörte er im Haus das Telefon läuten. Wer immer es sein mochte, dachte Slaughter wütend, er würde ihm das ewige Klingeln schon abgewöhnen. Fluchend rannte er ins Haus und riß den Hörer von der Gabel. Diesmal meldete sich jemand. Während er zuhörte, war er im Geiste schon wieder unterwegs.

## *Kapitel 62*

Die Schwestern starrten ihm nach, als er den Korridor hinunterrannte. Er lief durchs Vorzimmer der Pathologischen Abteilung und stieß die Tür zum Obduktionsraum auf. Dort sah es aus wie nach einer Schlacht. Überall Blut, Glasscherben und am Boden verstreute Instrumente. Accum lehnte an einem der Seziertische. Sein Laborkittel war blutverschmiert, die Gesichtsmaske baumelte ihm um den Hals. Als Kontrast zu dem Blut an seinem Kittel erschien sein Gesicht noch bleicher als sonst. Er sah aus, als hätte er sich gerade übergeben. Seine Hände zitterten. Und der Mann im Straßenanzug, der neben ihm stand, sah auch nicht viel besser aus.

Owens. Slaughter erkannte den Tierarzt, dem er gelegentlich begegnet war und der einen sehr guten Ruf hatte, obgleich er fast immer ein mürrisches Gesicht machte.

Sie wandten sich zu ihm um, als er hereinkam. Slaughter blickte sich im Zimmer um. Süßlicher Blutgeruch und die beizenden Dämpfe von Chemikalien stiegen ihm in die Nase. Er setzte zum Sprechen an, aber Accum kam ihm zuvor: »Ich habe ihn eben getötet.«

Slaughter starrte erst ihn, dann Owens verwundert an und ging auf die beiden zu. »So beruhigen Sie sich doch erst mal. Am Telefon hörten Sie sich an, als hätten Sie einen Nervenzusammenbruch.«

»Aber ich habe ihn getötet.«

»Ja, ich weiß. Das sagten Sie mir schon am Telefon. Auch oben im Herrenhaus haben Sie das gesagt. Aber Sie konnten ja nicht wissen, daß das Beruhigungsmittel ihn umbringen würde. Wo kommt all das Blut her? Was ist denn passiert?«

»Mein Gott, hören Sie doch zu. Ich habe ihn getötet.«

Slaughter wandte sich zu Owens.

»Was ist denn nur los mit ihm?«

»Da drüben. Schauen Sie sich das mal an.«

Owens schien das Sprechen schwerzufallen. Er deutete auf die andere Seite des Raumes, wo an der Wand ein großer Blutfleck war. Unwillig, als versuchten unsichtbare Hände, ihn zurückzuhalten, trat Slaughter näher heran. Unter dem Tisch war eine große Blutlache. Er bemerkte zwei kleine Füße, und als er sich vorbeugte, sah er den Jungen. Sein Bauch war aufgeschlitzt, sein Gesicht gräßlich verzerrt.

»Mein Gott, Sie haben ihn verstümmelt!«

»Nein. Ich habe Ihnen doch gesagt, daß ich ihn getötet habe.«

»Oben im Herrenhaus sagten Sie, er sei tot.«

»Ich hielt ihn für tot. Ich wäre jede Wette eingegangen.«

»Jede Wette!«

»Gut, lassen wir das. Ich habe alle üblichen Tests vorgenommen. Er war tot.«

»Also ist er...«

»...von den Toten zurückgekehrt und hat mich angefallen.«

Slaughter verstand kein Wort. Was Accum sagte, ergab keinen Sinn. Er starrte ihn ratlos an. Dann glaubte er zu begreifen. »Mein Gott, Sie haben wirklich einen Nervenzusammenbruch gehabt. Sie sind wahnsinnig geworden.«

»Nein, hören Sie doch zu. Es war nicht ganz so gemeint, wie es klingt.«

»Das hoffe ich.«

»Ich wollte damit sagen, daß das paralytische Stadium der Krankheit durch das Beruhigungsmittel wahrscheinlich verstärkt wurde.«

Slaughter starrte ihn wortlos an.

»Er war so tief bewußtlos, daß kein Lebenszeichen mehr festzustellen war.«

»Was soll denn das heißen? Erzählen Sie mir eine Geschichte von Edgar Allan Poe?«

»Nein. Bitte. Ich untersuchte den Herzschlag, den Atem, und maß sogar die Körpertemperatur, als er eingeliefert wurde. Alles negativ.«

»Haben Sie den Gehirnstrom gemessen?«

»*Alles*. Ich sagte es Ihnen ja schon. Alle Untersuchungen deuteten darauf hin, daß er tot war. Dann wollte ich anfangen, ihn zu obduzieren, als er plötzlich die Augen aufschlug und nach mir schnappte. Ich...«

»Immer schön langsam. Eins nach dem anderen. Wollen Sie damit sagen, daß er scheintot war? Ist das Ihre Erklärung?«

»So etwas kann vorkommen. Allerdings sehr selten. Es hat Fälle gegeben, wo der Patient für tot erklärt wurde und dann im Leichenschauhaus wieder aufwachte.«

»Also kann man sich auch auf Gehirnstrommessungen nicht verlassen. Gott im Himmel.«

»Schauen Sie mal. Jahrelang haben wir einen Menschen für tot erklärt, wenn sein Herzschlag aussetzte. Dann fanden wir heraus, daß sehr schwache Herzschläge nicht immer meßbar sind, also machten wir weitere Tests. Körpertemperatur, Gehirnrhythmus und so weiter. Bis heute wissen wir nicht mit absoluter Sicherheit, *wann* ein Mensch tot ist. Ein Patient wird operiert. Alles scheint in bester Ordnung, aber plötzlich setzt sein Herz aus, und das Gehirn versagt auch. Er ist also tot. Und dann, fünf Minuten später, sind alle Funktionen wieder da. Vielleicht haben Sie eine Erklärung dafür. Ich weiß keine.«

Slaughter blickte ihn nachdenklich an. »Nun gut. Nehmen wir an, daß Ihre Ausführungen zutreffen. Dann muß also die Wirkung des Beruhigungsmittels zur gleichen Zeit wie die Lähmung nachgelassen haben.«

»Er schnappte nach mir. Wir rangen miteinander. Ich

wußte, daß ich mich von ihm nicht beißen lassen durfte. Obwohl er noch so klein war – ich durfte ihn einfach nicht an mich heranlassen. Er sprang mich an, und ich hatte das Skalpell in der Hand.«

Schweigen. Dann schlug Accum mit der Faust auf den Tisch.

»Herrgott noch mal!«

Slaughter ging auf ihn zu und legte ihm die Hand auf die Schulter. »Beruhigen Sie sich.«

»Aber ich...«

»Beruhigen Sie sich erst mal. Alles kommt in Ordnung. Wir wissen jetzt, was mit diesem Fahrerfluchtopfer passiert ist. Der Mann wurde gebissen, bevor er hierherkam.«

»Und Dr. Markle starb buchstäblich vor Schreck.«

»Und noch etwas«, sagte Owens. »Die Mäuse sind alle eingegangen.«

Accum starrte regungslos vor sich hin, während Owens den Sachverhalt erklärte.

»Wir haben Mäuse im Labor, an denen wir Virusexperimente vornehmen. Die Mäuse sind unter sterilen Bedingungen geboren und aufgezogen worden, ebenso ihre Eltern und frühere Generationen, so daß wir sicher sein können, daß sie nicht infiziert sind. Wenn wir ihnen dann bestimmte Viren einspritzen, können wir mit Sicherheit annehmen, daß die Symptome, die sie anschließend aufweisen, einzig und allein von diesen Injektionen herrühren. Auf diese Weise isolieren wir die Krankheit, über die wir etwas herausfinden wollen, und suchen nach einer wirksamen Heilungsmethode. Ein Routinetest für Tollwut ist die Einspritzung von infiziertem Gewebe. Wenn die Mäuse am Leben bleiben, haben wir es mit einem anderen Virus zu tun, als wir vermuteten. Gehen sie aber ein, dann haben wir perfekte Virusmuster, an denen wir Untersuchungen vornehmen können. In unserem Fall waren die Testergebnisse nicht eindeutig. Natürlich wußten wir, daß der Virus tödlich war, aber unter dem Mikroskop sahen die Viren etwas anders aus als sonst bei Tollwut. Deshalb machte ich noch weitere Tests, nachdem Accum zu Ihnen ins Herrenhaus gefahren war. Ich untersuchte nicht nur das Hundehirn unter dem Mikroskop, sondern injizierte auch Partikel davon mehreren Mäusen.«

»Und die sind jetzt alle tot?« Owens nickte.

»Aber das ist doch nichts Neues. Sie sagten doch selbst, daß das Zeug tödlich ist.«

»Ja, aber normalerweise treten die Symptome frühestens nach einer Woche auf. *Diese* Mäuse sind aber schon nach vier Stunden eingegangen. Es war wie eine beschleunigte Tollwutreaktion. Zunächst eine leichte Abweichung von dem normalen Verhalten, dann Aggressivität, Einschränkung der Körperfunktionen und schließlich Paralyse und Tod. Die Aggressivität war in diesem Fall besonders ausgeprägt, obgleich sie sich nicht gegenseitig angegriffen haben, sondern nur nach den Glasscheiben ihrer Käfige schnappten. Aber ausschlaggebend ist, daß das Ganze nur wenige Stunden dauerte statt mehrere Tage.«

Slaughter begriff jetzt endlich. In Gedanken war er bereits weit voraus. »Zeigen Sie mal.«

Owens runzelte verständnislos die Stirn.

»Ich möchte die Mäuse sehen. Zeigen Sie sie mir.«

»Ich hatte nicht alle Instrumente, die ich benötigte. Vor allem brauchte ich ein Elektronenmikroskop. Deshalb kam ich her und...«

»Schon gut. Ich will sie sehen.«

»Da drüben. Ich habe sie mitgebracht.«

Slaughter griff nach der großen Ledertasche, die an der Tür lehnte. »Kann ich sie ohne weiteres aufmachen?«

»Ja. Die Mäuse befinden sich in Behältern.«

Slaughter klappte die Tasche auf und betrachtete die Glasbehälter mit den weißen Mäusen. Er sah, was er befürchtet hatte, und hob einen der Behälter heraus. Accum und Owens starrten ungläubig die Maus an, die mit ihren Krallen wütend an der Glasscheibe kratzte und sie anknurrte.

»Ich versichere Ihnen, daß sie alle tot waren«, sagte Owens. Er nahm die übrigen Glasbehälter aus der Ledertasche. Jede einzelne Maus gebärdete sich wie wild.

»Sind Sie ganz sicher?« fragte Slaughter.

»Glauben Sie, daß ich nicht erkennen kann, wann ein Tier tot ist? Ich war ebenso sicher wie Accum, als er den Jungen untersuchte.«

Die Mäuse tobten.

»Ich verstehe einfach nicht, was hier vorgeht«, sagte Slaughter, »obwohl ich es mit eigenen Augen sehe.« Er blickte auf den Seziertisch, auf dem das tote Kind lag. »Was machen wir jetzt mit dem Jungen? Die Eltern glauben uns doch kein Wort, wenn wir ihnen erzählen, daß er plötzlich zum Leben erwachte und Sie ihn töten mußten. Ich weiß nicht, wie ich ihnen das beibringen soll.«

»Dann sagen wir es ihnen eben nicht.« Accums Lebensgeister waren wieder erwacht. Sein Gesicht hatte wieder Farbe. »Ich fahre mit der Obduktion fort. Das muß ich ohnehin tun, um herauszufinden, wie dieser Virus wirkt. Die Bauchwunde wird aussehen wie ein notwendiger Einschnitt, und außer uns dreien wird keiner etwas davon wissen.«

Sie blickten einander an, sich der Tragweite ihrer Absprache bewußt.

Nach längerem Schweigen nickte Slaughter. Owens ebenfalls.

»Owens, haben Sie ein paar Gewebeproben mitgebracht, die wir uns unter dem Mikroskop ansehen können?«

»Ja, sie sind in der Tasche mit den Mäusen.«

»Okay, fangen wir an. Slaughter, wenn Sie in mein Büro hinaufgehen, finden Sie eine Menge Bücher neben meinem Schreibtisch. Suchen sie in den Inhaltsverzeichnissen nach und lesen Sie alles, was Sie über Tollwut finden können. Wir haben es hier zwar nicht mit gewöhnlicher Tollwut zu tun, aber die Symptome sind sehr ähnlich, und wir haben jetzt keine Zeit, Ihnen genau zu erklären, was wir inzwischen tun werden.«

»Wann werden Sie Genaueres wissen?« fragte Slaughter.

»Ein paar Stunden wird es wohl dauern.«

Slaughter blickte auf die Uhr und sah, daß es schon fast drei war.

»Ich freue mich nicht sehr auf den heutigen Tag.«

»Sie haben auch wenig Grund dazu.«

»Man wird mich mit Fragen bestürmen.«

»Dann müssen wir so schnell wie möglich ein paar plausible Antworten finden.«

Slaughter nickte, machte einen erfolglosen Versuch zu lächeln und wandte sich zum Gehen.

## *Kapitel 63*

Es kauerte unter der Veranda und knurrte bösartig, als die zwei Männer ES mit ihren Taschenlampen anleuchteten.

»Großer Gott, hast du gesehen, wie das Biest die Leiche des Blinden zugerichtet hat?«

»Ich darf gar nicht daran denken. Du solltest das verdammte Viech erschießen.«

»Hier in der Stadt?«

»Willst du vielleicht unter die Veranda kriechen und es einfangen?«

»Ich wollte, ich wäre jetzt ganz woanders.«

Sie zogen ihre Revolver aus den Halftern.

ES konnte den Lichtschein nicht länger ertragen. Als ES hörte, wie die beiden die Hähne ihrer Revolver spannten, sprang ES sie an.

»O mein Gott!«

## *Kapitel 64*

ES wankte die Treppe hinauf. ES hatte von den Leichen im Keller gefressen und ein wenig geschlafen. Jetzt war ES aufgewacht und konnte diesem seltsamen Drang nicht widerstehen. Stöhnend erreichte ES die Küche und folgte einem inneren Zwang, in die Nacht hinauszugehen. Als ES die Tür öffnete, vernahm ES die Schüsse und fletschte knurrend die Zähne.

## *Kapitel 65*

»Sehen Sie mal, so sieht ein Tollwutvirus aus.« Slaughter betrachtete die Abbildung, die Accum ihm hinhielt, und nickte.

»Gut. Und das hier ist eine mikrographische Darstellung aus dem Elektronenmikroskop. Der Virus, den wir bei dem toten Hund gefunden haben.«

Slaughter betrachtete die Aufnahme und verglich sie mit der Abbildung. Nach längerem Überlegen meinte er: »Der hier scheint etwas dünner zu sein als der Tollwutvirus.«

»Das ist einer der Unterschiede. Normalerweise beschreiben wir Tollwutviren als patronenförmig. Aber dieser hier sieht eher aus wie... ich weiß nicht recht...«

»Wie eine Rakete«, sagte Owens.

»Na schön. Wie eine Rakete also«, sagte Accum. »Das paßt auch zu der Geschwindigkeit, mit der er sich auswirkt. Das Ausschlaggebende ist nun, daß eine Menge Viren *so ähnlich* aussehen, aber keiner *genauso*. Der hier ist viel schlanker und weist zwar am unteren Teil eine Einbuchtung auf, jedoch keinerlei Anhängsel. Außerdem war das Nervensystem des Jungen nicht angegriffen.«

Slaughter blickte ihn erstaunt an. Er hatte gelesen, daß der Tollwutvirus das Nervensystem angreift und es zerstört. »Aber ich dachte...«

»Ja, ich weiß. Dieser Virus ähnelt keinem von denen, die wir kennen. Er hat jedoch eine Entzündung am Gehirnstamm hervorgerufen.«

Slaughter verstand nicht, was er meinte.

»Das ist der innere Teil des Hirns, um den herum sich alle anderen Teile entwickeln. Man nennt es auch das reptilische Hirn, da es eher tierische Eigenschaften aufweist. Es ist verantwortlich für unsere Überlebensinstinkte, unsere Gefühle und Aggressionen. Das erklärt das Verhalten des Jungen. Um es vereinfacht auszudrücken: Er wurde zum Tier.«

»Aber er lag doch im Koma.«

»Immer der Reihe nach. Darauf komme ich gleich zu sprechen. Als ich seine Schnittwunde an der Hand untersuchte, fand ich auch Anzeichen dafür, daß er gebissen worden war. Die Bißwunde war erst einen Tag alt. Um so rapide zu wirken, muß der Virus in den Blutkreislauf eindringen. Er ist selektiv und sucht sich nur ganz bestimmte Zellen aus.«

»Den Gehirnstamm?«

Accum nickte. »Es löst äußerst schnell Tollwutsymptome aus; beim Menschen dauert diese Phase etwa vierundzwanzig Stunden; dann tritt eine Lähmung ein, und er fällt ins Koma. Sobald das Hirn abschaltet, wird offenbar auch der Virus untätig. Aber sobald das Opfer wieder zu Bewußtsein kommt, wird auch der Virus wieder aktiv. Er ruft einen todesähnlichen Zustand hervor und wartet dann ab, bis sein Opfer wieder zu sich kommt und ihn nähren kann. Da er jedoch im Blut zirkuliert, gelangt er auch in die Speicheldrüsen, infiziert den Speichel und wird bei einem Biß auf das nächste Opfer übertragen. Wer bereits eine offene Wunde hat, wird durch bloßen Kontakt mit dem Blut infiziert.«

Slaughter betastete die Kratzwunde auf seiner Wange.

»Jetzt brauchen Sie sich keine Sorgen mehr machen, Slaughter. Wenn Sie infiziert wären, hätten wir das gestern schon gemerkt.«

»Wenn das stimmt, was Sie sagen, hätten Sie auch nichts mehr ausrichten können.«

»Genau. Eine Impfung wäre dann zwecklos gewesen. Auch ich habe Glück gehabt. Wenn meine Lippe infiziert wäre, hätte es mich auch schon erwischt. Trotzdem habe ich mir selber zwei Tollwutspritzen verpaßt.«

»Das muß Spaß gemacht haben.«

»Ja. Soviel Spaß, daß ich es mir zur Gewohnheit machen werde. Verdammte Scheiße, ich weiß nicht, wie es jetzt weitergehen soll.«

»Sie haben so etwas noch nie gesehen, oder? Nicht einmal davon gehört?«

Accum schüttelte den Kopf.

»Aber ich«, schaltete Owens sich ein. Beide fuhren herum und blickten ihn an. »1969 in Äthiopien. Eine ganze Rinderherde wies die Symptome einer besonderen Art von Tollwut auf. Die Rinder wurden zwar nicht aggressiv, brachen jedoch völlig gelähmt zusammen. Der Besitzer hatte sie schon aufgegeben, aber dann wurden sie alle wieder gesund.«

»Soviel ich weiß, ist das ganz unmöglich«, sagte Accum. »Kein Tier überlebt Tollwut.«

»Bei dieser Herde war es aber der Fall. Allerdings wurde der Virus wieder aktiv, und nach ein paar Tagen traten die Symptome erneut auf. Die Herde mußte geschlachtet werden.«

»Sind Sie ganz sicher, daß es Tollwut war?«

»O ja. Die anschließende Untersuchung bestätigte es. Ich habe auch von einem ähnlichen Fall in Indien gelesen. Diesmal waren es Wasserbüffel.«

»Aber was wir hier haben, ist doch gar keine Tollwut. Jeder Impfstoff, der bisher entwickelt wurde, wäre absolut wirkungslos. Auch wenn er es nicht wäre, hätten wir keine Zeit mehr, ihn zu beschaffen.«

Owens antwortete nur mit einem Achselzucken.

»Möchte jemand noch Kaffee?« fragte Slaughter. Beide verneinten. »Ich verstehe die ganze Sache nicht. Ich meine... woher kommt plötzlich ein völlig neuer, unbekannter Virus?«

»Das möchte ich auch gerne wissen«, sagte Accum. »Wissen Sie was? Es wundert mich, daß so etwas nicht laufend passiert. Ich spreche jetzt nicht von der sogenannten Legionärskrankheit, die immer noch unerforscht ist, und auch nicht von Krankheiten wie Gonorrhöe, denen in vielen Fällen mit Antibiotika nicht mehr beizukommen ist. Nehmen wir einmal an, daß dies tatsächlich ein neuartiger Virus ist. Zu fragen, wo er herkommt, wäre das gleiche, wie die Frage zu stellen, warum sich in Urzeiten unser Gehirn entwickelt und uns zu Menschen gemacht hat. Evolution ist reiner Zufall. Unerwartetes Wachstum einer Zelle kann unsere gesamte Entwicklung beeinflussen. Wir stellen uns gerne vor, daß alles auf dieser Welt festgelegt und geregelt ist. Aber das ist nicht der Fall. In der Natur findet ein dauernder Wechsel statt. Nicht so schnell, daß wir es bemerken würden, aber eine stete Veränderung. Die Menschen werden größer, bestimmte Tierarten sterben aus. Nur extreme Fälle fallen uns auf, und wir bezeichnen sie als Mißgeburten. Aber der wirklich erstaunliche Wechsel vollzieht sich in den primitiven Lebensformen, die wir kaum jemals beachten, und die sich so schnell vermehren, daß an einem Tag mehrere Generationen aufeinanderfolgen. Ihre ›Zeit‹ ist ganz anders als die unsere – viel schneller. Evolution muß nicht unbedingt allmählich und schrittweise stattfinden. Große Sprünge dauern oft nur eine Sekunde. Wollen Sie ein Beispiel? Nehmen wir an, wir haben einen Hund. Der Hund hat Tollwut, aber die Symptome sind noch nicht sichtbar. Aber der Hund ist verletzt. Sagen wir, er hat sich ein Bein gebrochen, oder er hat eine Schwellung, und der Tierarzt macht eine Röntgenaufnahme. Der Hund wird behandelt, und er erholt sich wieder. Der Tollwutvirus ist ganz zufällig von einem Röntgenstrahl getroffen worden, und schon ist der Teufel los. Eine einzige mutierende Zelle gelangt in den Gehirnstamm und beginnt sich zu vermehren. Jetzt fährt der Hundebesitzer auf Urlaub und nimmt den Hund mit. Der Hund wird wahnsinnig und läuft davon. Und steckt alle an.«

»Die verwilderten Hunde in den Bergen«, sagte Slaughter. »Sie sprachen von psychotischem Tierverhalten.«

»Gewiß«, sagte Owens. »Es führen nur zwei Straßen aus dem Tal heraus. Ringsherum sind die Berge. Also ist der Virus hier isoliert. Aber warum hat ihn bis jetzt niemand entdeckt?«

»Weil meines Wissens noch keiner danach gesucht hat. Die Bauern mögen ein paar tollwütige Hunde abgeschossen und vergraben haben, aber keiner wurde jemals zur Untersuchung gebracht. Ober haben Sie einen untersucht?«

Owens schüttelte den Kopf.

»Na also.«

»Aber am Freitag haben Sie mir doch gesagt, daß verschiedene Leute gebissen wurden. Die müssen doch zur Behandlung gekommen sein und trotzdem Symptome entwickelt haben.«

»Ja, die kamen auch zur Behandlung, und es gab keinerlei Probleme. Entweder hatte der Hund den Virus nicht, oder der Virus fing erst später an zu mutieren. Das widerlegt also meine Theorie nicht.«

»Aber wenn dieser Virus sich derartig schnell ausbreitet, müßte ja bald jeder infiziert sein.«

»Nicht unbedingt. Die Angriffe, mit denen wir es zu tun hatten, waren mörderisch. Es ist zweifelhaft, ob viele Menschen oder Tiere sie überleben würden. Außerdem sind die Opfer durch den Virus geschwächt. Im Winter werden sie wahrscheinlich umkommen. Welche langfristigen Folgen es haben wird, wissen wir noch nicht. Vielleicht tritt eine Beruhigungsperiode ein. Das kann ich heute noch nicht sagen.«

»Aber warum sollte der Virus ausgerechnet jetzt hier in der Stadt auftauchen?« fragte Slaughter.

»Das wissen Sie genausogut wie ich. Ein einziger tollwütiger Hund kann die Krankheit hier einschleppen. Aber ich glaube, es hat noch einen anderen Grund. Der Winter war sehr kalt. Es kann durchaus sein, daß die Opfer deswegen ihre Jagdreviere in den Bergen verlassen haben. Das ist allerdings nur eine rein theoretische Annahme. Ich kann mich auch irren. Die Opfer sind Nachtgeschöpfe. Darum hat der Junge so geknurrt: Der Mond schien durch die oberen Fenster. Das erklärt auch, warum alles immer nachts passierte. Die Opfer verstecken sich vor dem Tageslicht und schlafen untertags. Nachts kommen sie dann heraus. Zur Zeit ist der Mond fast voll, und sie reagieren entsprechend.«

»Und noch etwas«, sagte Owens. »Wir wissen jetzt, daß sie sich nicht gegenseitig anfallen. Als ich mehrere Mäuse in einen Käfig zusammensperrte, gingen sie nicht aufeinander los, sondern attackierten nur die Glasscheibe.«

Slaughter mußte an die schattenhaften Erscheinungen in den Büschen neben dem Stall denken. »Heißt das, daß sie in Rudeln jagen?«

»Nicht unbedingt, aber möglich ist es schon.«

»Aber was veranlaßt sie dazu?«

»Sehen Sie, dieser Virus setzt sich im Gehirnstamm fest, und sie reagieren darauf, wie sie es vor Hunderttausenden von Jahren taten. Es lag damals in ihrer Natur, in Rudeln zu jagen. Das gab ihnen eine größere Überlebenschance. Der Einzelgänger ist das Produkt einer viel späteren Entwicklung.«

## *Kapitel 66*

Jetzt war ES hoch oben in den Bergen und starrte auf die Schneegrenze. Allmählich wurde der Himmel heller, und ES hielt die Hand schützend vor die Augen. Als ES die Geweihe sah, die sich auf ES zu bewegten, wußte ES, daß ES wieder daheim war.

## *Kapitel 67*

Slaughter stand vor der gläsernen Trennwand und war entsetzt über das, was er sah. Cody, der den Jungen im Ballsaal des Herrenhauses entdeckt hatte und von ihm gebissen worden war, lag auf ein Bett geschnallt und versuchte knurrend und um sich schnappend, seine Fesseln abzustreifen. Sein Hals war dick bandagiert, und möglicherweise war seine Verletzung die Ursache für die tierischen Laute, die er von sich gab. Aber Slaughter bezweifelte es. Nein, hier war der Virus am Werk, und obgleich das Bett gepolstert war, damit er sich nicht verletzen konnte, mußte sein wildes Toben doch eine schädliche Wirkung haben. Der Mann benahm sich wie ein Wahnsinniger, und Slaughter mußte an die Wirkung des Mondlichtes denken, von der Accum gesprochen hatte. »Es ist nur so eine Idee von mir«, sagte er zu dem Pfleger, der neben ihm stand, »aber vielleicht beruhigt er sich, wenn Sie das Licht in seinem Zimmer ausmachen. Mein Gott, wenn er wenigstens ohnmächtig würde!«

Cody bot einen schrecklichen Anblick. Schaum stand ihm vor dem Mund und lief über den Verband um seinen Hals. Sein Knurren und Wüten wurde immer schlimmer. Er versuchte den Kopf zu drehen und den Lederriemen an seinem Arm zu zerbeißen.

»Ich kann das nicht länger mitansehen.«

Er schluckte und blickte zu Marge hinüber, die am anderen Ende des Ganges stand. Auch sie blickte durch eine Glaswand. Slaughter wußte, daß dort die Mutter des Jungen untergebracht war. Er warf einen letzten Blick auf Cody und ging den Gang hinunter.

»Hallo, Marge«, sagte er sanft und küßte sie auf die Wange. Er konnte sich vorstellen, wie ihr zumute war.

Sie rührte sich nicht und starrte durch die Glasscheibe.

»Ich habe dich angerufen, aber du warst wahrscheinlich nicht zu Hause.«

Sie gab keine Antwort.

»Marge, ich...«

»Nathan, ich habe einfach zugeschlagen. Ich konnte nichts anderes tun. Es war nicht meine Absicht, sie so hart zu treffen. Sie war...«

»Beruhige dich erst mal.«

»Aber sie hat einen Schädelbruch.«

»Ich weiß. Beruhige dich. Du hast nur getan, was notwendig war. Es besteht keine Lebensgefahr. Das ist die Hauptsache, obgleich die Ärzte nicht wissen, wie man sie heilen könnte.« Slaughter legte den Arm um sie.

Er blickte durch die Glasscheibe auf die Mutter des Jungen. Obgleich bewußtlos, war auch sie am Bett festgeschnallt, sie hatte eine weiße Haube auf dem Kopf und war an einen Infusionsapparat angeschlossen.

Marge weinte, und er drückte sie an sich.

»Beruhige dich. Geh lieber nach Hause, Marge. Bitte. Hier kannst du nichts tun. Man wird dich benachrichtigen, wenn sich ihr Zustand ändert.«

»Kommst du mit?«

»Du weißt, wie gern ich das täte.«

»Aber du kannst nicht?«

»Das weißt du doch selber. Das einzige auf der Welt, was ich jetzt tun möchte, ist, bei dir bleiben, aber ich befürchte, daß in meiner Abwesenheit wieder etwas passiert.«

»Nur eine Stunde? Du solltest dich auch ein wenig ausruhen.«

»Weißt du noch nicht, daß ich einen Rekord aufstellen möchte, wie lange ich ohne Schlaf auskommen kann?«

Sie lächelte nicht einmal.

»Marge, ich weiß nicht, wie ich es ausdrücken soll. Ich weiß, wie schwer es war, das zu tun, was du getan hast. Du hattest keine andere Wahl. Sie hätte sonst ihren Mann umgebracht. Du hast genau das Richtige getan. Du darfst dir keine Vorwürfe machen.«

»Würdest du das an meiner Stelle nicht auch tun?«

»Doch. Aber dann bräuchte auch ich einen Freund, der zu mir sagen würde: ›Du hast genau das Richtige getan.‹ Ich will nicht, daß du dir Sorgen machst, Marge. Du bist für mich etwas ganz Besonderes.«

»Danke. Aber das hilft nicht viel.«

»Trotzdem. Geh jetzt nach Hause, Marge. Bitte. Du weißt, daß ich dich sofort benachrichtige, wenn etwas ist.«

»Ich habe Angst, Nathan.«

»Komm, ich bringe dich hinaus.«

Er küßte sie. Dann faßte er sie am Arm, und sie ging mit ihm den Gang entlang. Keiner von beiden blickte zu Cody ins Zimmer.

Er sah ihr nach, als sie über den Parkplatz ging und in ihren Wagen stieg.

Armes, gequältes Ding, dachte er. Es mußte furchtbar für sie gewesen sein, als sie mit dem Baseballschläger zuschlug.

Er winkte ihr zu, als sie davonfuhr, aber sie nickte nur müde. Er blieb noch einen Moment stehen, bevor er auf die Schwesternstation und ans Telefon ging.

## *Kapitel 68*

»Schon um acht, Slaughter? Kann das nicht warten bis zu einer vernünftigen Tageszeit?«

»Nein, ich muß Sie dringend sprechen.«

»Mein Gott, Slaughter...«

»Es ist wichtig. Wir haben nicht mehr viel Zeit.«

Kurzes Schweigen. »Also gut. In einer Stunde in der Redaktion. Es muß aber wirklich etwas Wichtiges sein.«

»Keine Sorge«, sagte Slaughter. »Sie werden sich noch wünschen, nie davon gehört zu haben.«

»Das tue ich bereits.«

Slaughter legte auf. Er mußte daran denken, daß er in all den Jahren, seit er hier amtierte, nicht ein einziges Mal im Haus von Parsons gewesen war und wunderte sich, warum ihm das gerade jetzt in den Sinn kam, wo er doch wirklich mit wichtigeren Dingen beschäftigt war. Wahrscheinlich wegen der kleinstädtischen Machtkämpfe, in die Parsons ständig verwickelt war. Der Mann ließ seine Untergebenen niemals zu sich nach Hause kommen, weil er keine privaten Beziehungen mit ihnen wünschte. Auf diese Weise schüchterte er sie ein. Aber Slaughter war das ziemlich egal. Er hatte sich nie vor Parsons gefürchtet. Trotzdem war es ihm unangenehm, mit Parsons über die Vorfälle sprechen zu müssen. Um sich zu beschäftigen und abzulenken, fuhr er ins Polizeirevier, wo schon zu dieser frühen Stunde neue Meldungen über noch mehr Stadtstreicher, zerfleischte Hunde, Katzen und Rinder sowie über vermißte Personen vorlagen. Na ja, das ist erst der Anfang, dachte er. Er bemühte sich, nicht daran zu denken, während er sich auf der Herrentoilette wusch und ein frisches Hemd anzog, das er stets in seinem Büro in Reserve hatte. Nein, Parsons würde diese Sache gar nicht gefallen; es wurde sogar noch schlimmer, als er befürchtet hatte. Die beiden Männer saßen sich eine halbe Stunde später unrasiert und übernächtigt gegenüber. Parsons hatte sich um fünfzehn Minuten verspätet, und Slaughter war gezwungen gewesen, vor den verschlossenen Pforten der ›Potter's Field Gazette‹ auf ihn zu warten. Endlich war Parsons, bekleidet mit Sporthemd und Trevirahosen, erschienen. »Nein, nicht hier. Gehen wir erst hinauf«, hatte er gesagt. Oben in seinem Arbeitszimmer hatte er Slaughter zugehört und dann ganz ruhig gesagt: »Erwarten Sie von mir, daß ich Ihnen das glaube?«

»Ich wünschte, ich würde es selber nicht glauben«, erwiderte Slaughter.

»Also wirklich, Slaughter, denken Sie doch mal nach. Alles, was feststeht, ist, daß ein kleiner Junge von irgendeiner Krankheit befallen wurde und vielleicht einen Nervenzusammenbruch erlitt. Daraufhin wurde seine Mutter hysterisch und ging auf ihren Mann los. Cody bekam hohes Fieber. Und der Blindenhund wurde plötzlich bösartig. Da haben Sie die Erklärung.«

»Sie haben Clifford vergessen.«

»Nein, habe ich nicht. Clifford wurde tatsächlich von einem verwilderten Hund angefallen, wie Sie sagen. Hat man Untersuchungen angestellt?«

»Wir wollten lediglich herausfinden, von wem oder was er angegriffen wurde. Damals bestand noch kein Grund, nach einem Virus zu suchen.«

»Also wurde nur an dem kranken Hund ein Test vorgenommen und die Diagnose war, daß es sich um eine tollwutähnliche Krankheit handelte.«

»Accum...«

»Slaughter, ich will Ihnen Ihre Illusionen nicht rauben, aber jeder weiß, daß Accum nur deshalb hierher zurückkehrte, weil ihn sonst keiner haben wollte. In Philadelphia hatte er einen Nervenzusammenbruch, und es würde mich nicht wundern, wenn er diese Vorfälle nur hochspielt, um sich wichtig zu machen. Soweit ich Ihren Ausführungen folgen konnte, war noch keine Zeit, den toten Jungen auf diesen sogenannten Virus hin zu untersuchen. Wenn es stimmt, was Accum sagt, hatte er eine Gehirnentzündung. Aber das kann viele Ursachen haben. Eine sorgfältige Untersuchung am Elektronenmikroskop nimmt mindestens zwei Tage in Anspruch. Vielleicht kann man bestimmte Phasen auslassen, was erklären würde, warum Owens so schnell damit fertig war. Aber die Tests an dem Hundehirn wurden so eilig durchgeführt, daß wir den Befunden nicht allzuviel Glauben schenken sollten. Sie müssen schon stichhaltigere Beweise bringen, wenn Sie mich überzeugen wollen. Überlegen Sie doch mal. Was erscheint Ihnen wahrscheinlicher? Tollwut oder ein unbekannter Virus?«

»Sie haben den Jungen nicht gesehen.«

»Man hat mir alle Einzelheiten berichtet.«

Slaughter blickte ihn verwundert an.

»Aber sicher. Was haben Sie denn, Slaughter? Hatten Sie etwa geglaubt, ich würde es nicht erfahren? Schließlich gebe ich diese verdammte Zeitung heraus. Und ich bin Bürgermeister. Ich habe eine Menge Informanten. Wenn die Eltern des Jungen Accum verklagen, wird er in große Schwierigkeiten kommen. Er hat ohne die üblichen Vorsichtsmaßnahmen ein Beruhigungsmittel verabreicht. Natürlich behauptet er jetzt, der Virus hätte den Jungen getötet. Er wird sich doch nicht selbst belasten. Sein Gutachten kann man unter diesen Umständen wohl kaum als objektiv bezeichnen. Und das ist auch ein Punkt, über den ich mit Ihnen sprechen will. Klammern wir für den Augenblick das Problem mit Ihrer Mitarbeiterin aus, die der Mutter des Jungen mit einem Baseballschläger den Schädel eingeschlagen hat, obwohl ich erstaunt bin, daß Sie sie nicht unter Anklage gestellt haben. Ich bin überzeugt, die Sache wird noch ein gerichtliches Nachspiel haben. Konzentrieren wir uns jetzt auf Accum. Er ist der letzte, den ich mit der Untersuchung des Jungen betrauen würde. Er...«

»Das macht nichts. Wenn Sie den Jungen gesehen hätten, hätten Sie sofort gemerkt, daß sein Verhalten nicht normal war.«

»Aber genau dafür sind Sie zuständig. Dafür zahlt Ihnen die Stadt ein Gehalt. Bis jetzt haben Sie ein ziemlich ruhiges Leben gehabt, Slaughter. Bei uns passiert nicht viel. Und jetzt, wo zum ersten Mal etwas vorkommt, das mehr als Routine ist, wecken Sie mich am Sonntag in aller Herrgottsfrühe mit Ihren verrückten Vorschlägen, das ganze Tal abzuriegeln und alles Vieh notzuschlachten.«

Slaughter blickte ihn schweigend an. Er fühlte, wie ihm das Blut ins Gesicht stieg, ballte unter der Tischplatte die Fäuste und versuchte mit aller Gewalt, sich zu beherrschen.

»Ich sagte, falls es nötig sein sollte. Ich weiß noch nicht, ob es erforderlich ist. Ich wollte Sie lediglich um Ihre Meinung fragen.«

»Es ist keineswegs erforderlich. Machen wir es uns doch ein paar Minuten bequem, Slaughter, und ich erzähle Ihnen ein wenig über meinen Job. Ich war schon Bürgermeister, lange Jahre ehe Sie hierherkamen. Genau gesagt, zwanzig Jahre. Ich war Bürgermeister, als all diese Hippies hierherkamen, um nur ein Beispiel zu nennen, und ich wußte, es würde Ärger geben. Ich wußte auch, daß ich sie aus der Stadt vertreiben konnte, wenn ich den starken Mann spielte. Ich habe es trotzdem nicht getan, denn die Bevölkerung hätte sich beschwert. Niemand mochte die Hippies, aber die Leute hätten gesagt, man müsse ihnen eine Chance geben. Also wartete ich eine passende Gelegenheit ab. Ihre dreckigen Redensarten, ihre Drogen und der Schmutz, den sie überall hinterließen, wurden der Bevölkerung bald lästig, aber ich unternahm immer noch nichts. Ich wußte, es würde nicht lange dauern, bis man mich bitten würde, sie aus der Stadt zu werfen. Und genau das geschah schließlich. Ich hatte mein Ziel erreicht, aber auf diplomatischem Wege. Erscheint Ihnen das nicht sinnvoller?«

Slaughter zuckte nur mit den Schultern.

»Im Grunde wissen die Leute selbst, was gut für sie ist. Ein Mann in führender Position fügt sich ihrem Willen, wenn er klug ist«, sagte Parsons. »Darum bin ich schon so viele Jahre im Amt. Weil ich das begriffen habe. Ich will immer nur das, was die Leute von mir verlangen. Sie warnen mich vor einer Epidemie, Slaughter. Nun gut, warten wir ab. Ihre Beweise sind nicht stichhaltig, aber ich will mich ihnen nicht von vornherein verschließen. Aber auch so sind die Maßnahmen, die Sie vorschlagen, nicht ratsam. Den gesamten Viehbestand schlachten? Sämtliche Tiere töten? Also wirklich, Slaughter! Und was geschieht, wenn dann doch keine Epedemie ausbricht? Wenn es sich nur um eine schlampige Untersuchung und das zweifelhafte Gutachten eines voreingenommenen Gerichtsmediziners handelt? Die Leute würden unseren Kopf fordern. Sie würden eine Entschädigung für das geschlachtete Vieh verlangen, und ich glaube kaum, daß Sie genug verdienen, um sich das leisten zu können. Und dann Ihr Vorschlag, die Umgebung abzuriegeln. Das ganze Tal lebt von der Rinderzucht. Wenn erst einmal Gerüchte in Umlauf kommen, daß unsere Rinder verseucht sind, können wir sie ebensogut gleich abschlachten. Verkaufen könnten wir sie nicht mehr. Nein, wir warten ab. Sollte wirklich eine Epidemie ausbrechen, tun wir, was die Bevölkerung von uns verlangt. Sie wird die richtige Entscheidung treffen, und wir alle werden es mit ruhigem Gewissen überleben. So wie es damals mit den Hippies war.«

»Der Unterschied ist nur der«, sagte Slaughter, »daß damals keiner sterben mußte, weil Sie untätig blieben. Während wir hier sitzen, häufen sich die Meldungen auf meinem Schreibtisch, und es werden immer mehr, bis der ganze Bezirk in Panik gerät. Es sind ja nicht nur die gerissenen Rinder. Nicht nur Clifford und der Junge. Es dauert nicht mehr lange, dann waten wir knietief durch Leichenfelder, und nichts und niemand kann die Leute dann noch retten.«

»Sie haben mir nicht zugehört, Slaughter. Uns bleibt keine andere Wahl. Wollen Sie noch weiter argumentieren? Okay, Sie halten sich an meinen Beschluß. Sie machen weiter, als sei nichts geschehen. Sie stecken jeden, der dem Virus ausgesetzt war, in Quarantäne – wenn es diesen Virus überhaupt gibt, was ich bezweifle. Jeder Hund, jede Katze, jedes Eichhörnchen, das sich auffällig benimmt, wird eingefangen.

Aber Sie selbst bewahren Ruhe und sagen den Leuten, daß Sie die Situation im Griff haben. Und jetzt hören Sie mir gut zu, Slaughter. Wenn Sie auch nur ein Sterbenswörtchen von einer Epidemie verlauten lassen, ist Ihr Arsch nicht mehr den Nagel wert, mit dem ich ihn an die Tür zum Rathaus schlage. Habe ich mich klar genug ausgedrückt? Ist das eine Weisung, die Sie verstehen können?«

Slaughter starrte ihn an, ohne zu antworten.

Dann sagte er: »Kann ich wenigstens im Radio eine Meldung durchgeben, daß wir einen Fall von Tollwut in der Stadt hatten?«

Parsons dachte eine Weile nach.

»Ja. Das müßte gehen. Schließlich ist ein Fall von Tollwut nachgewiesen, und wir müssen die Bevölkerung zu ihrem eigenen Schutz darüber informieren. Aber wagen Sie es nicht, Rinder zu erwähnen. Das ist ein ganz anderes Paar Stiefel. So, jetzt muß ich nach Hause. Ich komme ohnehin schon zu spät in die Kirche, und anschließend habe ich Gäste zum Brunch.«

Er stand auf und schien zu erwarten, daß Slaughter mit ihm hinausging. »Ach ja, da ist doch dieser Reporter aus New York. Dunlap.«

»Ja, der ist immer noch hier.«

»Dann schmeißen Sie ihn raus. Das fehlte gerade noch, daß alle diese Gerüchte in die Zeitung kommen. Sorgen Sie dafür, daß er heute nachmittag abfährt.«

»Aber wenn er noch nicht fertig ist?«

»Er ist fertig. Er weiß es nur noch nicht. Setzen Sie ihn in den Zug, und machen Sie sich selber ein wenig zurecht. Sie sehen ja furchtbar aus. Vielleicht sind Sie in diesem Job überfordert.«

Slaughter hätte fast laut aufgelacht. Du Scheißkerl, dachte er. Du läßt keine Gelegenheit aus, Leute, die von dir abhängig sind, zu schikanieren. Sie kamen an die Tür, und Slaughter ließ Parsons vorgehen. Man soll sich immer den Rücken freihalten, dachte er.

## Kapitel 69

Er stand in der Telefonzelle, aber die Verbindung war schlecht, und die Geräusche am anderen Ende der Leitung irritierten ihn.

»Hören Sie, Altick, ich kann Ihnen jetzt nicht erklären, wozu ich die Leute brauche, aber ich...«

»Moment mal.« Dann zu jemand anderem: »Legen Sie sie da drüben hin. Ich komme mit. Der Hubschrauber soll keinesfalls ohne mich abheben. Gut. – Entschuldigen Sie, Slaughter. Hier geht es zu wie in einem Irrenhaus. Ich höre.«

»Ich brauche ein paar Leute von Ihnen. Ich kann Ihnen übers Telefon den Grund nicht angeben, aber ich brauche dringend Verstärkung.«

»Ausgeschlossen.«

Das klang endgültig.

»Aber...«

»Nein. Jetzt hören Sie mal zu. Ich brauche selbst jeden einzelnen Mann, den ich auftreiben kann. Ich habe fünf Leute und ein paar Spürhunde losgeschickt, um das Raubtier aufzustöbern, das die Rinder reißt. Einige Farmer werden auch vermißt. Und meine Leute...«

»Aber...«

»Ich spreche von meinen Leuten. Von denen werden auch welche vermißt. Und das ist kein Witz. Wenn Sie mich fünf Minuten später angerufen hätten, wäre ich...« Wieder Geräusche im Hintergrund. »Ich habe Ihnen doch gesagt, Sie sollen warten, bis ich fertig bin. Ja, die Dinger brauchen wir auch. Bringen Sie sie zum Hubschrauber... Slaughter, ich kann Ihnen leider nicht helfen. Ich habe einfach zuviel um die Ohren.«

»Aber...«

»Tut mir leid, Slaughter.«

Die Verbindung brach ab.

Slaughter legte den Hörer auf. Die Lage wurde immer kritischer. An das Sodbrennen hatte er sich mittlerweile gewöhnt, nicht aber an die nagende Unruhe. Alles ging viel zu schnell. Es blieb kaum Zeit zum Überlegen. Sein Gespräch mit Parsons. Als ob nicht alles schon schlimm genug wäre, mußte er sich jetzt auch noch darüber Gedanken machen.

Er verließ die Telefonzelle und ging an die Hotelrezeption. Seit seinem Gespräch mit Parsons hatte er diesen Besuch geplant, obgleich er es vor sich selbst nicht hatte zugeben wollen. Aber warum war er sonst hergekommen? Er hätte vom Revier aus telefonieren können.

»Gordon Dunlap«, sagte er zu dem alten Mann in Jeans und Drillichjacke am Empfangsschalter.

»Was ist mit ihm?«

»Sagen Sie mir, wo ich ihn finden kann, verdammt noch mal.« Der Alte blätterte in einer Kartei.

Mit einem flüchtigen ›Danke‹ lief Slaughter die Treppe hinauf, nachdem er die Zimmernummer erfahren hatte. Nach längerem Suchen in dem Gewirr von Gängen fand er endlich Dunlaps Zimmer und klopfte an die Tür.

»Dunlap. Aufwachen. Hier ist Slaughter.«

Keine Antwort.

»Dunlap!« Er klopfte nochmals. Der Türknauf ließ sich nicht drehen, aber als er sich gegen die Tür lehnte, ging sie auf.

Dunlap hatte sich nicht einmal die Mühe gemacht, die Tür richtig zu schließen. Er lag in völlig zerknitterten Kleidern auf dem Bett ausgestreckt. Auf dem Fußboden eine leere Whiskyflasche, Schreibpapier, Zigarettenstummel, ein zerbrochener Aschenbecher und ein umgeworfener Stuhl.

Was war hier geschehen? Es roch nach Erbrochenem. Slaughter trat näher heran und starrte auf Dunlap hinab. Dieser schien nicht zu atmen. Er rührte sich nicht. Slaughter packte ihn an der Schulter. »Dunlap, wach auf. Es ist wichtig.«

Er bewegte sich immer noch nicht. Slaughter schüttelte ihn. »Komm schon, Dunlap. Aufwachen.« Slaughter tastete nach dem Herzschlag und fand ihn schließlich. Wenigstens in dieser Hinsicht brauchte er sich keine Sorgen zu machen. Er schüttelte ihn noch heftiger. »Verdammt noch mal, aufwachen!« Dunlap stöhnte auf und versuchte sich wegzudrehen, aber Slaughter hielt ihn fest. »Ich bin es, Slaughter. Wach auf. Wir haben Probleme.«

Sein Atem stank wie die Pest, aber Slaughter hatte es zu eilig, um sich davon abhalten zu lassen. Er hob ihn hoch, legte ihn sich über die Schulter und schleppte ihn den Gang hinunter ins Badezimmer. Dort setzte er ihn auf den Klodeckel und begann, ihm das Hemd aufzuknöpfen. Da dies zu zeitraubend war, riß er es ihm einfach vom Leibe. Dabei wäre Dunlap fast umgekippt; Slaughter legte ihn auf den Boden und zog ihm Hose, Schuhe, Socken und Unterwäsche aus. Die Unterhose war völlig besudelt. Slaughter warf sie kurzerhand in die Ecke. Dann ließ er den immer noch stöhnenden Dunlap in die Wanne gleiten und drehte die kalte Dusche auf. Dunlap fuhr schreiend hoch.

»Ruhe«, sagte Slaughter.

Dunlap schrie weiter.

Slaughter schlug ihn mit der flachen Hand ins Gesicht. »Ich bin es. Slaughter.«

Dunlap blinzelte ihn an. Seine Augen waren blutunterlaufen. Slaughter wusch ihm die Reste des Erbrochenen von den Lippen und vom Kinn. Dunlap ließ den Kopf hängen, und es sah aus, als würde er gleich anfangen zu weinen. Sein Magen verkrampfte sich und er schluckte.

»Ist ja schon gut. Ich bin ja bei dir. Kotz dich ruhig aus.«

Das Wasser aus der Dusche bespritzte sie beide, während Dunlap sich nochmals erbrach. Dann lehnte er sich zurück und weinte.

»Was ist denn los mit dir? Wieder die Alpträume?«

Dunlap schüttelte den Kopf.

»Ich muß dich nüchtern kriegen. Ich brauche deine Hilfe. Aber solange du noch so benommen bist, kannst du mir ein paar Fragen beantworten. Ich glaube kaum, daß du mich in diesem Zustand anlügen wirst. Ich muß wissen, ob ich dir vertrauen kann.«

Dunlap schloß die Augen und begann zu zittern. Das eiskalte Wasser besprühte ihn immer noch.

»Sag du mir doch die Antwort.«

»Was meinst du damit?«

»Du kennst doch die Antwort schon. Dazu brauchst du mich doch nicht.«

»Hör mal, Freundchen«, Slaughter grub seine Finger in Dunlaps Schulter. »Du bist gar nicht so besoffen, wie du tust. Ich will eine klare Antwort hören.«

»Ja, klar. Mir kannst du vertrauen.«

»Wenn du mich reinlegst, wirst du dir wünschen, daß du mich nie gesehen hättest.«

»*Du kannst mir Vertrauen*. Au, meine Schulter.«

Slaughter sah, daß die Haut an der Schulter sich rot verfärbte und lockerte seinen Griff. Er ließ sich auf dem Toilettensitz nieder. »Ich brauche einen Mann, der mir den Rücken deckt«, sagte er. »Jemand Außenstehenden, der in diese Sache nicht verwickelt ist. Ich will, daß du genau aufpaßt und alles notierst, was ich tue. Es wird bald Ärger geben, und ich will mich rückversichern.«

Dunlap hatte die Augen geschlossen und zitterte unter dem eiskalten Wasserstrahl.

»Hast du gehört?«

»Ist es so schlimm?«

»Ja, das ist es.«

»Also gut. Ich müßte ja verrückt sein, diese Gelegenheit nicht zu ergreifen.«

»Mitzumachen ist vielleicht noch verrückter. Nur eine Bedingung. Du mußt warten, bis ich dir grünes Licht zur Veröffentlichung gebe.«

»Aber ich...«

»Ich will mir deinetwegen keine Sorgen machen müssen. Ich muß ohnehin aufpassen wie ein Luchs.«

Das Wasser sprühte immer noch aus der Dusche. Slaughters Hemd war vorne klitschnaß und klebte ihm am Leib.

»Also gut. Einverstanden. Aber nur, solange niemand anderer dabei ist.«

»Nur du und ich.«

»Abgemacht.«

Slaughter lehnte sich auf dem Toilettensitz zurück. Er wußte nicht recht, wo er beginnen sollte. »Du sagtest, du brauchst eine gute Story. Hier hast du eine. Die verrückteste Story, die dir je untergekommen ist.«

Dunlap blickte ihn gespannt an.

## *Kapitel 70*

Hammel war nicht gerade begeistert von der Aufgabe, die man ihm zugewiesen hatte. Man hatte ihm aufgetragen, alle Personen zu kontrollieren, die mit dem Virus in Kontakt gekommen waren. Nicht genug, daß er mitten in der Nacht geweckt worden war und sich die verstümmelten Pferde ansehen mußte. Fast hätte man ihn auch noch auf die Jagd nach diesen verdammten Wildkatzen geschickt. Jetzt hatte man ihn eingesetzt, den Besitzer des Hundes, den Accum gestern gefunden hatte, zu überprüfen. Als Neuling bei der Stadtpolizei gab man ihm immer die miesesten Aufträge. Er starrte durch das Fliegengitter an der Tür. Der Fernseher gröhlte in voller Lautstärke, und niemand antwortete auf sein Klopfen. Wie sollte es auch jemand hören bei diesem Lärm? Er schlug mit der Faust gegen die Tür, aber das Gebrüll aus dem Fernseher war die einzige Antwort. Oral Roberts. Hammel drehte am Türknauf, und die Tür ging auf.

»Jemand zu Hause?«

Er trat ins Haus und starrte auf die leeren Bierdosen, die überall herumlagen.

»Wo zum…«

Probier es mal im Schlafzimmer oder im Bad, sagte er sich. Er ging den Korridor entlang. »Ist da jemand?« Zuerst fand er das Badezimmer, wo es fürchterlich stank. Es wurde ihm übel, als er sah, daß die Toilette völlig verschmutzt war. Die Spülung war längere Zeit nicht betätigt worden.

»O mein Gott!«

Als nächstes kam er in eine Art Arbeitszimmer. Papiere lagen überall verstreut, und der Lampenschirm war zerbrochen. Nur im Schlafzimmer herrschte musterhafte Ordnung. Alles stand auf seinem Platz, und die Bettdecke war straffgezogen wie beim Militär.

»Gut, dann versuche ich es im Keller.«

Aber zuerst wollte er im Revier anrufen. Irgend etwas stimmte hier nicht.

Als er sich umdrehte, hörte er ein Kratzen, das aus dem Schrank zu kommen schien. Mit gezogenem Revolver riß er die Schranktür auf, und ein Mann sprang auf ihn los. Hammels einziges Plus war seine Jugend und Unerfahrenheit. Ein erfahrener Beamter wäre ein paar Schritte zurückgewichen, hätte die Waffe auf den Mann gerichtet und ihn ordnungsgemäß erst einmal gewarnt. Er hätte es nach Möglichkeit vermieden, von der Schußwaffe Gebrauch zu machen, schon um sich spätere Unannehmlichkeiten zu ersparen. Hammel jedoch war zu verängstigt, um auszuweichen oder auch nur einen klaren Gedanken zu fassen. Er schoß dem Mann direkt ins Gesicht.

## *Kapitel 71*

Sie starrten die Kiste an, die vor ihnen stand.

»Normalerweise komme ich sonntags nicht her«, sagte der Werkmeister, »aber wir hatten sehr viel zu tun. Ich bemerkte das zerbrochene Fenster da hinten; ich hätte Sie vielleicht sofort benachrichtigen sollen, aber zuerst wollte ich mal nachsehen, ob etwas fehlt.«

Na los, komm schon zum Thema, dachte Slaughter, sagte jedoch nichts, um seine Nervosität nicht zu zeigen. Er warf einen Seitenblick auf Dunlap, der alles genau verfolgte.

»Also sah ich mich um, und es fehlte nichts, soweit ich es beurteilen konnte. Ich zählte sogar die Kisten ab, die Freitag angekommen waren.«

Es war kalt in dem Lagerhaus. Der Fußboden war aus Zement, und kein Sonnenstrahl drang in die Halle. Sie traten näher an die Kiste heran.

»Und dann bemerkte ich diese leeren Kisten hier. Kurz vor Feierabend hatten wir mehrere Kühltruhen ausgepackt. Ich weiß nicht, ob Sie das verstehen, aber bei mir muß alles seine Ordnung haben. Ich bin mehr hier als zu Hause, und wenn nicht alles an seinem Platz steht, stört mich das einfach.«

»Ja, ja, ich verstehe«, antwortete Slaughter ungeduldig.

»Also, wir ließen die Kisten offen. Wir waren schon spät dran, und ich dachte, ich würde heute mal reinschauen und Ordnung machen. Und dann sah ich, daß diese Kiste zugenagelt war. Das hätte nicht sein dürfen. Freitag, als wir fertig waren, war sie noch offen.«

Jetzt stemmte der Werkmeister den Deckel der Kiste auf. Slaughter blickte hinein.

»Gott im Himmel!«

Was er sah, war einmal eine Frau gewesen. In gewissem Sinne war sie es immer noch, nur daß ihre Kleider verschmutzt und zerrissen waren, Kopf und Gesicht mit verkrustetem Blut beschmiert.

Slaughter spürte, daß Dunlap dicht hinter ihm stand und ihm über die Schulter blickte.

»Ich weiß wirklich nicht, wie die da reinkommt«, sagte der Werkmeister. »Ich war so erschrocken, daß ich mir fast in die Hose gemacht hätte. Wer kann sie umgebracht haben? Und warum hat man sie hier in die Kiste gelegt?«

Slaughter schien das Sprechen schwerzufallen. »Wer weiß sonst noch davon?«

»Nur Sie. Ich wollte eigentlich im Leichenschauhaus anrufen, aber dann habe ich es mir überlegt und zuerst Sie benachrichtigt.«

»Da haben Sie das Richtige getan. Hören Sie, es muß doch ein ziemlicher Schock für Sie gewesen sein. Ich schlage vor, Sie gehen jetzt nach Hause und überlassen alles weitere uns. Machen Sie sich doch einen richtigen Sonntag und kommen Sie morgen früh wieder. Bis dahin sind wir weg.«

»Ich würde Ihnen aber gerne helfen.«

»Sie haben bereits alles getan, was Sie tun konnten. Ich finde es großartig, daß Sie einen so kühlen Kopf bewahrt haben. Gehen Sie jetzt nach Hause, und lassen Sie mich hier weitermachen.«

Der Werkmeister war sichtlich erleichtert. Er blieb noch ein paar Sekunden stehen und ging dann. An der rückwärtigen Tür blickte er sich noch einmal um.

»Ich rufe Sie an, wenn ich noch weitere Fragen habe«, rief Slaughter ihm zu. Der Werkmeister nickte und verschwand.

Slaughter wartete, bis das Geräusch des davonfahrenden Autos nicht mehr zu hören war.

»Notiere dir alles, was ich tue«, sagte er zu Dunlap.

»Aber...«

»Du brauchst nur aufmerksam zuzusehen.«

Slaughter beugte sich vor und faßte sie am Handgelenk. Kein Puls. Er zog ihr die Augenlider hoch; die Pupillen weiteten sich nicht. Er hatte einen Taschenspiegel mitgebracht, den er ihr unter die Nase hielt. Der Spiegel wies nicht den geringsten Beschlag auf.

»Ist sie tot?«

»Scheint so.«

»Aber es ist nicht so, oder?«

»Wenn es stimmt, was du sagst, dann ist sie es nicht.«

»Wir könnten sie ins Leichenschauhaus bringen, aber sie könnte aufwachen, obgleich es noch heller Tag ist.«

»Und uns anfallen?«

»Richtig.«

Dunlap schüttelte sich.

»Du hast gesehen, wie ich sie sorgfältig auf Lebenszeichen untersucht habe, und du hast dich überzeugt, daß sie tot ist. Das Schlimmste, was man mir anlasten könnte, wäre Leichenschändung.«

Entsetzt sah Dunlap zu, wie Slaughter seinen Revolver zog und den Hahn spannte.

## Kapitel 72

Von der Endstation der Überlandbusse war sie zwölf Querstraßen zu Fuß gegangen. Mit dem schweren Koffer und der Handtasche war sie nur langsam vorangekommen. Sie war im Bus bis nach Cheyenne gefahren, und erst dort war ihr eingefallen, daß sie in der Eile vieles vergessen hatte, was sie dringend brauchen würde. Außerdem gehörte ihr die Hälfte des Geldes auf dem Konto. Sie hatte dumm und überstürzt gehandelt. Ja, natürlich war sie mit Orval ins Bett gegangen, aber hauptsächlich, um Willie zu ärgern. Sie hatte nie daran gedacht, ihm davonzulaufen. Sie hatte doch nur gehofft, daß Willie ihr mehr Beachtung schenken würde, wenn auch sein Bruder sie attraktiv fand. Aber Orval hatte ihr eingeredet, sie solle davonlaufen, um ihrer eigenen Sicherheit willen; jetzt war sie also wieder da, aber sie wußte nicht, wie es nun weitergehen sollte. Sie sah, daß sowohl Orvals wie auch Willies Wagen vor dem Haus geparkt waren, und bereitete sich auf das Geschrei und Gezeter vor, das gleich losgehen würde. Als sie jedoch das Haus betrat und nach Willie rief, erhielt sie keine Antwort. Sie sah nur die wüste Unordnung und würde nun ihrerseits gleich zu zetern beginnen. Alles war still, aber die Brüder mußten ganz in der Nähe sein, weil die Autos vor der Tür standen und sie nie zu Fuß ausgingen. Dann kam sie in die Küche und sah die Blutspuren, die in den Keller führten. Mein Gott, die haben sich gegenseitig umgebracht, dachte sie und rannte die Kellertreppe hinunter. Dort sah sie die Leichen in der Ecke liegen. Orval und eine Frau, die sie noch nie gesehen hatte, und Willie mit einem Messer in der Brust. Alle waren fürchterlich verstümmelt. Sie kreischte so lange, bis jemand aufmerksam wurde und sie fand.

Slaughter wußte nicht, wann das alles mal ein Ende nehmen würde – wenn überhaupt. Er starrte auf die Leichen in der Ecke. Sie waren zerfleischt und teilweise angenagt. Er wußte nicht, wie lange er das noch aushalten konnte. Sein Ekel war in Entsetzen umgeschlagen.

Er wandte sich zu Dunlap. Willies Frau war oben; ein Arzt kümmerte sich um sie. Neben ihnen stand Winston, der Polizeibeamte, der als erster zur Stelle gewesen war. Er sah dürr und asthmatisch aus, war jedoch ein guter Polizist.

»Ich nehme an, Sie haben gehört, was Hammel gefunden hat«, sagte Slaughter.

»Ja. Er hat den Kerl erschossen.«

»Sonst wäre ihm vielleicht das gleiche passiert, wie diesen Leuten hier. Mein Gott, ich habe noch am Donnerstag mit Willie gesprochen. Und auch mit seinem Bruder.«

»Chef, um ganz offen zu sein, ich habe Schiß.«

»Klar. In der ganzen Stadt liegen Leichen herum. Stellen Sie sich das mal vor. In wie vielen Kellern werden wir noch solche grausigen Funde machen?«

Sie blickten überall hin, nur nicht auf die verstümmelten Leichen.

»Ich habe die Staatspolizei angerufen, aber die sind selbst überlastet. Jetzt bleibt mir keine Wahl, ich muß die Miliz kommen lassen.«

Dann fiel ihm ein, daß er dazu gar nicht befugt war. Nur Parsons war dazu berechtigt, und auch er mußte zuvor die Erlaubnis des Gouverneurs einholen. Aber dazu blieb ihnen keine Zeit mehr. Bald würde es dunkel sein.

»Was ist mit den Reservisten hier in der Stadt?« schlug Winston vor. »Die sind schon hier. Man braucht sie nicht erst herzubringen.«

»Gute Idee. Die nehme ich. Das einzig Logische wäre, von Haus zu Haus zu gehen und sämtliche Keller zu durchsuchen. Noch vor Sonnenuntergang.«

»Und was sollen wir mit dicsen Leichen da machen?«

»Wir lassen sie hier.«

»Was?«

»Sie dienen irgendeiner Kreatur als Nahrung. Fragen Sie mich nicht, woher ich das weiß, und fragen Sie mich nicht, wo sich das Biest aufhält. Wir haben das ganze Haus abgesucht. Hier ist es nicht. Aber wenn es nichts anderes erjagt, bin ich verdammt sicher, daß es...«

»...wiederkommt und sich satt frißt?«

Bei dem Gedanken wurde ihnen übel.

»Ich habe heute viel Arbeit für Sie«, sagte er zu Winston. »Aber noch vor Sonnenuntergang kommen Sie hierher zurück und legen sich auf die Lauer. Wenn es wiederkommt, fragen Sie nicht viel. Sie warten, bis es ein gutes Ziel bietet, und dann erschießen Sie es.«

»Aber das wäre Mord.«

»Das hier ist auch Mord. Nach allem, was passiert ist, gelten die Spielregeln nicht mehr. Wir befinden uns in einer Ausnahmesituation.«

## *Kapitel 74*

ES wankte die Straße hinunter.

ES kroch auf Händen und Knien und versuchte, seine Augen vor der Sonne zu schützen, aber der Schmerz war so stechend, daß ES nur blindlings vorwärts kriechen konnte. ES knurrte, Schaum vor dem Mund, und fletschte die Zähne, ohne es zu wollen. Die unterbrochene weiße Linie erstreckte sich vor ihm, und ES torkelte von einer Seite zur anderen bei dem Versuch, ihr zu folgen. Autos fuhren hupend rechts und links an ihm vorbei. ES vernahm Stimmen und spürte, wie Menschen sich herandrängten. ES knurrte wütend, fletschte die Zähne und kroch weiter. ES konnte sich nicht erinnern, wie ES hierhergekommen war. ES erinnerte sich nur an Bäume und Grasland, aber ES verstand nicht, was diese harte schwarze Fläche mit dem weißen Strich in der Mitte bedeutete. ES wankte immer weiter die weiße Linie entlang. In der Nähe schrie jemand auf. Immer mehr solche Dinger fuhren hupend vorbei. Und die Schmerzen. Die schrecklichen Schmerzen. ES fiel hin und schlug mit dem Gesicht auf der harten schwarzen Fläche auf und kroch auf dem Bauch weiter, die weiße Linie direkt vor der Nase. ES tappte sich an den Kopf und kratzte sich. Die Stimmen der Menschen kamen immer näher, und ES fletschte die Zähne, um sie abzuwehren.

## *Kapitel 75*

Verwundert über die Menschenmenge, die sich auf der Hauptstraße angesammelt hatte, hielt Rettig den Streifenwagen an. Der Straßenverkehr war zum Stillstand gekommen, Autofahrer stiegen aus, die Menschen auf dem Gehsteig zeigten mit dem Finger auf den Fahrdamm, andere kamen aus den Gaststätten in den Seitenstraßen gelaufen. Er stieg aus dem Streifenwagen, setzte seine Kappe auf und lockerte den Revolver im Gürtelhalfter. Was, zum Teufel, war hier los? Er hatte in den letzten Tagen soviel Schlimmes gesehen, daß er sich noch Schlimmeres einfach nicht vorstellen konnte. Und seit heute früh hatten sich die Gerüchte so schnell verbreitet, daß es sogar für eine Kleinstadt ungewöhnlich war. Viele Leute verließen panikartig die Stadt, andere standen in kleinen Gruppen auf der Straße beieinander und unterhielten sich aufgeregt über die letzten Ereignisse. Schon dreimal war er heute in einen Verkehrsstau geraten und hatte kostbare Zeit damit verschwenden müssen, ihn zu entwirren. Dann hatte er einen wildgewordenen Hund erschossen und den Besitzer zum Arzt gebracht. Neben einem Münzwaschsalon hatte er eine verstümmelte Frauenleiche entdeckt. Jetzt verstopften Menschenmassen die Straßen. Die Situation wurde immer bedrohlicher.

Er war todmüde und in großer Besorgnis über das Chaos,

das sich in der Stadt ausbreitete. Seine Familie hatte er angewiesen, unter keinen Umständen das Haus zu verlassen. Er hatte seine Schwester in Denver angerufen und mit ihr vereinbart, seine Frau und die Kinder zu ihr zu schicken. Sie waren gerade am Packen, und er wußte, daß zahlreiche Familien ahnten, was alles sich noch ereignen würde, und Vorbereitungen trafen, die Stadt schleunigst zu verlassen.

Er konnte sich vorstellen, was ihn jetzt an dieser Straßenecke erwartete. Es war immer wieder das gleiche, aber noch schlimmer konnte es kaum kommen. Trotzdem ahnte er, als er sich durch die Menge drängte, daß er hier etwas herausfinden würde, was er bisher nicht begriffen hatte und was vielleicht alles ändern würde.

Er konnte die Worte hören, verstand jedoch ihren Sinn nicht. Es war nur ein heiseres Knurren. Er drängte sich weiter vor und starrte auf die Kreatur, die einmal ein Mensch gewesen sein mußte. Ihr Körper war in Stoffetzen gehüllt, die aussahen wie die Reste eines Pelzmantels. Arme und Beine waren blutüberströmt. Das Geschöpf fauchte und geiferte. Das Haar fiel ihm bis zur Hüfte, der verfilzte Bart reichte ihm bis zum Nabel. Das Gesicht war mit verkrustetem Blut, Schmutz und Ungeziefer bedeckt. Rettig konnte die knurrenden, heiseren Laute nicht verstehen, die es von sich gab. Es klang wie ›On hal‹. Mit klopfendem Herzen wich Rettig ein paar Schritte zurück. Dann plötzlich verstand er.

»Thronsaal«, sagte das Geschöpf.

»Thronsaal«, wiederholte es.

»Thronsaal, Thronsaal, Thronsaal.«

## *Kapitel 76*

Die Natur hatte von dem Platz wieder Besitz ergriffen. Neue Schößlinge waren um die Stümpfe der Bäume herumgewachsen, die man gefällt hatte, um das Holz zum Bauen von Militärbaracken zu verwenden. Unkraut überwucherte die

Wege und den Exerzierplatz. Wände waren eingestürzt, Dächer abgesackt, und Türen hingen schief in den Angeln. In den Holzbaracken nisteten Vögel zwischen den Spinnweben und den Spänen, welche Insekten herausgenagt hatten. Auf einem der zerbrochenen Fensterrahmen saß ein Vogel und betrachtete blinzelnd das verlassene Lager. Der Staub von Jahren lag auf den Fußböden. Hornissen umschwirrten ihr Nest unter einem der Dächer. An den Wänden waren noch verblichene Inschriften und Zeichnungen zu sehen, ein Totenschädel, ein Skelett in einem Fünfeck. Der Wind blies vom Tal herauf.

## *Kapitel 77*

Sie umringten die reglose Gestalt auf der Unfallstation.

»Kennt ihn jemand?« fragte Accum.

»Sie meinen nicht ›ihn‹, sondern ›*ES*‹«.

Alle wandten sich zu Rettig um.

»Ich weiß selber nicht genau, *was* ich meine.«

Die Gestalt war jetzt in einen weißen Kittel gehüllt, dessen Oberteil über dem Bettuch, das ihn bedeckte, sichtbar war. Sein Bart war gestutzt, sein Haar geschnitten und die Nadel in seinem Arm an eine Infusion angeschlossen. Obgleich bewußtlos, war er mit Lederriemen an die Liege geschnallt.

»Ich weiß, wo er herkommt«, sagte Dunlap mit angespanntem Gesicht. Alle sahen ihn an. »Slaughter kann das natürlich nicht wissen. Aber ich bin überrascht, daß keiner von euch darauf gekommen ist. Er ist aus dem Lager.«

»Was?«

»Die eintätowierte Nummer auf seinem Handgelenk. Quiller hatte alle tätowieren lassen, bevor sie das Lager betreten durften.«

»Ja, das stimmt.«

»Aber sie sind doch längst alle weg«, wandte Slaughter ein. »Sind sie das wirklich?«

»Ich gehe oft dort oben auf die Jagd«, erklärte Rettig. »Das Lager steht seit Jahren leer.«

»Das heißt noch lange nicht, daß sie nicht woanders hingezogen sind. Der strenge Winter und der Mord haben sie vertrieben.«

»Aber wohin?«

Wie als Antwort begann der Mann auf der Liege, sich zu bewegen; er zerrte an den Riemen, die ihn festhielten. Immer noch bewußtlos, schüttelte er den Kopf und blähte die Nasenlöcher. »Thronsaal«, stöhnte er.

»Was soll das heißen?« wunderte sich Accum.

»Er sagt ›Thronsaal‹«, erklärte Slaughter. »Ich verstehe auch nicht, was er damit meint. Er wiederholt das Wort immer wieder, seit Rettig ihn gefunden hat.« Slaughter fand den Geruch im Zimmer unangenehm. Zwar hatte man die Gestalt gewaschen, nachdem man sie angeschnallt hatte, aber es stank immer noch nach ranzigem Fleisch, Schweiß und Schimmel. Vermischt mit dem süßlichen Geruch von Medikamenten und Desinfektionsmitteln verursachten die Ausdünstungen ihm Übelkeit. »Wo hat er sich denn bis jetzt aufgehalten?«

»Im Thronsaal«, sagte Dunlap.

»Sehr witzig.«

»Nein, der Thronsaal spielt bei ihm offenbar eine große Rolle. Wir sollten ihn fragen.«

»Du siehst doch, daß er nicht bei Bewußtsein ist.«

»Probieren wir es trotzdem.«

Slaughter sah Accum fragend an.

»Ich weiß nicht. Es ist schwerkrank. Nun gut, viel kann es ihm nicht mehr schaden.«

»Aber das ist doch sinnlos«, widersprach Slaughter.

»Das macht doch keinen Unterschied. Versuchen wir es.« Dunlap beugte sich über die Liege. »Kannst du mich hören?«

»Vorsicht«, sagte Slaughter.

Dunlap nickte und trat einen Schritt zurück. »Kannst du mich hören?«

Keine Reaktion. Dunlap wartete eine Weile und fragte dann nochmals in ruhigem Ton: »Kannst du mich hören?«

Der Mann bewegte sich ein wenig, stieß einen zischenden Laut aus und war dann wieder still.

»Wir sind doch deine Freunde. Erzähle mir mal etwas von dem Thronsaal.«

»Thronsaal.« Die Stimme war heiser, aber immerhin zu verstehen.

Dunlap blickte die anderen bedeutungsvoll an. Dann sagte er in noch leiserem Ton: »Ja, richtig. Erzähle mir vom Thronsaal.«

»Roter Saal.«

Dunlap blickte fragend auf.

»Das könnte Blut bedeuten«, bemerkte Accum.

»Möglicherweise«, sagte Slaughter. »Oder eine Erinnerung aus seiner Jugend. Schwer zu sagen.«

Und plötzlich begann das Geschöpf auf der Liege laut zu schreien. Gellende, durchdringende Schreie, der Körper verkrampft, wie von wahnsinnigen Schmerzen geschüttelt. Dann, ebenso plötzlich, wie es begonnen hatte, verstummte das Schreien, und er sank stöhnend zurück. Alle starrten ihn ratlos an. An der Tür sammelten sich Neugierige.

»Können sie ihm nicht etwas geben?« sagte Slaughter zu Accum.

»Ich kann es nicht riskieren, ihm ein Beruhigungsmittel zu spritzen. Das einzige, was wir tun können, ist abwarten und ihn beobachten.«

»Das Licht. Können wir das Zimmer nicht etwas abdunkeln?«

»Das Licht dürfte ihn eigentlich nicht stören, er ist bewußtlos. Aber warum nicht? Wir brauchen ja nicht soviel Licht.« Er ging an den Wandschalter und löschte die Deckenbeleuchtung. Der Raum lag jetzt im Halbdunkel, nur von der kleinen Lampe über der Liege erhellt.

Trotzdem hörte der Mann nicht auf zu stöhnen und zu seufzen. Er warf den Kopf von einer Seite auf die andere. Allmählich beruhigte er sich etwas.

»Was ist mit dem Roten Saal?« fragte Dunlap. »Erzähle uns davon.«

Er gab keine Antwort.

»Roter Saal«, wiederholte Dunlap.

»Roter Saal, Roter Saal, Antilope.«

»Es hat keinen Zweck«, sagte Slaughter. »Er fantasiert.«

»Oder er spricht von den Dingen, die für ihn wichtig sind.« erwiderte Dunlap.

»Dann sag mir doch, was er damit meint.«

»Das weiß ich doch nicht.«

»Natürlich nicht. Wir müssen herausfinden, wo die Leute hingegangen sind. Wenn es irgendeinen Roten Saal gibt, hätte ich sehr gerne gewußt, was es damit auf sich hat.«

»Aber wo sind sie«, sagte Rettig. »Hier in den Bergen wird viel geangelt und gejagt. Da müßte sie doch jemand gesehen haben.«

»Vielleicht *hat* sie jemand gesehen. Gehen Sie doch noch mal Ihre Akte mit den Vermißtenmeldungen und mit den Anfragen aus anderen Teilen des Landes durch«, sagte Dunlap. »Man kann nie wissen, wie weit die zurückgehen.«

*»Slaughter, würden sie mir erklären was das zu bedeuten hat?«*

Die Stimme dröhnte durch das Zimmer. Alle fuhren herum. Parsons stand in der Tür.

»Das wissen wir noch nicht«, erwiderte Slaughter. »Wir waren...«

»Draußen in der Halle.«

»Was?«

»Ich warte draußen auf Sie, Slaughter.«

Parsons trat in die Halle hinaus und ließ die Tür hinter sich zufallen. Alle blickten schweigend auf Slaughter.

»Ich wußte ja, daß so etwas passieren würde.«

»Was denn?«

»Nichts. Ich schätze, ich muß das jetzt durchstehen.« Slaughter öffnete die Tür und sah, daß Parsons ihn draußen erwartete.

Parsons besaß genügend Beherrschung, um zu warten, bis die Tür sich wieder geschlossen hatte, bevor er anfing, Slaughter anzuschnauzen.

»Ich habe Ihnen doch gesagt, Sie sollen diesen Reporter

nicht zusehen lassen! Ich habe Ihnen gesagt, Sie sollen ihn in einen Zug setzen und abschieben!«

Die Krankenschwestern am anderen Ende der Halle starrten sie neugierig an.

»Ich glaube nicht, daß ich das tun kann.«

»Wenn sie Ihren Job behalten wollen, dann...«

»Hören Sie, Parsons, wir hätten uns wirklich besser kennenlernen sollen. Jetzt ist es zu spät, aber ich werde versuchen, Ihnen einiges zu erklären. Ich bin schon oft in einer ähnlichen Lage gewesen. Damals in Detroit hatten wir auch gelegentlich Schwierigkeiten. Die höheren Chargen wurden unter Druck gesetzt und suchten dann nach einem Sündenbock. Wir lernten sehr bald, wie man sich dagegen schützt und eine saubere Weste behält. In dieser Stadt gibt es jetzt auch eine Menge Ärger, und Sie brauchen einen Sündenbock, aber ich werde mich nach allen Seiten hin gründlich absichern, so daß nicht ich es sein werde. Dieser Reporter ist mir zur Zeit näher als meine Unterhose. Ich gehe nicht mal aufs Klo, ohne ihn mitzunehmen. Auf diese Weise sichere ich mich ab. Ich passe auf, daß er sich jede meiner Handlungen genau notiert, damit Sie mich nicht hereinlegen und alle möglichen Tricks anwenden können, um auf meine Kosten Ihre Weste rein zu halten. Wenn Sie das versuchen sollten, habe ich einen Zeugen, der falsche Anschuldigungen widerlegen kann.«

»Ich werde Sie...«

»Hören Sie mir zu. Ich bin noch nicht fertig. Sie wollen die Dinge einfach an sich herankommen lassen, ohne etwas zu tun. Ich habe etwas anderes vor. Wenn nötig, rufe ich den Notstand aus und setze das Kriegsrecht in Kraft. Dazu fehlt mir zwar die Befugnis, aber darüber können wir uns ein andermal unterhalten, wenn alles vorbei ist. Inzwischen packe ich das Problem wenigstens an, was man von Ihnen nicht behaupten kann. Vielleicht werden mir dabei ein paar Fehler unterlaufen. Okay, die werde ich zu verantworten haben. Aber ich denke nicht daran, mir die Schuld für Ihre Tatenlosigkeit zuschieben zu lassen.«

Parsons starrte ihn wütend an. »Sie werden sich noch einmal wünschen, nie hierhergekommen zu sein.«

»Vielleicht. Aber bedenken Sie mal die Alternative. Wenn ich recht habe, stellen Sie es als Ihr Verdienst dar. Sollte ich mich geirrt haben, machen Sie mich dafür verantwortlich. Dieser Reporter ist mein Augenzeuge bei allem, was ich tue. Er ist meine Versicherung. Ich führe jetzt das Kommando. Vergessen Sie das nicht.«

»O nein, ich werde es nicht vergessen.« Parsons bebte vor Haß und Wut. »Ich werde mich noch nach Jahren daran erinnern, wenn Sie längst nicht mehr hier sind.«

## *Kapitel 78*

Owens hatte eigentlich gar nicht kommen wollen. Er betrat Slaughters Büro, wo er Accum, Rettig und noch einen Mann, den er nicht kannte, vorfand.

»Gut, daß Sie hier sind«, sagte Slaughter. »Ich bin froh, daß Sie kommen konnten.«

»Nicht für lange.«

Owens deutete aus dem Fenster auf die lange Reihe von Fahrzeugen, die alle die Stadt verließen. »Heute abend ist niemand mehr hier.«

Slaughter blickte hinaus auf die Straße. »Nun ja, die Nachricht hat sich mit Windeseile verbreitet, und die Leute hauen ab. Vielleicht hilft uns das.«

»Wobei? Eine Geisterstadt zu bewachen?«

»Das ist genau das, was ich von Ihnen nicht zu hören erwartet hatte. Sie haben großartige Arbeit geleistet, und ich dachte, ich könnte mich auf Sie verlassen.«

»Was hat es denn für einen Zweck? Wir kommen nicht dagegen an.«

»Wir müssen es versuchen.«

»Sie haben keine Familie. Meine Frau und die Kinder sind am Packen.«

»Meine auch«, sagte Rettig. »Aber das heißt noch lange nicht, daß ich auch abhaue.«

Owens blickte ihn und dann die anderen der Reihe nach ungläubig an. »Ihr Burschen habt wohl immer noch nicht kapiert? Wir wissen doch, daß sie das Licht scheuen und erst in der Dunkelheit aus ihren Schlupfwinkeln kommen, daß der Mond eine bestimmte Wirkung auf sie hat und die Vorfälle sich mit zunehmendem Mond mehren.«

»Ich verstehe immer noch nicht«, sagte Slaughter kopfschüttelnd. »Es ist der Mond. Er nimmt zu, und heute nacht ist Vollmond. Die ganze Gegend wird ein einziges Irrenhaus sein.«

Sie starrten ihn wortlos an.

»Sie sind doch Polizist. In Detroit werden Sie doch auch bemerkt haben, wie sich Geistesgestörte bei Vollmond aufführen oder beim Wechsel der Jahreszeiten. Um das zu wissen, brauchen Sie nicht einmal Polizeibeamter zu sein. Fragen Sie nur einen Arzt, oder fragen Sie mich, wie sich meine Tiere verhalten. Fragen Sie das Personal in den Kaufhäusern. Der Mond ist die Ursache für die verrücktesten Dinge. Und heute ist nicht nur Vollmond, sondern auch Sonnenwende. Wir haben einen Virus, der unseren Hirnstamm angreift und uns Dinge tun läßt, die wir seit Urzeiten nicht mehr getan haben. Heute nacht wird hier die Hölle los sein.«

»Mein Gott!«

»Sie haben mir angst gemacht, ich gebe es zu«, erklärte Slaughter. Er starrte vor sich auf die Tischplatte, dann aus dem Fenster, dann auf Owens. »Ja, ich gebe es zu, und nach allem, was ich gesehen habe, glaube ich Ihnen, daß einfach alles passieren kann. Aber was soll ich denn tun?«

»Die Stadt verlassen, solange das noch möglich ist.«

»Das geht nicht.«

»Warum nicht?«

»Weil ich hier eine Aufgabe zu erfüllen habe.«

»Das ist genauso verrückt wie das, was hier vorgefallen ist. Sie können nichts ausrichten und wenn ja, wer wird es Ihnen danken? Parsons? Der denkt nur an sich selbst. Glauben Sie etwa, die Bevölkerung wird es Ihnen danken, wenn Sie in Erfüllung Ihrer Pflicht sterben? Glauben Sie doch das nicht! Man wird höchstens sagen, daß Sie dumm waren und die Übersicht verloren haben. Nutzen Sie die Gelegenheit, und verschwinden Sie, solange das noch möglich ist.«

»Aber ich tue es ja gar nicht für die Bevölkerung dieser Stadt. Ich tue es für mich selbst. Wenn ich jetzt davonlaufe, könnte ich mich selbst nicht mehr ertragen. Und ich glaube, Sie könnten auch nicht einfach davonlaufen.«

»Nein? Sie werden sich wundern.«

Alle blickten ihn an und waren sicher, er würde jetzt gehen. Aber er blieb.

»Ist etwas?« fragte Slaughter. »Haben Sie noch etwas auf dem Herzen?«

Owens blickte ihn schweigend an.

»Vielleicht wollen Sie uns noch etwas sagen?«

Owens schwieg immer noch.

»Dann werde ich Ihnen einen Vorschlag machen. Es ist noch heller Tag. Vor Einbruch der Dunkelheit wird kaum etwas passieren. Bleiben Sie noch eine Weile. Sagen Sie Ihrer Familie, sie soll abfahren und daß Sie nachkommen. Und bis dahin helfen Sie uns noch ein wenig. Sie haben uns eine Reihe wichtiger Informationen gegeben, mit denen wir ohne Sie nicht viel anfangen können. Sie sind sehr wichtig für uns.«

»Also gut. Bis zum Einbruch der Dunkelheit.«

»Mehr kann ich nicht verlangen.«

Dann tat Slaughter etwas für ihn sehr Ungewöhnliches. Er drückte Owens die Hand. Owens schien sich jetzt etwas besser zu fühlen, und die anderen waren sichtlich erleichtert.

»Jetzt sind wir wieder ein Team«, sagte Slaughter. »Machen wir uns an die Arbeit.«

## Kapitel 79

Parsons zerrte den Spanischen Reiter über die doppelspurige Straße. Das Ding sah aus wie ein Sägebock, nur größer und länger. Straßenarbeiter, die zur Zeit eine neue Asphaltschicht auftrugen, hatten zwei solche Dinger hier abgestellt, und jetzt zog er auch den zweiten herbei, so daß die Straße in beiden Richtungen gesperrt war. Seine Absichten kamen ihm selbst einigermaßen ungewöhnlich vor. Sein ganzes Leben lang hatte er die Macht immer hinter den Kulissen ausgeübt und es anderen überlassen, aktiv zu werden. Er hatte seine gegenwärtige Position auf die Weise erreicht, daß er stets dem zustimmte, was andere für richtig hielten. Er pflegte zu sagen, daß die beste Regierung diejenige sei, die am wenigsten regiert. Ein Beamter im öffentlichen Dienst hatte nicht zu führen, sondern zu folgen. Und in seinen zwanzig Jahren als Bürgermeister hatte er seine Theorie bestätigt gefunden. Jetzt, mit einem Mal, sah er sie zusammenbrechen. Von seinem Haus in einem der Vororte aus hatte er beobachtet, wie die Einwohner scharenweise die Stadt verließen. Er hatte zahlreiche Anrufe erhalten, von Leuten, die sich beschwerten oder ihm mitteilten, daß sie sich aus dem Staub machten. Er hatte seine Freunde gebeten, zu bleiben und ihm zu vertrauen, aber nun war es zu spät zum Handeln, und er mußte zusehen, wie die Leute die Stadt verließen und seine Machtposition erschüttert wurde. Es war sein erster Mißerfolg. Noch schlimmer – niemals wieder würde er dasselbe Maß an Macht und Einfluß zurückerlangen. Sollte die Stadt gerettet werden und die Bürger zurückkehren, konnte er kaum noch mit ihrer Loyalität rechnen. Man würde alles ändern, einen neuen Bürgermeister wählen, und er selbst würde sich in der wenig beneidenswerten Lage eines abgesetzten Präsidenten befinden. Der Vergleich mochte überheblich klingen, aber diese Stadt war sein Reich gewesen, in dem er wie ein absoluter Herrscher regiert hatte. Der Gedanke, abgesetzt und plötzlich überflüssig zu sein, war ihm unerträglich.

Nachdem er die beiden Barrieren errichtet hatte, nahm er seine Schrotflinte und ging auf das vorderste der wartenden Autos zu. Er war groß und breitschultrig und überragte drohend den Fahrersitz. Es war einer der Tricks, die er gleich zu Beginn seiner Amtsführung gelernt hatte – andere mit seiner Persönlichkeit und physischen Größe zu beeindrucken. »Kehren Sie um. Wir müssen mit unseren Problemen gemeinsam fertig werden.«

»Räumen Sie gefälligst die Sperre weg, sonst ramme ich sie und breche durch.«

»Und dann? Wenn alle davonlaufen, bleibt niemand übrig, um die Ordnung wiederherzustellen.«

»Jetzt hören Sie mal zu. Mein Nachbar ist von seinem Schäferhund zerfleischt worden. Zwei Häuser weiter ist der Hausbesitzer verrückt geworden und hat seine Familie angefallen. Ich weiß von mindestens zwanzig Menschen, die seit gestern verschwunden sind. Es geschehen Dinge, die man uns verschweigt, und ich denke nicht daran hierzubleiben, bis es auch mich trifft.«

»Ich schieße Ihnen die Reifen kaputt.«

»Und die anderen Autos hinter mir? Sie haben nicht genügend Munition, um allen die Reifen zu zerschießen. Räumen Sie die Sperre weg, und lassen Sie mich fahren.«

»Das kann ich nicht zulassen. Eine noch unbekannte Krankheit grassiert, und niemand verläßt die Umgebung der Stadt, solange Ansteckungsgefahr besteht. Ab sofort steht die gesamte Bevölkerung unter Quarantäne.«

Er wußte, daß er sich selbst widersprach und genau das Gegenteil von dem tat, was er zu Slaughter gesagt hatte. Aber er befand sich auf Kriegsfuß mit Slaughter, und wenn dessen Taktik Erfolg versprach, würde er sie ebenfalls anwenden. »Wenn Sie jetzt wegfahren«, sagte er zu dem Mann am Steuer, »geht hier alles zum Teufel, und Sie können nie wieder zurückkommen. Es wird einfach nichts mehr geben, was ein Zurückkommen wert wäre. Reißen Sie sich doch zusammen, Herrgott noch mal. Fahren Sie zurück und helfen Sie uns, die Ordnung in der Stadt wiederherzustellen.«

Die Autos stauten sich auf der Straße, hupten, verärgerte Fahrer stiegen aus und gingen in drohender Haltung auf ihn zu. Parsons hielt seine Schrotflinte im Anschlag. »Vertrauen Sie mir, und ich helfe Ihnen aus dieser Situation heraus.«

Sie begannen die Barrieren beiseite zu schieben.

»Verstehen Sie denn nicht?« rief er. »Das kommt alles aus dem Lager da oben.«

Ja, davon wußte er auch. Er hatte genug Informanten, die ihm seit seiner Auseinandersetzung mit Slaughter alles berichtet hatten. Es gab immer noch Einzelheiten, die er nicht ganz begriff, aber jetzt hatte er wenigstens einen Sündenbock. Und natürlich waren diese Hippies Feinde der Stadt. Vor sieben Jahren hatte er ihnen die ganze Schuld zugeschoben, und das könnte diesmal auch wieder klappen.

»Das Lager?« Die Männer bleiben mit den Holzböcken in der Hand stehen. »Aber die Hippies sind doch längst weg.«

»Und ich sage Ihnen, die sind immer noch da oben. Das Lager haben sie verlassen und sind woanders hingezogen, aber sie sind noch irgendwo dort oben, und sie sind völlig verrückt. Gott weiß, was sie alles angestellt haben, aber jetzt haben sie eine ansteckende Krankheit erwischt und schleppen sie in die Stadt ein. Ja, ich weiß, Katzen und Hunde haben es auch, aber damit können wir fertig werden. Wovor ich Angst habe, ist das Lager.«

Das war ein reichlich abgegriffenes Argument, das an ihre Urinstinkte appellierte und ihre Furcht vor dem Unbekannten heraufbeschwor. Er schämte sich fast, einen so billigen Trick anzuwenden, aber im Grunde glaubte er selbst daran. Die haßerfüllten Erinnerungen an die sechziger Jahre brachen wieder hervor, und in seiner Wut wollte er nichts, als mit ihnen abrechnen und es Slaughter heimzahlen. Er wollte seine Stadt zurück. Und, bei Gott, Slaughter würde dafür büßen, wie er mit ihm gesprochen hatte.

Die Leute starrten ihn erschrocken an.

»Erinnern Sie sich nicht mehr, wie es damals war? Wenn wir sie nicht aufhalten, kommen sie aus den Bergen herunter und bringen uns alle um.«

Sie starrten ihn immer noch an.

»Im Grunde brauche ich Sie gar nicht. Ich werde mich an die Bauern und Viehzüchter wenden. Die wissen, worum es geht. Die wissen, daß sie ihr hart erworbenes Eigentum verteidigen müssen. Ich werde mir ein paar richtige Männer suchen, die keine Angst haben.«

Er merkte, daß er sie an einem wunden Punkt getroffen hatte. Gleich würde er sie fragen, ob sie einen der Leute kannten, die umgebracht worden waren. Er würde ihnen von Slaughter erzählen, von ihrem Polizeichef, der so unfähig war, daß er, der Bürgermeister, persönlich die Zügel in die Hand nehmen und sich an die Spitze der Bürgerschaft stellen mußte.

## *Kapitel 80*

Slaughter studierte gemeinsam mit den anderen die Landkarte. Fernsehen und Radio würden in Kürze eine Meldung an die Bevölkerung durchgeben, die sie dazu aufforderte, zu Hause zu bleiben, sich von Tieren und Fremden fernzuhalten und jeden Fall, in dem jemand gebissen wurde, sowie jedes andere außergewöhnliche Vorkommnis sofort dem Polizeirevier oder einem der zahlreichen Streifenwagen, welche die Straßen abfuhren, zu melden. Slaughter hatte sich an die Reservetruppen der Territorialarmee gewandt, die bereits angetreten waren und sich darauf vorbereiteten, eine Haus-zu-Haus-Durchsuchung vorzunehmen.

»Rettig, Sie kennen die Berge besser als ich. Zeigen Sie mir, wo sich das Lager befindet.«

»Das Gebiet ist viel zu ausgedehnt«, erwiderte Rettig.

»Ja, aber...« Slaughter brach mitten im Satz ab und rieb sich die Stirn. Seit einiger Zeit litt er unter Kopfschmerzen. Es war die Schlaflosigkeit, unregelmäßige Mahlzeiten, der Streß und wohl auch der Krach mit Parsons. Er hoffte, bald Herr der Lage zu sein, aber das Ausmaß der Probleme, die auf ihn zukamen, ließ immer mehr Zweifel aufkommen. »Ja, aber Sie müßten doch wenigstens ein paar Stellen kennen, Höhlen oder Schluchten, wo sich eine Gruppe von Menschen auf einige Zeit verstecken könnte.«

»Wenn Sie das meinen – es gibt Hunderte solcher Stellen. Ich erinnere mich, als ich noch ein Kind war, war dieses Terrain nicht einmal auf den Landkarten eingezeichnet. Natürlich durchstreifen Jäger und Angler regelmäßig das Gebiet, aber ich kannte einmal einen Indianer, der dort drei Jahre als Einsiedler lebte, und während der ganzen Zeit nicht einen einzigen Menschen zu Gesicht bekam.«

»Sie meinen also, daß es keinen Zweck hat?«

»Ich meine, daß wir keine Zeit haben, aufs Geratewohl herumzusuchen.«

»Hören Sie mal«, sagte Dunlap. »Das Ganze muß doch eine gewisse Logik haben.«

Sie blickten ihn verwundert an. Dieser Stadtbewohner wollte sie über das Bergland belehren!

»Logik? Wo, zum Teufel, liegt da die Logik?« sagte Slaughter.

»Ihr seid etwas vorschnell. Denkt doch mal nach. Quiller hatte zweihundert Leute dort oben. Einige davon sind in jenem Winter erfroren. Andere wahrscheinlich davongelaufen. Wir suchen einen Platz, wo sich – sagen wir – fünfzig Menschen aufhalten können. Wahrscheinlich weit oben, wo sonst niemand hinkommt. Abseits von allen ausgetretenen Pfaden.«

»Okay. Das akzeptiere ich«, sagte Rettig.

»Aber das bringt uns auch nicht weiter«, wandte Slaughter ein.

»In Detroit hättest du genau gewußt, wie man so eine Suchaktion organisiert. Du hättest diejenigen Bezirke, wo die meisten Verbrechen begangen wurden, auf einer Straßenkarte eingezeichnet und wärest nach diesem Muster vorgegangen.«

»Aber hier gibt es kein Muster.«

»Doch. In welcher Gegend wurden die Rinder gerissen?«

»Hier. An der Westseite.«

»Und wo wurden die Bauern vermißt?«

»Auch im Westen.«

»Und das Feld, wo Clifford getötet wurde?«

Slaughter begann verschiedene Stellen auf der Karte mit einem X zu kennzeichnen. »Wir müssen eine Liste der einzelnen Vorfälle anfertigen.« Er wünschte, Marge wäre hier, um ihm zu helfen. Dann fiel ihm ein, daß sein eigenes Anwesen ebenfalls in dieser Gegend lag. Das waren keine Wildkatzen gewesen, gestern abend. Er schauderte bei dem Gedanken.

»Und jetzt teile das Gebiet in Quadrate auf«, sagte Dunlap.

Alle drängten sich um den Tisch herum.

»Na also. Es ist im hohen Gelände. Genau das, was du erwartet hast.«

»Ja. So hoch oben, daß nur ganz selten Leute dort hinkommen. Hier auf der Karte sind keine Wege eingetragen.«

»Was bedeutet diese gestrichelte Linie?«

»Das war mal eine Eisenbahnlinie, zu jener Zeit, als sich dort oben Goldminen befanden. Jetzt sind die Schienen zum größten Teil aufgerissen.«

»Goldminen? Was für Goldminen?«

»Das war einmal die reichste Gegend im ganzen Staat. Um 1895. Dort oben stand sogar eine Stadt.«

Slaughter überlief es heiß und kalt.

»Du lieber Gott«, sagte Owens, »und wir waren zu blöd, um daran zu denken.«

»Eine Geisterstadt«, sagte Rettig. »Sie hieß Motherlode. Jetzt, wo es keine Bahn mehr gibt, ist es fast unmöglich hinaufzukommen. Kein Weg, nicht einmal ein Pfad, nichts. Deshalb hat man ja damals die Bahn gebaut.«

»Motherlode«, sagte Dunlap. »Alte Goldminen mit tiefen Schächten im Felsen. Dort könnte man lange aushalten. Die Arbeiter haben ja auch dort gelebt.«

»Und dort hatten sie also ihr Lager«, sagte Slaughter.

»Sie hatten ihr Lager dort«, bestätigte Owens. »Wer weiß, was wir dort vorfinden.«

»Tut mir leid, Slaughter.«

Parsons' Stimme dröhnte durch den Raum. Sie drehten sich um und sahen eine Gruppe bewaffneter Männer durch den Haupteingang kommen. An der Spitze Parsons, der sich breitbeinig vor der Glaswand, die Slaughters Büro von der Wachstube abtrennte, aufpflanzte.

»Sie mischen sich ja schon wieder ein«, sagte Slaughter verärgert.

»Zum letzten Mal.«

Es wurde still im Raum. Der Beamte am Sprechfunkgerät starrte die Eindringlinge verständnislos an. Die drei anderen, die gerade telefoniert hatten, brachen ihre Gespräche ab und legten auf. Gleich darauf begannen die drei Apparate wieder zu läuten.

»Ziehen Sie die Stecker raus«, wies Parsons sie an.

Die Beamten blickten erst Parsons an, dann Slaughter.

»Ziehen Sie die Stecker raus, habe ich gesagt.«

Er ging auf sie zu, woraufhin sie sich bückten und die Stekker herauszogen.

»Na also. Jetzt sind wir ungestört. Also los, Slaughter. Kommen Sie mit.«

»Warum denn?«

»Ich habe soeben den Notstand ausgerufen.«

»Ich verstehe nicht...«

»Ich nehme Sie fest.«

»Machen Sie keine Witze.«

»Sehe ich aus wie ein Witzbold? Los, bevor ich Ihnen Beine mache.«

»Das kann doch nicht Ihr Ernst sein.«

»Ich habe nicht die Absicht, mit Ihnen zu diskutieren. Es ist eine Tatsache, daß Sie sich geweigert haben, meine Befehle auszuführen.«

»Nur weil Sie nicht bereit waren, die notwendigen Maßnahmen zu ergreifen?«

»Sehe ich so aus, als würde ich keine Maßnahmen ergreifen? Ihre Argumente sind nicht gerade überzeugend, Slaughter. Sie haben Ihre Befugnisse überschritten. Sie haben unverantwortlich gehandelt. Die Situation ist Ihrer Kontrolle entglitten; außerdem haben Sie sich mit Accum und Owens abgesprochen, einen Mord zu vertuschen.«

»Wie bitte?«

»Den Mord an dem Jungen, dem Accum im Leichenschauhaus den Bauch aufgeschlitzt hat. Der Junge war noch am Leben. Glauben Sie, das weiß ich nicht? Da ich annahm, daß die Eltern uns verklagen würden, habe ich eine zweite Obduktion angeordnet. Der Schnitt war nicht fachgerecht ausgeführt. Zwar hatte Accum versucht, ihn so zurechtzuschneidern, daß es aussah wie bei einer normalen Obduktion, aber er hat das nicht geschickt genug gemacht. Sie sind alle in Gewahrsam, bis wir die ganze Wahrheit herausbekommen haben.«

»Ich nicht«, sagte Dunlap. »Ich weiß überhaupt nichts davon.«

»Aber Sie haben genug gesehen, um wichtiges Beweismaterial liefern zu können. Slaughter hat sich sogar damit gebrüstet.«

»Und was ist mit mir?« fragte Rettig und trat vor.

»Gegen Sie habe ich nichts Belastendes vorzubringen. Ich übertrage Ihnen sogar das Kommando über die Polizeitruppe, obgleich ich Ihnen nicht ganz traue, wegen Ihrer guten Beziehungen zu Slaughter. Wenn Sie auch nur den geringsten Versuch machen, ihm zu helfen, sperre ich Sie ebenfalls ein. Dieses Polizeirevier ist ein Saustall. Jetzt wollen wir mal etwas Schwung hineinbringen. Also los, ich fordere Sie nicht zweimal auf. Rettig, nehmen Sie ihm seine Kanone ab.«

»Machen Sie nur«, sagte Slaughter zu Rettig. »Wir haben keine andere Wahl. Glauben Sie mir, ich werde das alles wieder in Ordnung bringen.«

Parsons fing an zu lachen. »Ja, gewiß. In Ihrem eigenen Kittchen. Also los jetzt, bringen wir das zu Ende.«

Rettig blickte Slaughter an und nahm seine Dienstwaffe entgegen. Die Männer mit den Gewehren bildeten ein Spalier und führten die vier Häftlinge ab.

## *Kapitel 81*

Rettig blickte schweigend aus dem Fenster auf die wütende Menschenmenge, die sich vor dem Revier angesammelt hatte. In der Mehrzahl waren es Männer mit Schußwaffen. Ein Gefühl der Erschöpfung überkam ihn plötzlich.

»Was denkt sich dieser Scheißkerl eigentlich?« fragte der Beamte am Sprechfunkgerät.

»Er hat Angst, daß Slaughter ihn aussticht.«

»Aber dieser Pöbel da draußen. Er hetzt die Leute doch nur auf.«

»Er tut nur, was sie verlangen. Wenigstens wird er das später behaupten. Das war schon immer seine Masche. Er wird mit dieser krummen Tour Erfolg haben und später doppelt soviel Macht besitzen. Es tut mir leid, es sagen zu müssen, aber wie man es auch ansieht, es stehen uns schlimme Zeiten bevor, und wir können nichts dagegen unternehmen.«

Er sah wieder aus dem Fenster, wo Parsons vor der Menge eine flammende Rede hielt.

## *Kapitel 82*

Ein seltsames Gefühl überkam ihn. Man hatte ihm gesagt, daß das der Fall sein würde, aber der Biß an seinem Finger war ja nicht tief. Er hatte eine Menge Kratzer im Gesicht und am Hals davongetragen, aber nur eine oberflächliche Bißwunde am Finger, als er den Arm gehoben hatte, um sie abzuwehren. Als sie gestern abend begonnen hatte, verrückt zu spielen, hatte er es auf ihre Verzweiflung geschoben. Ihr einziges Kind war tot. Aber dann hatte er langsam begriffen, daß Kummer allein nicht derartige Symptome hervorrufen konnte und hatte versucht, ihr zu entfliehen. Aber sie ließ ihn nicht los. Wenn jene Frau sie nicht niedergeschlagen hätte, wäre er kaum in der Lage gewesen, sich noch lange zu wehren. Jetzt hatte er noch mehr Kummer. Seine Frau war immer noch bewußtlos. Es tat ihm leid, daß soviel Gewalt erforderlich gewesen war, sie zu überwältigen. Würde ihr Leben jemals wieder normale Formen annehmen? Vielleicht würde sie nicht einmal überleben, dachte er besorgt.

Und jetzt auch noch die Vermutung, daß derselbe Virus, der sie und Warren befallen hatte, vielleicht auch ihn nicht verschonen würde. Man hatte ihm erklärt, daß die Symptome innerhalb von vierundzwanzig Stunden auftreten würden, falls er infiziert war, und hatte ihn in diese Zelle gesperrt. Eingesperrt! Die Zelle hatte keine Fenster. Wände, Fußboden und Decke waren dick gepolstert. Sie war für gewalttätige Geisteskranke gedacht, und der Gedanke, was ihm vielleicht bevorstand, lastete schwer auf ihm.

Er blickte auf die Uhr. Man hatte sie ihm gelassen, was ihn in gewissem Maße beruhigte. Es war drei Uhr – vor vierzehn Stunden war er gebissen worden. Vielleicht würde er überleben, aber da war dieses eigenartige Gefühl. Kummer? Depression? Oder war es etwas anderes? Fing es so an?

Plötzlich schlug er wütend mit der Faust gegen die Polsterung. Laut fluchend versetzte er der Wand einen Tritt. Noch gestern hatte er ein glückliches Leben geführt. Er war mit Warren vom Arzt nach Hause gefahren, mit einem Gefühl der Erleichterung, Zufriedenheit und Zusammengehörigkeit. Dann war mit einem Mal alles zerstört. Sein Sohn war tot. Er schlug nochmals auf die gepolsterte Wand ein und knurrte sie an. Er malte sich aus, wie anders dieser Tag hätte verlaufen können. Dann kam ihm zu Bewußtsein, daß er eben laut geknurrt hatte.

Regungslos vor Entsetzen blieb er stehen. Nein, es war nichts. Er war nur verärgert. Der scharfe Salzgeruch in der Zelle erregte ihn. Er schnupperte. Der Geruch ging von der Wand aus. Er trat dicht heran und schnupperte nochmals. So fing es also an, dachte er. Keine Frage. Eigentlich hätte er sich jetzt fürchten, entsetzt sein müssen, aber Kummer und Wut hatten ihn erschöpft. Nichts mehr machte ihm jetzt etwas aus. Vielleicht war auch das ein Symptom. Er hatte ohnehin keine Wahl und mußte sich in sein Schicksal ergeben.

Und dieser salzige Schweißgeruch. Er schnüffelte an der Wand und begann sie abzulecken. Er war sich bewußt, daß er die Wand ableckte, aber er konnte sich nicht beherrschen. Der Drang war übermächtig. Mit der Zunge fuhr er über das rauhe Segeltuch der Polsterung. Einen Moment lang erkannte er seine gespaltene Persönlichkeit, dann verließ ihn jedes Verständnis. Als sie zehn Minuten später zu ihm kamen, tobte er bereits.

## *Kapitel 83*

Parsons stand auf dem Acker neben dem Jahrmarktsgelände. Viele Menschen hatten sich bereits versammelt, aber es würden noch mehr kommen. Er hatte seine Boten zu sämtlichen Farmern in der Umgebung geschickt. Leute aus der Stadt kamen in Scharen angefahren, und inzwischen waren auch die meisten Farmer und Viehzüchter eingetroffen. Er stieg auf seinen Jeep und hob ein Megaphon an den Mund.

»Hört mich an!« Durch den Schalltrichter verstärkt dröhnte seine Stimme über das Feld. Die Menge wandte sich ihm erwartungsvoll zu. »Ihr alle kennt die Schwierigkeiten, mit denen wir zu kämpfen haben. Ich brauche Freiwillige, die ihre Nachbarn hierher zum Jahrmarktsgelände bringen, wo wir sie untersuchen werden, um sicherzugehen, daß sie nicht von der Krankheit befallen sind. Anschließend werden wir die bereits Infizierten hierbehalten, bis die Aktion beendet ist. Dann brauche ich noch weitere Freiwillige, welche Hausdurchsuchungen vornehmen. Wer eine Katze oder einen Hund sieht, die tollwutverdächtig erscheinen, hat das Tier sofort zu erschießen. Für Personen, die von dem Virus infiziert sind, stehen Beruhigungsmittel zur Verfügung.«

»Was ist mit dem Lager?«

»Erst müssen wir Ruhe und Ordnung in der Stadt wiederherstellen. Anschließend kümmern wir uns um alles, was außerhalb geschieht. Keine Sorge.«

Die Menge begann zu murmeln. Er deutete auf den Captain der Reservetruppen. Die Aktion lief an.

## *Kapitel 84*

Die vermißten Männer, Frauen und Kinder schliefen überall in der Stadt in ihren Verstecken. Sobald die Tollwut sich bei ihnen bemerkbar machte, suchten sie Schutz vor dem Sonnenlicht. Auch Hunde, Katzen und andere Tiere. Sie versteckten sich in Schränken, leeren Zisternen, Kellern, Dachböden – überall, wo es dunkel war.

## *Kapitel 85*

In den Bergen, in ihren Höhlen, Baumnestern und unter Holzstapeln schliefen sie und murmelten vor sich hin. Geweihe rieben sich aneinander. Wenn der Mond aufging, würden sie in die Nacht hinaustreten. In ihrer fiebrigen Fantasie träumten sie von dem Festmahl, das ihnen die Stadt, die sich unter ihnen ausbreitete, bereiten würde.

## *Kapitel 86*

Die vier Männer in den Arrestzellen im Keller wurden von zwei anderen Männern mit Gewehren in den Händen bewacht. Die Wächter hatten ihre Stühle gegen die Wand gelehnt. Neben dem Tisch befand sich eine Tür, die zur Treppe führte, sowie eine zweite Tür in den unterirdischen Gang zum Gerichtsgebäude. Auf diese Weise konnten Gefangene dem Richter vorgeführt werden, ohne das Gebäude verlassen zu müssen. Der üble, dumpfe Geruch aus dem Gang drang unter der zweiten Tür hervor bis in die Zellen. Bisher war Slaughter nur dann hier heruntergekommen, wenn seine Anwesenheit unbedingt notwendig gewesen war. Natürlich war er noch nie selbst eingesperrt gewesen. Er war entsetzt über die Erniedrigung, der die Gefangenen hier ausgesetzt waren, und gelobte, die Haftbedingungen zu verbessern, wenn er jemals wieder Gelegenheit dazu haben würde, was allerdings nicht sehr wahrscheinlich war. In dieser Stadt war er erledigt. Parsons war zu schlau für ihn gewesen. Slaughter war deprimiert, und die feuchte, stickige Umgebung machte alles noch schlimmer.

Endlich war es ihm gelungen einzuschlafen. Anfangs war er unruhig in der Zelle auf und ab gegangen und hatte sogar versucht, seinen Wächtern ins Gewissen zu reden, aber die hatten ihn nur schweigend angeblickt und ihn keiner Antwort gewürdigt. Seine drei Mithäftlinge hatten ebenfalls argumentiert und sich beschwert. Als das alles nichts fruchtete, hatten sie schließlich aufgegeben und sich auf ihre Pritschen geworfen. Auch Slaughter hatte am Ende aufgegeben und war erschöpft eingeschlafen.

Die vier Zellen lagen in einer Reihe. In jeder war ein Gefangener.

In der ersten war Accum untergebracht, der es immer noch nicht fassen konnte, wie er in diese Situation geraten war. In Philadelphia war er als Kapazität auf seinem Gebiet berühmt gewesen, doch hatte seine ständige Beschäftigung mit Toten zu einer Entfremdung von den Lebenden geführt. Jede Nacht war er länger im Labor geblieben bei seinen Leichen. Sie waren für ihn die endgültige Wahrheit gewesen. Eines Nachts hatte ihn ein Inspektor dabei beobachtet, wie er die kalte, leblose Schulter eines toten Mädchens zärtlich streichelte. Worte und Erklärungen erübrigten sich. Am nächsten Tag hatter er gekündigt und war nach Potter's Field zurückgekehrt, wo er geboren und aufgewachsen war, und wo sein Vater, ein Arzt, den Krebstod seiner Mutter nicht hatte verhindern können. Hier hatte er sich bemüht, seine Gedanken wieder zu ordnen, und jetzt, nachdem er sich auch hier einen

Namen gemacht hatte, würde er bald unter Anklage stehen, weil er das getan hatte, was er für seine Pflicht hielt. Gestern, als er den infizierten Hund entdeckt hatte, hätte er ganz einfach die Polizei benachrichtigen und sich um nichts weiter kümmern sollen. Statt dessen hatte er sich intensiv mit dem Fall beschäftigt, und nun würde er wahrscheinlich gezwungen sein...

In der nächsten Zelle saß Owens, der sich darüber Sorgen machte, daß seine Familie auf ihn wartete. Man hatte ihm nicht erlaubt, zu Hause anzurufen, und jetzt wünschte er, er wäre tatsächlich gegangen, als er den anderen erklärte, daß er nicht mehr mitmachen würde. Dumme Beweggründe hatten ihn dann zum Bleiben bewogen. Eine Loyalität diesen Männern gegenüber, die sagten, daß sie ihn dringend brauchten, obgleich es seine Pflicht gewesen wäre, sich in erster Linie um seine Familie zu kümmern. Jetzt würde er zu alledem noch mit größter Wahrscheinlichkeit vor Gericht kommen, nur weil Slaughter und der Gerichtsmediziner ihn zu einer falschen Aussage über die Ursache für den Tod des Jungen verleitet hatten. Was hatte er sich nur dabei gedacht? Hatten sie wirklich einen solchen Einfluß auf ihn, daß er alles zu tun bereit war, nur um ihnen zu gefallen? Jetzt würde man ihn dafür bestrafen, daß er Leute gedeckt hatte, denen gegenüber er zu nichts verpflichtet war, und er wünschte, er wäre zusammen mit seiner Familie weggefahren, irgendwohin.

In der dritten Zelle saß Dunlap, der gerade von der gehörnten Gestalt geträumt hatte, die ihn anstarrte. Noch nie war sie ihm so deutlich erschienen. Mit jedem Mal erschien ihm der Traum wirklichkeitsnäher; eines Nachts würde er aufwachen und die Gestalt vor sich sehen. Wenigstens war sie nicht in der Zelle, als er aufgewacht war. Nichts als eine Erinnerung an den Traum und auf der anderen Seite der Gitterstäbe die zwei Wächter mit ihren Gewehren. Dunlap schwitzte noch von dem Alptraum und vermißte den Alkohol, der ihm Kraft verlieh. Seit gestern zitterten seine Hände unkontrollierbar. Wenn er etwas zu trinken hätte, dachte er, wäre alles nur halb so schlimm, und er könnte leichter mit all dem fertig werden. Aber andererseits war er doch irgendwie froh. Er hatte seine Story, und wenn Parsons glaubte, durch seine Festnahme die Veröffentlichung verhindern zu können, hatte er sich gründlich getäuscht. Er war kein Verlierer mehr. Er würde die ganze Wahrheit herausfinden und den Alptraum überwinden. Er überlegte...

Slaughter, in der vierten Zelle, dachte an die Zeit vor fünf Jahren und an den alten Doc Markle und das Geheimnis, das sie verbunden hatte. Er hatte es dem Alten nie gestanden, und der Alte hatte es niemals erwähnt, aber beide wußten es: Slaughter war ein Feigling. Bei Clifford, bei der Gefangennahme des Jungen, nachts auf dem Feld hinter seinem Haus –, immer hatte er sich gefürchtet. Gefürchtet? Im Haus und auf dem Acker war er in helle Panik geraten, der er nicht Herr werden konnte. Er begriff selber nicht, wie es soweit mit ihm gekommen war. Sein Gehabe als harter Bursche seinen Freunden gegenüber, der Widerstand gegen Parsons – all das waren nur verzweifelte Versuche, sich seine Selbstachtung zu bewahren. Im Grunde wollte er nichts als weg von hier, um nicht mehr ständig Kraft und Mut beweisen zu müssen. Parsons hatte recht gehabt. Eigentlich hatte er ihm einen Gefallen getan, indem er ihn eingesperrt und damit diese Last von ihm genommen hatte. Im Innersten seines Herzens war Slaughter ihm dankbar dafür. Er hatte mit den Wächtern diskutiert, um sie dazu zu bewegen, ihn freizulassen, aber er hatte gewußt, daß seine Argumente auf taube Ohren stoßen würden, daß keinerlei Chance bestand. Unter diesen Umständen hatte ihm die Unterhaltung fast Spaß gemacht. Aber die Erinnerung an den alten Doc Markle hatte wieder alte Schuldgefühle in ihm geweckt und innere Konflikte aufbrechen lassen. Bleib doch hier. Hier bist du sicher. Sieh zu, daß du aus dieser Zelle herauskommst. Zeig ihnen, daß du noch etwas taugst. Ihm blieb ja keine Wahl, sagte er sich. Er mußte aus der Schande eine Tugend machen, um sich der Schande zu entledigen.

Es war spät nachts. Durch die winzigen Gitterfenster hoch

oben an der Mauer hörte er Schüsse, Geschrei und Geheule. Danke Gott, daß du hier drin bist, dachte er. Hier bist du wenigstens sicher. Trotzdem war er wütend auf sich selbst, auf Parsons, auf alles, war hier passierte. Er war im Begriff, seine nutzlose Diskussion mit den Wächtern wieder aufzunehmen, um seine Spannung ein wenig abzubauen, als die Tür am anderen Ende des Kellers aufging und Rettig hereinkam.

Die zwei Wächter standen auf und blickten ihn mißtrauisch an.

»Macht euch nicht gleich in die Hose«, sagte Rettig. »Und seid vorsichtig mit euren Kanonen, sonst schießt ihr euch noch selber in die Schnauze.«

Die beiden schienen ebenso erstaunt wie nervös zu sein. »Sie dürfen hier nicht hereinkommen«, sagte der eine.

»Meinen Sie? Gut, dann sage ich der Frau, sie soll das Essen wieder mitnehmen.«

»Moment mal. Welches Essen?«

»Für die Gefangenen. Die haben noch nichts zu essen bekommen.«

»Wir auch nicht.«

»Ich bin untröstlich, daß ich daran nicht gedacht hatte.«

»Bringen Sie das Essen nur herein.«

»Die Sache gefällt mir nicht«, wandte sein Kollege ein.

»Ist doch bloß was zu essen, Mensch. Zum Teufel, ich habe Hunger.«

»Ja, aber vielleicht ist es ein Trick.«

»Wir sind doch bewaffnet. Bringen Sie das Essen.«

»Wie Sie wollen«, sagte Rettig achselzuckend.

»Bringen Sie es nur.«

»Okay.« Rettig trat an die Tür und winkte, woraufhin Marge hereinkam. Sie hatte zwei Körbe in den Händen und blickte auf die Häftlinge, besonders auf Slaughter. Slaughter lächelte sie an, aber sie schien sehr nervös zu sein. In den letzten paar Tagen war sie sichtlich gealtert. Sie tat ihm leid.

»Hallo, Marge.«

»Ich hatte mir gedacht, daß du vielleicht etwas essen willst.«

»Stimmt etwas nicht?«

»Die Frau, die ich zusammengeschlagen habe.«

»Was ist mir ihr?«

»Sie ist vor einer halben Stunde gestorben.«

## *Kapitel 87*

ES zappelte verzweifelt. *ES* war in die Kommode gekrochen, um sich auszuschlafen, aber jetzt war es Nacht, und *ES* wollte hinaus. Aber das Schloß war eingeschnappt. Schwitzend und keuchend hämmerte *ES* auf den Verschluß ein, der jedoch nicht nachgab. Dann wurden seine erstickten Schreie immer schwächer.

## *Kapitel 88*

Der Polizeibeamte war an der Kreuzung postiert. Er beobachtete den Betrunkenen, der auf ihn zukam.

»Sie haben hier nichts zu suchen. Alle versammeln sich auf dem Jahrmarktsgelände.«

Der Betrunkene kam näher und torkelte im Mondlicht auf ihn zu. Als der Beamte die Hand ausstreckte, ihn aufzuhalten, merkte er, daß er nicht nur betrunken war. *ES* starrte ihn aus grausigen Augen an.

## *Kapitel 89*

Er sah den Hund die Straße hinunterlaufen und erschoß ihn. Jemand schrie ihn an.

»Das war mein Hund, den Sie da erschossen haben.«

## *Kapitel 90*

Die Kreaturen hatten sich in der Dunkelheit gefunden. Sie waren aus ihren Verstecken hervorgekrochen, aus Kellern, Verschlägen und aus den Kofferräumen von Schrottautos. Sie taten sich zu Rudeln zusammen und wankten durch die Straßen.

Die Freiwilligen, die die Hausdurchsuchungen durchführten, flüchteten in Panik. Zuweilen fanden sie den Mut, eine erleuchtete Straßenkreuzung zu besetzen und auf die gräßlichen Erscheinungen zu schießen.

Hunde und Katzen hatten sich ebenfalls zu Rudeln zusammengetan und stürmten wild fauchend und um sich schnappend vorwärts. Überall in der Stadt ertönten Schüsse.

## *Kapitel 91*

Winston konnte sich die Schießerei nicht erklären. Er hatte den ganzen Tag über seinen Dienst versehen und sich jetzt im Keller postiert, wie Slaughter im befohlen hatte. Er hatte die drei Leichen mit seiner Stablampe angeleuchtet und dann in der Ecke des Raumes Stellung bezogen. Wenn das Biest tatsächlich die Treppe herunterkommen sollte, um zu fressen, konnte er es von hier aus erschießen. Draußen wurde die Schießerei immer schlimmer. Er vernahm lautes Schreien, konzentrierte sich jedoch auf seine Aufgabe – fast froh darüber, daß er hier unten sein konnte. Dann ertönten nur noch vereinzelt Schüsse, und er glaubte, eine Bewegung bemerkt zu haben. Neben der Treppe. Er hielt seine Stablampe in Bereitschaft. Abwarten, sagte er sich. Warte, bis es unten ist, damit du es auch triffst. Er vernahm ein Kratzen, aber es war nicht das Geräusch, das er erwartet hatte, und es kam auch aus einer anderen Richtung. Mit einem Mal wurde ihm klar, was geschehen war, und er knipste in panischer

Angst die Lampe an. Orval war aufgestanden und kam schwankend auf ihn zu. Winston feuerte, bis der Ladestreifen leer war.

## *Kapitel 92*

Die Wächter durchsuchten die Körbe mit dem Essen, schüttelten die Thermosflaschen und schauten hinein. Es war alles in Ordnung. »Okay. Alle zurücktreten, während ich das Essen verteile.« Einer der Wächter ging an Rettig vorbei und legte ein paar belegte Brote vor jede Zelle. Daneben stellte er vier Plastikbecher und die Thermosflaschen.

»Passen Sie auf. Sobald ich zurücktrete, können Sie die Hände durch die Gitterstäbe strecken und sich Ihr Essen nehmen. Da Sie nur zwei Thermosflaschen haben, müssen Sie sie weiterreichen, aber sobald Sie sich eingeschenkt haben, stellen Sie sie sofort wieder hin. Ich will nicht, daß einer von euch sie uns an den Kopf wirft.«

Slaughter kümmerte sich nicht um das Gerede. Er hielt den Blick auf Rettig gerichtet. »Wie sieht es draußen aus?«

»Fragen Sie lieber nicht.«

Slaughter blickte Marge an. Er räusperte sich. »Hör mal... was ich sagen wollte, Marge... danke.«

Sie gab keine Antwort.

»Rettig, passen Sie auf sie auf.«

»Das verspreche ich Ihnen.« Rettig blickte hinüber zu den beiden Wächtern. »Regt euch nicht auf. Ich gehe ja schon.« Er warf noch einen Blick auf die vier Zellen und wandte sich zum Gehen. »Bis bald, Chef.«

»Halten Sie die Ohren steif.«

Dann schloß sich die Tür hinter Rettig und Marge.

»Fangen Sie an zu essen«, sagte einer der Wächter. »Ich will sehen, ob da ein Betäubungsmittel drin ist. Ich habe auch Hunger.«

Einer nach dem anderen griffen sie durch die Stäbe und bedienten sich, Slaughter als letzter. Seine Zunge fühlte sich an, als hätte er Staub im Mund. Die mit kaltem Braten belegten Sandwiches schmeckten nach gar nichts.

»Hier, ich gieße euch Kaffee ein.« Er nahm eine der Thermosflaschen und schraubte den Verschluß ab. Dann schenkte er die Plastikbecher voll und reichte drei davon weiter.

Einen bestimmten Becher behielt er jedoch. Beim Einschenken hatte er gemerkt, daß ein dünner, elastischer Gegenstand in den Becher gerutscht war. So dünn und leicht, daß der Wächter nichts gemerkt hatte, als er die beiden Thermosflaschen zur Kontrolle geschüttelt hatte. Slaughter wagte nicht aufzublicken, ob jemand etwas aufgefallen war. Er tat, als sei nichts geschehen, lehnte sich an seine Pritsche und kaute an seinem Sandwich. Dabei rührte er mit dem Finger den Kaffee um. Keinesfalls würde er das Zeug trinken, obgleich er so tat, als tränke er. Jetzt berührte sein Finger den Gegenstand. Er fühlte sich an wie ein Wurm, lang, dünn und elastisch. Was konnte das nur sein? Er dachte zuerst an Sprengstoff, aber das war Unsinn, da er gar keine Möglichkeit hatte, ihn zu zünden. Außerdem wäre eine Explosion zu auffällig. Rettig würde ihm niemals etwas hereinschmuggeln, was er nicht verwenden konnte. Also was war es dann? Er wandte sich halb um, so daß niemand sehen konnte, wie er den Gegenstand aus dem Kaffee fischte und ihn gleich wieder hineingleiten ließ. Er war rot und sah tatsächlich wie ein Wurm aus, so, wie er ihn sich vorgestellt hatte. Aber er konnte sich nicht erklären, was es sein mochte oder was er damit anfangen sollte.

»Der Kaffee schmeckt ja grauenhaft«, sagte Dunlap.

»Halten Sie den Mund und trinken Sie«, sagte einer der Wärter. »Ich hatte schon recht«, sagte er zu dem anderen Wächter. »Da ist irgendein Betäubungsmittel drin. Die werden bald fest schlafen.«

»Oder noch schlimmer.«

»Das fehlte uns gerade noch. Von mir aus können sie alles vollkotzen. Ich rühre keinen Finger. Merken Sie sich das«, sagte er zu den Gefangenen. »Wenn es jemandem schlecht wird, ist das sein Problem.«

Alle setzten ihre Becher ab. »Es stimmt«, sagte Owens. »Der Kaffee schmeckt abscheulich.«

»Trinken Sie ihn lieber nicht«, riet Accum.

Einer der Wächter fing an zu lachen.

Slaughter stand auf und trat dicht ans Gitter heran. »Ich weiß nicht, was ihr habt, mir schmeckt der Kaffee ausgezeichnet. Wenn Sie ihn nicht wollen, geben Sie die andere Thermosflasche mir.«

»Seien Sie vorsichtig, Slaughter«, warnte Accum.

»Ich weiß, was ich tue. Zum Teufel, ich habe Durst.«

»Wie Sie wollen.« Owens reichte die volle Thermosflasche heraus, und sie ließen sie von Hand zu Hand gehen, bis Slaughter sie hatte. Er stellte sie neben der anderen auf den Boden.

»Die hebe ich mir für später auf.«

»Wenn Ihnen dann nicht schon übel ist«, sagte der zweite Wächter grinsend.

»Sie wissen gar nicht, was Ihnen da entgeht.«

»Ich glaube, das werden Sie uns bald vorführen«, sagte der andere Wächter.

Slaughter zuckte mit den Schultern und setzte sich wieder auf seine Pritsche. Er tat so, als tränke er seinen Kaffee mit Genuß. »Nun gut, um so mehr Kaffee bleibt für mich.« Er begann zu gähnen und legte sich hin. Er fragte sich, ob die zweite Thermosflasche auch so einen Wurm enthielt und überlegte, wie er die Dinger verwenden konnte. Die Uhr an der Wand zeigte auf zwölf Uhr dreißig.

## *Kapitel 93*

Auf dem Jahrmarktsgelände drängten sich die Menschen in die leeren Buden und blickten ängstlich zur Stadt hinüber, von wo die Schüsse und das Geschrei immer näher kamen. Kinder weinten. Der Sportplatz und die Felder dahinter waren menschenleer. Die Schneekuppen der Berge glitzerten im Mondschein.

Zum ersten Mal begann Parsons sich Sorgen zu machen. Er war überzeugt gewesen, daß er bald alles in den Griff bekommen würde. Jetzt sah er ein, daß all diese Menschen, die er hergebracht hatte, als Gruppe ein Ziel darstellten, auf das sich die aufgestaute Wut der Angreifer entladen würde.

»Bilden Sie eine Schützenkette«, rief er den Reservisten zu.

## *Kapitel 94*

Sie beobachteten vom Bergrand aus das Jahrmarktsgelände, all die einst so vertrauten Dinge. Nervös blickten sie zum Mond auf und heulten ihn an. Aber die Menschen dort unten waren zu sehr mit sich selbst beschäftigt und niemand sah zu den Bergen hinauf. Dann plötzlich waren sie vom Bergrand verschwunden. Sie stiegen tiefer in den Wald hinunter, lechzend nach dem Geschmack, von dem ihnen übel wurde, und den sie trotzdem nicht entbehren konnten. Sie wankten durchs Unterholz auf die Stadt zu, die vor ihnen lag, und von wo aus ihnen der Lärm entgegenhallte.

Slaughter wartete in der Dunkelheit. Er lag auf seiner Pritsche, Schlaf vortäuschend, und beobachtete durch seine halbgeschlossenen Augenlider die beiden Wächter auf der anderen Seite der Gittertür. Sie hatten einen Teil der Lichter gelöscht und dösten auf ihren Stühlen, den Kopf an die Wand gelehnt. Er wußte, daß er bald handeln mußte, aber auch nicht zu früh, sonst würde er sie wecken und alles wäre umsonst gewesen.

Innerlich fluchte er. Hier in der Zelle befand er sich in Sicherheit, und hatte nichts mehr mit dem zu tun, was draußen vor sich ging. Aber jetzt war er gezwungen zu handeln. Wenn er es nicht tat, würde Rettig merken, daß er ein Feigling war. Na und? War das denn wirklich so wichtig? Ja, das war es, sagte er sich. Noch einmal würde er sich nicht demütigen lassen. Er war hierhergekommen, um ein neues Leben zu beginnen, und wenn er diese Gelegenheit verpaßte, würde er niemals mehr mit sich selbst ins reine kommen. Dann würde es nur noch abwärts gehen, ohne Ziel, ohne Richtung. Natürlich könnte er Rettig gegenüber so tun, als hätte er den Sinn und Zweck der Gegenstände in den Thermosflaschen nicht begriffen, aber das würde diesen kaum überzeugen. Vor allem würde es ihn selbst nicht überzeugen. Er mußte es tun.

Verärgert über sich selbst, beobachtete er die beiden Wächter. Dann setzte er sich langsam auf. Endlich hatte er kapiert, was es mit diesen Dingern in seinem Kaffee auf sich hatte. Es war so naheliegend, daß er sich wunderte, daß er nicht früher darauf gekommen war. Er hätte Rettig nicht für so schlau gehalten. Der Plan war in seiner Einfachheit genial. Vielleicht hatte Slaughter eben deshalb so lange gebraucht, bis er kapiert hatte. Die beiden Dinger waren reiner Phosphor. Die Flüssigkeit, in der sie sich befanden, verhinderte ein Aufflammen. Das war des Rätsels Lösung. In Verbindung mit Sprengstoff hatte er an Zündschnüre und laute Explosionen gedacht. Aber diese Dinger mußten fast lautlos funktionieren, um ihren Zweck zu erfüllen. Aber wenn es wirklich eine Art von Sprengstoff war, wie konnte er das Zeug zum Detonieren bringen? Da er nur selten rauchte, hatte er keine Streichhölzer bei sich. Dann erinnerte er sich plötzlich an den Chemieunterricht auf dem Gymnasium. Der Lehrer hatte die gleichen Phosphorwürmer aus dem Wasser gezogen, sie trocknen lassen, und der Kontakt mit der Luft hatte sie in Brand gesetzt. Warum war er nicht gleich darauf gekommen?

Er erhob sich langsam von seiner Pritsche und trat vorsichtig ans Gitter. Seine Freunde schienen zu schlafen. Er blieb regungslos stehen und wartete auf eine Reaktion der Wächter, aber es kam keine. Er kniete sich hin, öffnete die zweite Thermosflasche und goß den Kaffee in die Plastikbecher. Noch ein roter Wurm kam zum Vorschein. Hastig warf er ihn in den Becher, in dem der andere schwamm, und schenkte ihn randvoll mit Kaffee. Nur eines machte ihm Sorgen. Er wußte, daß Phosphor giftig war. Wenn Teile davon sich aufgelöst hatten, konnten sie alle krank werden. Aber dann überlegte er sich, daß der abscheuliche Geschmack wahrscheinlich nicht von dem Phosphor stammte, sondern daß man den Kaffee absichtlich so zubereitet hatte. Rettig hatte verhindern wollen, daß jemand davon trank. Sie hatten alle nur gekostet und das Zeug sofort wieder ausgespuckt. Wahrscheinlich würde das also keine Folgen haben.

Es hatte keinen Zweck, noch länger zu warten. Er steckte die Finger in den Kaffeebecher, fischte die beiden Würmer heraus und preßte sie fest an das Türschloß seiner Zelle. In einem neuen, sachgemäß konstruierten Gefängnis hätte er nicht einmal den Versuch unternommen, aber dieser Kasten hier war 1923 erbaut worden. Als er seine Stelle angetreten und die Arrestzellen zum ersten Mal inspiziert hatte, war er entsetzt gewesen. Gewiß, die Schlösser würden einem Schlag oder einem Stoß widerstehen, wenn jemand versuchte auszubrechen, aber das Metall war von minderwertiger Qualität und viel zu dünn. Er hatte damals beantragt, das Gefängnis zu renovieren, was jedoch vom Stadtrat abgelehnt worden war. Ob er vielleicht einen Ausbruchversuch mit

Schneidbrennern oder ein Bombenattentat erwarte? hatte man ihn gefragt. So etwas hatte es hier noch nie gegeben, und wenn er seiner Aufgabe gewachsen war, würde es auch nicht dazu kommen. Nun, jetzt würde er es ihnen zeigen. Er war froh, daß der Stadtrat seinen Antrag damals abgelehnt hatte. Wenn Phosphor brannte, setzte er eine große Hitze frei. Stahl konnte man damit zwar kaum zum Schmelzen bringen, aber dieses minderwertige Metall würde der Hitze kaum widerstehen können, und auch die Schweißnähte waren ziemlich schwach. Was hatte er zu verlieren? Er mußte es versuchen.

Er trat ein paar Schritte zurück. Nichts geschah. Vielleicht hatte er sich geirrt, und die Dinger waren doch nicht das, wofür er sie gehalten hatte. Nein, sie waren immer noch feucht, und der Kaffee tropfte von ihnen herunter. Dann plötzlich flammte der Phosphor auf. Weiße Funken sprühten, der Phosphor brannte lichterloh, und eine dichte Rauchwolke stieg auf. Er blickte zu den Wächtern hinüber. Das Zischen war lauter, als er erwartet hatte, und die Funken sprühten wie bei einem Feuerwerk. Einer der Wächter rückte unruhig auf seinem Stuhl hin und her, als Slaughter sich mit aller Kraft gegen die Zellentür warf.

Aber sie gab nicht nach. Der Phosphor brannte weiter über dem Türschloß und an den Schweißnähten, und er versuchte es noch einmal. Diesmal sah er, daß die Schweißnähte aufplatzten. Der Wächter bewegte sich auf seinem Stuhl. Gleich würde er hellwach sein. Slaughter warf sich wieder gegen die Tür. Ein lautes Krachen, die Tür gab nach, und er war draußen auf dem Gang, die Arme schwingend, um nicht das Gleichgewicht zu verlieren. Der Wächter war hochgefahren, und Slaughter prallte gegen seinen Stuhl. Slaughter packte das Gewehr und stürzte sich auf den zweiten Wächter, den er mit einem Kolbenschlag auf die Stirn zu Boden schlug und ihm ebenfalls sein Gewehr entriß. Er ließ eines der beiden Gewehre fallen und richtete das andere auf die beiden Wächter, die mühsam versuchten, wieder auf die Beine zu kommen. Das Schlimmste war vorbei.

»Bleibt, wo ihr seid«, befahl ihnen Slaughter. »Keine Bewegung.«

»Wie, zum Teufel...« Sie starrten Slaughter fassungslos an, dann die glühenden Reste des Phosphors.

»Was ist denn los?« rief Accum.

Die Männer in den Zellen waren aufgesprungen.

»Nichts weiter. Wir hauen ab. Daß ihr euch ja nicht rührt«, sagte Slaughter zu den Wächtern. »Keine Bewegung. Nicht einmal, um euch an der Nase zu kratzen.«

Er tastete sich rückwärts an den Tisch heran, zog die Schublade auf und griff nach dem Schlüsselbund. Er behielt die Wächter im Auge, als er an die nächste Zellentür trat, wo Owens auf ihn wartete.

»Hier. Der große Schlüssel«, sagte Slaughter. Während er die Wächter in Schach hielt, hörte er, wie Owens seine Tür aufschloß und herauskam. Dann öffnete er nacheinander die übrigen Zellen.

»Wie hast du nur...?« fragte Dunlap.

»Erzähl' ich dir später. – Rein mit euch beiden«, befahl Slaughter den Wächtern.

Die Wächter zögerten.

»Los, macht, daß ihr da reinkommt, verdammt noch mal!« Slaughter machte eine drohende Bewegung, und die beiden hoben die Hände.

»Okay, wir gehen ja schon.«

»Sie gehen in die erste. Und Sie dort in die vierte.«

»Aber warum...«

»Weil ich es so haben will. Ihr sollt nicht zu nahe beieinander sein. Vorwärts!«

Sie gehorchten, und Slaughter sah zu, wie Accum die Wärter mit ihren Gürteln und Stoffstreifen, die er von den Pritschenüberzügen abgerissen hatte, fesselte und knebelte. Als er fertig war, schloß Owens die Türen ab.

»Nehmen Sie die Schlüssel mit. Und das andere Gewehr.«

Dunlap war schon auf dem Weg zum Ausgang.

»Nein, nicht diese Tür«, sagte Slaughter. »Die führt nach oben. Wir nehmen einen anderen Weg.«

Dunlap blickte ihn verwundert an.

»Du wirst schon sehen.«

Slaughter nahm Owens die Schlüssel ab und schloß die zweite Tür auf. Dann griff er nach dem Wandschalter, machte Licht, und sie sahen vor sich einen mit Ziegeln ausgelegten Gang.

»Der führt zum Gerichtsgebäude«, erklärte Slaughter. »Los, wir dürfen keine Zeit verlieren.«

Er ließ die anderen vorangehen, winkte den beiden Wächtern in ihren Zellen noch einmal zu und schloß dann die Tür hinter sich ab. Sie rannten den Gang hinunter.

Der Fußboden war feucht und glitschig, und ihre Schritte hallten von den kahlen Wänden wider. Sie mußten sich dukken, um nicht mit dem Kopf an die Glühbirnen zu stoßen, die von der Decke herabhingen. Dann machte der Gang eine Biegung, und sie kamen wieder an eine Tür.

»Sie ist abgesperrt. Ich muß aufschließen.«

Aber das Schloß schien zu klemmen.

»Was ist denn da los?«

Dann merkte er, daß die Tür überhaupt nicht abgeschlossen war.

»Wer hat denn hier wieder Mist gebaut? Denen werde ich es zeigen.«

Dann fiel ihm ein, daß er dazu nicht mehr in der Lage war. Er drehte am Knauf, und dic Tür öffnete sich langsam und quietschend. Auf der anderen Seite war es dunkel.

»Hier ist eine Halle. Gehen Sie bis zum anderen Ende. Dann kommen Sie an eine Treppe.«

Slaughter schaltete das Licht aus.

»Aber wir...«

»Ich will keine Zielscheibe sein. Tasten Sie sich vorwärts.«

Schrittweise tasteten sie sich vor. Hier war der Fußboden gefliest. Owens stieß irgendwo an und fluchte.

»Ruhe!«

»Hier ist ein Tisch.«

»Ruhe. Vielleicht ist jemand da oben.«

Schließlich stieß Slaughter mit dem Fuß an eine hölzerne

Stufe. Er streckte die Hand aus und bekam ein Geländer zu fassen.

»Wir haben es geschafft«, sagte Owens. Ohne zu antworten führte Slaughter sie die Treppe hinauf. Auch oben war alles dunkel, nur das Mondlicht schien durch die Fenster und ließ den Haupteingang und dahinter eine große Halle erkennen. Draußen ertönten Schüsse.

»Ganz ruhig sein«, sagte Slaughter und lauschte mit angehaltenem Atem. »Wir nehmen die Hintertür. Die Vorderfront wird, soviel ich weiß, bewacht, und ich habe mir nicht die ganze Mühe gemacht, um mich jetzt hier erwischen zu lassen.«

Er führte sie durch die Halle, die genauso angelegt war wie das Polizeirevier. Sie kamen an leeren Büroräumen vorbei und erreichten die Hintertür. Nach kurzem Zögern traten sie ins Mondlicht hinaus.

Schreie. Schüsse.

»Hier rüber. Mein Wagen steht auf dem Parkplatz hinter der Wache. Wenn wir vorsichtig sind, könnten wir es bis dorthin schaffen.«

Er ging auf dem Grünstreifen neben dem Gehsteig, um seine Schritte zu dämpfen, als er plötzlich einen Mann sah, der aus den Büschen vor dem Haus auf ihn zukam. Dann noch eine Gestalt. Slaughter mußte an die zwei Jungen im Lebensmittelgeschäft denken, die ihn angegriffen hatten, und hätte fast geschossen. Im letzten Augenblick hielt er sich zurück. Es bestand gar kein Anlaß, die beiden zu erschießen. Nun gut, man hatte ihn erwischt. Er hatte getan, was er konnte. Das Gewehr im Arm, ließ er den Mann auf sich zukommen. Es war Rettig.

Slaughters Begleiter atmeten erleichtert auf.

»Allmächtiger«, sagte Owens.

»Das hat ja ziemlich lange gedauert«, sagte Rettig. »Ich hatte schon fast aufgegeben. Also sind Sie doch darauf gekommen, was das Zeug war.«

»Ich hätte Sie gar nicht für so schlau gehalten, Rettig.«

»Es war Marges Idee.« Rettig drehte sich um und winkte

Marge heran. »Sie hat sich daran erinnert, wie Sie sich damals darüber beschwert haben, daß die Zellentüren nicht stabil genug sind.«

»Ich bin froh, daß es nicht Ihre Idee war. Ich hatte schon befürchtet, Sie falsch eingeschätzt zu haben.«

»Vielen Dank.«

»Also erzählen Sie mal.«

Slaughter hatte nur Augen für Marge und streichelte ihr über die Schulter. »Danke.«

Er sah ihre verweinten Augen.

»Hör mal, wegen dieser Frau...«

»Ist schon gut«, sagte Marge. »Vielleicht war es für sie das Beste zu sterben.« Sie hielt nur mit Mühe die Tränen zurück.

Die Schüsse und das Geschrei wurden immer lauter.

»Was zum Teufel, ist denn da los?« fragte Slaughter.

»Parsons. Der hat die gesamte Bevölkerung auf dem Jahrmarktsgelände zusammengetrieben.«

»Gott im Himmel!«

»Ja. Und jetzt hocken sie alle da draußen im Freien.«

Slaughter drehte sich zu den anderen um. »Wir fahren zum Jahrmarktsgelände. Ich weiß nicht, ob wir dort etwas ausrichten können, aber es ist immer noch besser, als hier untätig herumzustehen.«

»Ohne mich«, sagte Owens.

Slaughter blickte ihn schweigend an.

»Ich habe Frau und Kinder.«

»Sie brauchen sich nicht zu entschuldigen. Gehen Sie nur. Wir können ein andermal darüber sprechen.«

»Gewiß.«

Beide wußten, daß sie nie darüber sprechen würden.

Owens zögerte.

»Sie haben Ihr Versprechen gehalten und bis Sonnenuntergang gewartet.«

»Ja, gewiß.«

Owens blickte ihn an, zuckte mit den Schultern, und es schien, als wolle er noch etwas sagen. Dann überlegte er es sich anders, drehte sich um und verschwand im Dunkel.

Slaughter blickte ihm nach.

»Hier, Chef.« Rettig nahm seinen Revolvergurt ab und reichte ihn Slaughter. »Ich besorge mir einen anderen.«

Slaughter schnallte ihn um. Der schwere Gurt an seiner Hüfte war beruhigend. »Was macht Ihre Familie?«

»Sie sind bei meinem Bruder. Heute nachmittag sind sie abgefahren.«

»Mehr wollte Owens auch nicht.«

Slaughter machte sich auf den Weg in Richtung der Schüsse. »Also los.«

»Passen Sie auf, wenn Sie zum Parkplatz kommen«, sagte Rettig. »Parsons hat einige seiner Leute an der Polizeiwache postiert.«

»Ich habe nicht die Absicht, meine Ankunft laut anzukündigen. Kommen Sie mit?« fragte er Accum.

»Ich habe noch zu tun.«

Slaughter nickte. »Und was ist mit dir?« fragte er Dunlap.

»Ich bleibe dabei bis zum Schluß.«

Marge baute sich vor Slaughter auf. »Wenn du glaubst, daß ihr ohne mich abziehen könnt, bist du verrückt.«

»Vielleicht sind wir das alle.«

Sie machten sich auf den Weg zum Parkplatz.

## *Kapitel 96*

Die Gruppe, welche Hammel anführte, war hinter zwei Autos in Deckung gegangen, mit denen sie eine Seitenstraße blockierten. Sie starrten auf die wüste Schar, die ihnen entgegenkam. Hammel, der vorher bereits einen Mann erschossen hatte, zögerte. Doch die anderen, welche im grellen Licht der Straßenlampen an der Ecke die Menge immer näher herankommen sahen, hatten keine Bedenken. Sie schossen blindlings auf die widerlichen Kreaturen. Hammel sah sich um und bemerkte, daß eine zweite Gruppe sich von der Seite näherte. »Zurück!« rief er, seinen Revolver schwenkend.

»Sonst sind wir umzingelt!« Seine Leute blickten nach rechts, dann wieder nach vorn, und rannten die Straße hinunter auf das Jahrmarktsgelände zu.

## *Kapitel 97*

Slaughter kam zu spät oder – von einem anderen Gesichtspunkt aus betrachtet – gerade zur rechten Zeit. Die Leute waren in Panik. Sie kauerten auf den offenen Tribünen. Viele hatten auch diese Deckung aufgegeben, als die Schüsse immer näher kamen, und sich auf dem Acker in kleinen Gruppen zusammengedrängt. Sie starrten angstvoll auf die Schützenkette, die Parsons hatte bilden lassen, und die sich jetzt zwischen zwei Häusern zurückzog und dabei auf nicht erkennbare Ziele feuerte. Dann plötzlich brach die Kette auseinander, und die Polizisten rannten in wilder Flucht auf das Jahrmarktsgelände zu. Parsons wies seine Leute an, das Feuer einzustellen, bis die Polizisten in Sicherheit waren. Als nächstes kam eine Gruppe Zivilisten aus einer Seitenstraße angerannt und dann noch eine. »Feuer einstellen«, befahl Parsons, aber dann kam ein Hund angelaufen, und jemand schoß ihn nieder. »Verdammt noch mal, so hört doch auf zu schießen«, riefen einige Leute. Aber in diesem Augenblick kam eine weitere Gruppe auf sie zugerannt. Diese Menschen waren einmal ihre Nachbarn und Freunde gewesen. Jetzt – knurrend und um sich beißend – hatten sie jede Ähnlichkeit mit menschlichen Wesen verloren. Schüsse knallten.

## *Kapitel 98*

Das Haus lag im Dunkeln, als Owens ankam. Zwei Querstraßen weiter hörte er Schüsse. Sein Auto war in der Einfahrt abgestellt. Er rannte auf das Haus zu. In dem Schatten neben ihm bewegte sich etwas, und dann sah er den Hund. Er rannte die Stufen zum Eingang hinauf, aber die Tür war verschlossen. Der Hund rannte ihm nach. Er schrie nach seiner Frau, zerbrach eine der Glasscheiben, schob den Riegel zurück, stürzte ins Haus und schlug die Tür hinter sich zu. Dann hörte er das Kratzen. Es kam von der Hintertür. »Mein Gott, sie kommen von allen Seiten!«

## *Kapitel 99*

Sie taumelten durch den Wald. Der Baumbestand wurde spärlicher, und die Hügel gingen in Flachland über. Von weitem hörten sie die Schüsse auf dem Jahrmarktsgelände und stürmten heißhungrig vorwärts.

## *Kapitel 100*

Slaughter kam in seinem Streifenwagen mit heulender Sirene um die Ecke gerast. Überall auf der Straße standen Männer und feuerten blindlings drauflos. Er sah die Kreaturen von allen Seiten auf sich zuspringen, bog in einen Hof ein, durchbrach eine Hecke und ein Holzgatter. Kurz darauf erreichte er den hohen Zaun, der das Jahrmarktsgelände umgab. Er hielt an und sprang aus dem Wagen, Marge und Dunlap ihm nach.

Parsons rannte auf ihn zu. »Sie müssen mir helfen.«

»Daran hätten Sie früher denken sollen. Lassen Sie die Scheinwerfer da drüben einschalten. Schnell.« Slaughter zog seinen Revolver.

»Ich weiß nicht...«

»Die Scheinwerfer! Die Biester können kein Licht vertragen.«

»Ich mache das schon«, sagte jemand neben ihnen. »Ich weiß, wo die Schalter sind.«

Der Mann rannte los.

Slaughter sah, wie die Kreaturen unter den Schüssen zu Boden fielen, und dachte, daß man vielleicht doch auf diese Weise ihrer Herr werden könnte. Da hörte er hinter sich lautes Geschrei. Ein paar Leute deuteten auf den Acker hinter ihnen. Slaughter blickte hinüber und konnte es trotz der Gewehrsalven deutlich hören: Das Heulen im Wald. Kurz bevor eine Wolke den Mond verdunkelte, schien der Wald sich zu bewegen. Dunlap schrie laut auf, als er die Geweihe sah.

## *Kapitel 101*

Rettig machte sich Sorgen. Er hatte Slaughter nachgeblickt, wie er mit Marge und Dunlap davongefahren war. Dann war er ins Revier gegangen und hatte sich einen anderen Revolvergurt geholt. Er mußte an Owens denken. Warum hatten sie ihn nur allein in die Stadt zurückgehen lassen. Seine Frau und die Kinder würden nicht zu Hause sein. Die waren entweder aus der Stadt geflohen oder auf dem Jahrmarktsgelände. Kurz entschlossen fuhr er zu Owens' Haus, und dort sah er die Hunde, die jaulend und knurrend herumstrichen. Er sah die zerbrochenen Fenster und die Tür, deren Holz schon fast durchgekratzt war, und begann, aus dem Fenster seines Streifenwagens zu schießen.

Erst sah man nur die Geweihe, dann die Hirsche in voller Größe und hinter ihnen zahllose Kleintiere auf der Flucht vor dem, was hinter ihnen her hetzte.

Slaughter starrte sprachlos auf dieses Bild des Grauens, das sich ihm bot. Hinter sich hörte er Dunlap aufstöhnen und das Geschrei der Menschen auf dem Jahrmarktsgelände und wußte, daß alles, was bis jetzt geschehen war, nur der Anfang gewesen war. Es schien ihm, als sähe er zahllose Hockeyschläger, die über die Büsche hinausragten, auf sich zukommen. Er war vor Angst wie gelähmt. Das war das Ende der Welt. Gleich würde er den Verstand verlieren. Die Büsche brachen auseinander und die Gestalten stürmten auf das Jahrmarktsgelände zu. Jede der Kreaturen war eine abscheuliche Zusammensetzung aus Mensch, Wolf, Hirsch, Katze und Bär – eine monströse Mischung aus allen Bestien des Waldes. Auch die menschlichen Teile waren verunstaltet. Bei vielen fehlten Nase, Ohren und Finger, und einige hinkten auf Beinstümpfen heran.

Slaughter traute seinen Augen nicht. Dann plötzlich kam Bewegung in ihn.

»Marge, du mußt mir helfen.«

Er sah sich nicht einmal nach ihr um. Er wußte, sie würde tun, was er ihr sagte.

War es reiner Zufall, daß die Stadtverwaltung ihre Fahrzeuge auf diesem Gelände abstellte, wenn kein Jahrmarkt stattfand? Wohl kaum. Es mußte ein Wink des Schicksals sein. Seine Rettung und die Rettung der Stadt. Als ihm dieser Gedanke durch den Kopf schoß, glaubte er selbst, er sei übergeschnappt, aber vor ihm stand der Tankwagen. Er enthielt ein flüssiges Insektenvertilgungsmittel. Das Wort FEUERGEFÄHRLICH war an beiden Seiten aufgemalt. Instinktiv wußte er, daß die Schlüssel im Zündschloß steckten und daß er unter dem Fahrersitz mehrere Leuchtraketen finden würde.

Er händigte sie Marge aus. »Zieh den Schlauch hinten raus.«

»Aber Nathan...«

»Tu, was ich dir sage. Dreh den Hahn auf. Sobald ich anfahre, zündest du die Leuchtraketen und wirfst sie in die Flüssigkeit.«

Zwei Dinge geschahen, die ihm bewiesen, daß er richtig gehandelt hatte. Die Wolke zog weiter, und der Mond kam wieder heraus. Die Ungeheuer warfen sich kreischend zu Boden. Dann gingen die Scheinwerfer an und die Schmerzensschreie wurden immer schriller. Slaughter drehte den Zündschlüssel. Der Motor heulte auf, und er drückte auf die Schalter, die den Ausfluß regulierten. Gleich darauf vernahm er das Plätschern der ausströmenden Flüssigkeit. Er legte den Gang ein, drückte das Gaspedal bis auf den Boden durch und raste direkt auf sie zu.

Als sie ihn bemerkten, stürmten sie ihm entgegen. Er war das nächstliegende Objekt, an dem sie Rache nehmen und sich austoben konnten.

Er war so aufgeregt, daß er sich um ein Haar in den sicheren Tod gestürzt hätte. Aber im letzten Augenblick schaltete er in den Leerlauf um und kletterte auf das Trittbrett. Als er sie fast erreicht hatte, sprang er hinunter und rollte sich zur Seite. Er schlug hart mit der Schulter auf, rappelte sich hoch und rannte los. Vor ihm schlugen Flammen in die Höhe, und hinter sich hörte er plötzlich einen Schuß. Dann duckte er sich, und die Leuchtfeuerrakete zischte über seinen Kopf hinweg.

Als das Feuer auf den Tankwagen übergriff, war es, als würde ein riesiger Pilz explodieren. Er schlug um sich, um die Glut von seinen versengten Kleidern abzuschütteln. Metallteile zischten durch die Luft und fielen um ihn herum zu Boden. Die Schreie der Verdammten ertönten von allen Seiten. Dann nichts mehr.

## Kapitel 103

Marge hatte ihre Jacke ausgezogen und schlug damit auf ihn ein, um die Flammen auf seinem Hemd zu löschen. Es roch nach versengtem Fleisch, aber der Geruch kam nicht von Nathan, sondern von den Kreaturen da draußen. Mehrere Leute waren herbeigeeilt und halfen ihr.

Stöhnend streckte Slaughter ihr die Hand entgegen. Dann blickte er auf das Ding, das den anderen vorausgelaufen war, und fast über ihn hergefallen war. Es war tot, mitten in die Stirn geschossen.

»Wer...?«

»Wie Sie sehen, bin ich doch noch zu etwas nutze, Slaughter.«

Es war Parsons. Sie blickten einander in die Augen.

»Trotzdem haben Sie gewonnen, Slaughter.«

»Nein. Die Hockeyschläger. Oder war das nur ein Alptraum von mir?«

»Was?«

»Die anderen Biester.«

»Die sind alle tot.«

Slaughter blickte sich um und sah nichts als brennende Leichen.

»Aber was sind denn das für Geschöpfe?«

## Kapitel 104

Rettig hörte die Explosion drüben auf dem Jahrmarktsgelände, war jedoch zu beschäftigt, um sich darüber Gedanken zu machen.

Er hatte sämtliche Hunde, die um das Haus herumlungerten, abgeschossen. Nun lief er hinein und erschoß einen weiteren Hund auf der Treppe. Als er auf sein Rufen keine Antwort erhielt, durchsuchte er das Haus. Im zweiten Stock schoß er noch einen Hund nieder. Er brach die verschlossene

Badezimmertür auf; Owens hatte sich in der Badewanne versteckt.

»Verdammte Hunde. Ich rühre nie wieder einen an.«

## *Kapitel 105*

Alle standen herum und starrten die verkohlten Leichen an. Die meisten trugen Hirschgeweihe, die sie mit Riemen aus Rohleder am Kopf befestigt hatten. Die Ungeheuer waren mit Bärenpelzen und Wildkatzenfellen bekleidet. Slaughter mußte an die Raubtiere denken, die seine Pferde gerissen hatten. Diese Gestalten hier waren dicht behaart, mit langen Bärten, und hatten sich Wolfsschwänze umgehängt. Bei vielen fehlten Finger, Nase und Ohren.

»Die sind abgefroren«, sagte einer. »Das sind die Hippies aus dem Lager.«

Dunlap stöhnte auf.

»Aber was ist denn mit ihnen passiert?« fragte Slaughter. »Diese Geweihe. Ich verstehe nicht...«

»Das werden wir erst erfahren, wenn wir ihren Unterschlupf gefunden haben.«

## *Kapitel 106*

Accum sah zu, wie man die Leichen hereinbrachte. Die Arbeit würde viele Tage und Nächte in Anspruch nehmen. Eine furchtbare Aufgabe. Wenn alles vorüber war, würde er nie wieder einen Toten anrühren. Der Tod, sein Lebensinhalt, ergab keinen Sinn mehr. Er würde die Stadt verlassen und sich der Heilung von Lebenden widmen.

## Kapitel 107

Parsons stand am Fenster seines Amtszimmers.

»Unser Match steht unentschieden«, erklärte Slaughter. »Wir können uns entweder weiter bekämpfen oder zusammenarbeiten.«

Parsons sah ihn nicht an. Er hatte Slaughter den Rücken zugewandt und starrte aus dem Fenster.

»Spätestens morgen früh wird es in der Stadt von Fremden nur so wimmeln«, fuhr Slaughter fort. »Journalisten, Regierungsbeamte, Anwälte. Vieles ist noch unerledigt, und wir beide sollten miteinander ins reine kommen. Ich werfe Ihnen nichts vor. Ich bin bereit zuzugeben, daß Sie aus uneigennützigen Motiven gehandelt haben. Genau wie ich.«

Parsons starrte schweigend in die Nacht hinaus.

»Es stehen uns noch viele Schwierigkeiten bevor«, fuhr Slaughter fort. »Wenn ich mir die Einzelheiten ausmale... Wir sind auf einander angewiesen.«

Parsons wandte sich zu ihm um. Er schluckte. »Es bleibt mir wohl keine andere Wahl.«

»Mir auch nicht.«

»Was schlagen Sie vor?«

»Das Jahrmarktsgelände war eine gute Idee. Leider kam sie zum falschen Zeitpunkt. Aber die Idee als solche war nicht schlecht. Lassen wir die Leute dort, bis wir sämtliche Häuser durchsucht haben. Jetzt, wo die Leute verstehen, worum es sich handelt, werden sie kooperieren. Jedes einzelne Tier in der Stadt kommt in Quarantäne, aber das können Leute von außerhalb besorgen.«

»Und die Rinder?«

»Ich weiß nicht. Wir müssen abwarten.«

Die zwanzig Jahr der Macht, welche Parsons in dieser Stadt ausgeübt hatte, schienen schwer auf ihm zu lasten. »Ich weiß nicht, wie es weitergehen soll. Was ist mit den Tieren oben in den Bergen.«

»Nur die auf den westlichen Hängen. Die müssen alle getötet werden.«

»Das ist ein Ding der Unmöglichkeit.«

»Ich weiß.«

»Wenn nur ein einziges infiziertes Tier am Leben bleibt, fängt alles wieder von vorne an. Wir nehmen an, daß der Virus nur in dieser Gegend auftritt. Aber wenn er über die Berge verschleppt worden ist?«

Slaughter nickte.

*Kapitel 108*

Accum beobachtete durch die Glasscheibe die Gestalt, die auf dem Bett festgeschnallt war. Von Zeit zu Zeit knurrte sie im Delirium, und trotz seiner Erschöpfung konnte Accum den Blick nicht von ihr wenden. Die ganze Nacht, während die Toten eingeliefert wurden, und er sie untersuchte, konnte er einen bestimmten Gedanken nicht loswerden. Der Zustand dieser Kreatur aus dem Lager ließ erkennen, daß sie schon seit längerer Zeit infiziert war. Er konnte nicht begreifen, wie jemand von dort oben dem Virus so lange widerstehen und überleben konnte. Es mußte eine Form der Anpassung geben. Die ganze Zeit über hatte er angenommen, daß der Virus mit einsetzendem Koma unwirksam wurde und sich erst wieder bemerkbar machte, wenn sein Opfer das Bewußtsein wiedererlangte. Aber wenn er sich geirrt hatte? Wenn der Virus beim Erwachen des Opfers schon abgestorben war und nur die Wirkung zurückblieb? In diesem Fall bestand eine Ansteckungsgefahr nur in den ersten paar Stunden. Und dann würden auch tote Zellen zurückgeblieben sein, aus denen man einen Impfstoff herstellen konnte. Accum lächelte vor sich hin. Er würde diese Krankheit bezwingen.

## *Kapitel 109*

Dunlap sah im Traum wieder die Geweihe vor sich.

## *Kapitel 110*

Zwei Tage später offenbarte sich ihnen die volle Wahrheit. In Kombis und Lastwagen fuhren sie den Berg hinauf, bis es keinen Weg und keinen Pfad mehr gab. Dann ging es zu Fuß weiter, über Felsblöcke und durch tiefe Schluchten. Schließlich erreichten sie die Bockbrücke der alten Eisenbahnlinie, die an den oberen Felsrand heranführte. Slaughter stieg als erster hinauf, gefolgt von Marge und Dunlap, Rettig, Hammel, Accum, Parsons und vielen anderen, die sich ihnen angeschlossen hatten.

Oben angelangt, standen sie vor einem Felseinschnitt, der noch weiter hinaufführte. Ganz hinten am Ende der Schlucht fanden sie, was sie suchten.

»Mein Gott, das ist ja vor wie tausend Jahren.«

»Wie vor zehntausend Jahren, würde ich sagen. Vielleicht auch dreißig- oder vierzigtausend.«

Sie kamen sich vor, wie in die Eiszeit zurückversetzt. Dicht unter den Schneekuppen der Berge lag Motherlode, aber es sah ganz anders aus, als sie erwartet hatten. Die alten Blechbaracken der Bergleute waren längst eingestürzt. An ihrer Stelle standen primitiv gezimmerte Holzhütten. Steinwerkzeuge und verrottende Kadaver lagen herum. Wo sie auch hinblickten, standen geschnitzte Totempfähle, Hirschgeweihe auf Steinblöcken, auf Pfählen aufgespießte Bärenköpfe. Aufgehäufte Knochen und Skelette, die nach einem bestimmten Muster angeordnet zu sein schienen.

Der Wind heulte durch die Schlucht.

»Sie hatten sich zurückentwickelt«, sagte Accum. Alle wandten sich zu ihm um.

»Geistig zurückentwickelt bis an die Schwelle der Menschheit. Bis zu den Anfängen der menschlichen Entwicklung. Sie waren schon fast wieder wie Tiere.«

»Sie beteten bestimmte Tiere an«, sagte Owens. »Ein Todeskult.«

»Kommt mal her«, rief jemand aus dem Inneren einer der Höhlen.

Slaughter ging hinüber. Einige andere folgten ihm.

Sie betrachteten die Malereien an den Wänden. Es waren Tierbilder. Bären, fliehende Hirsche und springende Antilopen waren in leuchtendem Grün, Schwarz und ockerfarben dargestellt.

»Mein Gott, wie schön!«

Sie gingen weiter in die Höhle hinein. Nach ein paar Schritten blieb Slaughter stehen.

»Was ist denn?« fragte Marge.

»Ich weiß nicht. Seit das Ganze vorbei ist, fühle ich mich irgendwie verändert.«

»Besser?«

»Ich glaube ja. Ich muß dir was erzählen. Als ich auf den Tankwagen stieg, hatte ich das Gefühl, daß es nicht mein eigener Wille war, sondern daß irgend etwas mich vorwärtstrieb.«

»Das kann ich nicht...«

»Ich verstehe es selber nicht. Es kam mir vor, als hätte ich das alles vor langer Zeit schon einmal getan.«

Sie starrte ihn an.

»Was ist mit Parsons?« fragte sie nach einer Weile.

»Er hat getan, was er für richtig hielt. Ich trage ihm nichts nach. Das alles spielt doch jetzt keine Rolle mehr.«

»Und Accum?«

»Der wird von hier wegziehen.«

»Owens?«

»Der wird niemals wieder ein Tier anfassen.«

»Und Dunlap?«

»Nein!« rief eine Stimme tief in der Höhle. »Nein!«

Sie gingen der Stimme nach und kamen in eine Grabkammer. Die Toten waren mit bunten Ketten geschmückt. Ihre

Waffen und ein paar Essensreste lagen neben ihnen. Offenbar hatte man erwartet, daß sie, wie so viele andere, wieder aus dem Koma erwachen würden.

»Ja, es ist ein Totenkult«, sagte Slaughter. »Sie glaubten, sie seien unsterblich und würden immer wieder zurückkehren.«

Unter den Toten befanden sich Skelette und Leichen, die halb verwest waren und in denen Maden herumkrochen. Einige sahen so aus, als könnten sie noch am Leben sein.

Der Gestank war fürchterlich, ekelerregend. Slaughter hörte wie jemand sich erbrach.

»Dunlap?«

Er war nirgends zu sehen.

Slaughter ging weiter, bis er an einen zweiten Eingang kam. Dort sah er Dunlap.

Und noch etwas.

Der Lichtstrahl seiner Stablampe fiel auf die rote Corvette. Es war ihm unverständlich, wie man das Auto hierher transportiert hatte. Das war ja heller Wahnsinn!

Er befand sich im roten Saal. Ja, es mußte der Thronsaal sein, den das Geschöpf im Krankenhaus erwähnt hatte. Auf dem Fahrersitz saß die halbverweste Leiche von Quiller, die Hände am Lenkrad, den geweihgeschmückten Kopf erhoben – bereit zur Fahrt in die Ewigkeit.

Slaughter sah, daß Dunlap wie gebannt nach oben starrte. Er richtete seine Stablampe aufwärts an die Decke. Dort hing Dunlaps Alptraum. Schwarz, mit rollenden Augen, Hirschgeweih, Wolfsrute...

»Was ist denn das?«

Aber Dunlap befand sich in einer anderen Welt, einer anderen Zeit.

Slaughter berührte ihn an der Schulter. Dunlap kniete neben der Corvette nieder.

»O mein Gott!«

Endlich hatte er seine Story.

Slaughter hatte es sich auf der Veranda bequem gemacht. Er hörte, wie Marge in der Küche werkelte. Neben ihm saß Dunlap in einem Schaukelstuhl, den Blick auf die Berge gerichtet.

»O mein Gott«, sagte Dunlap, obgleich er neuerdings diesen Ausdruck nur selten gebrauchte. Slaughter nippte an seinem Bier, stand auf und zog Dunlaps Decke zurecht.

»Damit du dich nicht erkältest. Willst du ein Bier?«

Dunlap gab keine Antwort und schaukelte mit seinem Stuhl hin und zurück.

»Hier, nimm meines.«

Slaughter hielt ihm die Dose hin, aber Dunlap verschmähte den Alkohol, der einmal sein Lebensinhalt gewesen war.

»Jetzt ist er auch noch religiös geworden«, brummte Slaughter vor sich hin. »Na ja, das schadet vielleicht nichts.«

In gewisser Weise glaubte auch Slaughter an ein Wunder. Er dachte an den Impfstoff, den Accum entwickelt hatte. Die zwei Jungens aus dem Lebensmittelgeschäft erschienen ihm auch nicht mehr in seinen Träumen. Und in der Stadt herrschten wieder normale Verhältnisse. Vielleicht gingen sie alle besseren Zeiten entgegen.

Marge kam heraus und blieb im Türrahmen stehen.

»Was macht das Chili?« fragte er sie lächelnd.

»Ich weiß nicht, warum wir dir Phosphor in die Zelle geschmuggelt haben. Dein Chili hätte jedes Eisengitter gesprengt.«

Er fing an zu lachen.

»Wann kommen Rettig und die anderen?« fragte sie.

»In einer halben Stunde.«

»Dann haben wir ja noch etwas Zeit.«

»Ich weiß immer noch nicht, wie man es macht, daß es eine halbe Stunde dauert.«

»Das meinte ich zwar nicht«, erklärte sie, »aber ich könnte es dir vielleicht beibringen. Eigentlich wollte ich dich etwas fragen. Als du in diesen Tankwagen stiegst – warum sollte da ausgerechnet ich dir helfen?«

Er überlegte kurz. »Wohl darum, weil du der einzige Mensch bist, dem ich mein Leben anvertrauen würde.«

Beide schwiegen.

»Das drückt doch alles aus, oder?« sagte er.

»Ich bin mir nicht ganz sicher.«

»Würdest du mir *dein* Leben anvertrauen?«

»Das *ganz* bestimmt.«

»Schon nächsten Monat?«

»Nächste Woche wäre noch besser.«

Sie lächelte ihn an. Slaughter trat auf sie zu und nahm sie in die Arme. Auf der Koppel tollten Slaughters neu erstandene Pferde umher. Die Sonne neigte sich den Berggipfeln zu, und ein Kojote heulte im Gebüsch.

Dunlap hob segnend die Hände.